U0684603

当代中国文学书库

这个世界有谁知道
你曾经来过

袁存亮 ◎ 著

中国文联出版社

图书在版编目（CIP）数据

这个世界有谁知道你曾经来过 ／ 袁存亮著 . -- 北京：
中国文联出版社，2023.3
ISBN 978 - 7 - 5190 - 5124 - 2

Ⅰ.①这… Ⅱ.①袁… Ⅲ.①中国文学—当代文学—
作品综合集 Ⅳ.①I217.2

中国国家版本馆 CIP 数据核字（2023）第 032629 号

著　　者　袁存亮
责任编辑　贺　希
责任校对　李　晶
装帧设计　中联华文

出版发行　中国文联出版社有限公司
地　　址　北京市朝阳区农展馆南里 10 号　　　　邮编　100125
电　　话　010 - 85923025（发行部）　　　　85923091（总编室）
经　　销　全国新华书店等
印　　刷　三河市华东印刷有限公司

开　　本　710 毫米×1000 毫米　　1/16
印　　张　19
字　　数　331 千字
版　　次　2023 年 9 月第 1 版第 1 次印刷
定　　价　89.00 元

版权所有　　侵权必究
如有印装质量问题，请与本社发行部联系调换

自 序

过去的都成了历史，往事也成了烟云。

而我，却想用文字留住过往。

自己不是一个纯粹的文学青年，却断断续续写下了百万文字。

2006年我第一次用博客发表文章之前，只是偶尔用笔写在纸上，或者是将一些零碎的片段记录在word文档里。

那一年，我知道了"歪酷博客"，一个非常小众的可以发表文字的网络空间。

之后，便一发而不可收。这个过程持续了近十年，即便其中遇到了是是非非，也没有停止，直到这个博客终止服务。

而那十年里写下的文字让过往留下了一些痕迹，不再让我回想起来就是一片空白。

大部分文字是记述家庭的内容，尤其是关于父母的。写下文字的时候，并没有那么强烈的感觉，仅仅是当做记录。2010年夏天，儿子峻熙出生；而冬天则是父亲去世。2011年春天，我的生活有了重大变故，春夏之交，母亲也离我而去。那一段时间，或许是我人生中最灰暗的时期，但庆幸的是，自己并没有找理由放弃生活。

父母半年内相继过世之后，再读那些记录下来的文字，我都会泪流满面。没有华丽的辞藻，没有过多的修饰，我只是用一些简单朴实的文字来记述我与父母的点滴往事，记述父母平凡而又不平凡的一生。我和母亲感情最深。母亲只上过三年小学，从没有说过一句"爱我"之类的话，但是却让我无时无刻不感受到她对我的牵挂和思念。因此，母亲去世后，我的内心无比痛苦。也许是性格使然，我没有办法向人诉说。彼时，我好像看淡了一切，徒把我的思念一次次镶嵌在文字里，对着一个无法再谋面的母亲倾诉。父亲是一个文盲，没有进过一天学堂。几十年里,我和他交谈的话语寥寥可数。即便是在他人生最后的日子里,我也与他无言相对。不是有多少的隔阂,而是不知道该怎么表达。书中对于父亲记述的文字占了很多的篇幅,好像要弥补我在他活着时候没有和他交流的遗憾。

青春于我是一段精彩的人生,也是一段难以忘怀的经历。我会拼命地学习,努力地工作,也会聊发少年狂,独自在月光下的海边怒吼,在酒吧里买醉,一个人背起背包就开始一段说走就走的旅行,在雨中狂奔,在大街上打架……给人感觉是柔弱书生的我,做出过不少青春人不敢做的事情。青春有难以言说的压抑,也有难以言表的叛逆。正因为难以言说,所以书中有不少与青春有关的诗歌和小说。诗歌给人一种雾里看花的感觉,也正是这样一种朦胧,才可以更好地反衬出我那时的焦虑与不安,写出我那时的挣扎与彷徨。

有的人喜欢回忆,有的人喜欢忘记。回忆或是忘记,都只是个人的选择罢了,而过往并没有随着个人的选择而真正消失。它只是隐藏在意识里的某个角落,被人为的分类或暂时故意不去拎起而已。

可以说,不是过往离我们远去,而是我们选择了忘记。

而我,用十年的时间选择留住过往,让它们以文字的形式呈现出来。我是一个不喜欢在白天写作的人,因为白天很多时候会为人生琐事而奔波。只有在静静的夜里,周围一片寂静的时候,我面对着电脑,孤独袭来,灵感也会袭上心头。

一个有故事的人,不一定有能力把他的故事记述出来,就如我的父母;一个有写作能力的人,不一定有足够的经历让他去记述,就如我自己。所以,节选的这些文字可以看作是我对父母过往的故事记述,也是对我个人经历的一次检阅。

谨以此书献给我的父母和儿子峻熙。

2017 年 5 月 12 号于丽江君悦酒店

目　录
CONTENTS

诗歌篇 169

01

散文篇

我与父亲

当在键盘上敲下"父亲"这两个字的时候,我的心中游过一丝冰凉;当电话那端传来母亲说父亲病了的声音时,我的心里突然乱得不知所措。

父亲对我是如此的熟悉,可又是如此的陌生。父亲的形象在我的思绪中是如此的近,又是那么的飘忽不定。

父亲是一个没有读过书的人,也就是所谓的"斗大的字不识一个"的人。从邻居的口里,我知道了父亲年少时的一些事。那段日子里,父亲受了不少的苦。由于没有粮食,父亲就领着叔叔到村后的麦田里嚼麦苗给叔叔吃。我一直在想,那是怎样的一幅画面呢?空旷的田野里,一高一矮两个孩子坐在那里,咀嚼麦苗。任凭我怎么去想,都不能恢复那时的情景。可是,我知道,父亲一定还记得那件事。

父亲13岁的时候就跟随别人去挖河,不是为了别的,就是为了有口饭吃。那又是怎样的一个场景?来来往往的人群中,父亲矮小的身影走在最后。在那一车车泥土面前,父亲是否也胆怯过、埋怨过:为什么他的生活是如此这般?

我刚记事的时候,特别羡慕小伙伴,因为他们可以坐在他们爸爸的腿上,想要吃什么东西的时候,爸爸就会给他们买。而在我的印象中,父亲从来没有抱过我一下。当我在母亲面前提及此事的时候,母亲总是用带有抱怨的口气来数落父亲对我的冷淡。

此时,父亲总是不吱声。是因为不屑于母亲的那些唠叨,还是心里有说不出的苦?我无从猜测。

渐渐地,我和父亲之间的话越来越少。在我出生的时候,计划生育政策也开始执行。因此，我就成了重点惩罚对象之一。大队里的人要父亲拿 1700 元钱。那个时候，母亲患病、家里孩子多，这笔钱无疑是一笔天文数字。父亲最终也没有能够缴上，因此家里唯一值钱的那台缝纫机就成了"抵债"的对象。那一天，当他们来抬的时候，我多么希望父亲能够站出来大吼一声。可是，父亲没有。或许，父亲的心里比家里的任何人都痛苦。可是，他又有什么办法呢？

年少时的我，并没有理解贫穷的含义。在小学期间的一段时间里，我是那样的调皮，不专心于自己的学业。以至于在第一次的小升初考试中，我败得一塌糊涂。我很想上初中，只要多交几十块钱就可以上。可是，最终并没有如我所愿，因为家里没有那多余的几十元钱。而我只能眼巴巴地看着我的伙伴一个个走进中学的大门。也就是在那一年，我真正懂得了穷的可怕。别人的那种冷眼相对，那种讥讽热嘲，给我那还不算成熟的心灵上了一课。

1991 年秋初，我开始了上初中的日子。

为了省钱，父亲亲手给我做了书桌，送到学校。我到现在也不知道，父亲拜谁为师学的木工手艺。

天空中飘着秋雨，我站在学校门口等父亲。他来了，头上顶着一张白色塑料布，书桌放在他肩膀上，一步一歪地向我走来。到我跟前的时候，他还是一句话也没有说。我看到父亲的脸上湿湿的，雨水夹杂着汗水。

我们走向教室。他在前，我在后；一个高，一个矮。

三年的时间，如流水般走过。我如愿拿到了县城最好高中的录取通知书。那天，我和父亲正在门房里吃饭。当我接过通知书的时候，父亲一句话也没有说。我的那种欣喜也随之翩然而去。那一年的学费是 1050 元。为了学费，父亲把猪卖了，加上姐姐的资助，我走进了高中的大门。那是我第一次离开家，父亲送我到了学校。在一切安顿好父亲要走的时候，我突然想把父亲留住。可是，我没有。他走了，骑着那辆"大金鹿"自行车。

不到一个月的时间，我那辆放在楼下的自行车被偷了。我让别人捎带口信给父亲，让父亲来一趟。当我从教学楼跑到操场，看到父亲和他的自行车站在那里的时候，我哭了。我觉得，我对不住父亲。我没有看管好自己应该看管好的东西。可是父亲却说："哭啥？我还以为出什么大事了呢！不就是一辆自行车吗？可以换一辆。"可是，我明白，换一辆的代价是什么。我擦了擦眼泪，父亲从包里拿出母亲给我准备的吃食。

高中三年是最辛苦的三年,虽然我一次又一次考取了全班第一和全校文科第一,但是我并没有在父母面前提到过。因为他们从没有问过我的成绩和在校表现。即便是父亲从别人那里听到过我学习不错,也从没有发过任何言,更不用说夸奖的话。

经历了六年的家庭变故和沧桑,父亲老了不少。再也看不到当年 13 岁时的青春年少,所见的只是皱纹和日渐增多的白发。我相信,父亲的每一条皱纹下都会有一个故事,可是他却讲不出来。即使讲出来又有谁听呢?由于父亲没有文化,家族里一般的议事活动是不请父亲参加的。即使有谁家让父亲去,也是让他去烧锅。而父亲每一次都很乐意去。

我给不了父亲什么语言上的安慰,只能在学习上让他觉得我是他的希望。可是,事与愿违,高考的失败,使我再一次地羞愧。北大梦在几天之内就破灭了,落到了一所调剂院校。我有一种无颜见江东父老的感觉。

一天下午,天特别的热,我和父亲在玉米地打灭虫药。由于打药过程不熟悉,我一直方法不对。父亲嚷了我两句,我扔下药桶就回家了。到家后,我大声地哭了。我觉得父亲是在生气,因为我没有考好。此时的我,是如此的委屈。大姐过来告诉我,其实父亲是很高兴的。在外面和别人说话的时候,总是说我考上了大学。听到那句话的时候,我有点不敢相信自己的耳朵。

大学开学,父亲没有送我。我和父亲见面的机会越来越少,和父亲之间的那种隔阂并没有随着每个假期的到来而有所改变。四年的时间也是匆匆而过。在那四年里,最让我欣慰的是有三年没有让父亲为我拿学费,得到了外国友人的资助,自己做了数份兼职。每一次当我想退缩的时候,我都会想到 13 岁时的父亲。和他相比,我还有什么不能忍受的呢?

读研开学,父亲和大姐夫送我到南京。从河南商丘到南京,父亲和大姐夫站了八个小时。到达南京的时候,已是清晨。我们三个就蹲坐在南苑招待所门前。当一切报到手续结束之后,我们游玩了玄武湖。

此后父亲再外出,已经是六年之后的 2007 年和 2009 年了。

后记:在敲这段文字的时候,父亲离开这个世界已经四年半了。在他生病的那段时间里,我把每次与他的相见都记录下来。和以前一样,我没有和父亲说上几句话,因为我不知道该怎么安慰他,不知道该从何说起。我只能尽力地去给他安排好的医疗条件。在这过去的四年多时间里,我并没有忘记过父亲。很多时候,我也在想,父亲在我生活里给了我什么影响? 我很难说得清楚,因为我和父亲交流得太少太少,表达感情的机会也太少。

有的爱,是不用说出来的,就如父亲之于我的爱一样。

又到父亲节

一周后的今天就是父亲节。

母亲节那天,我以金钱的方式算是给了母亲一份礼物。在即将到来的父亲节里,我不知道该为他做点什么。父亲的具体年龄和生日,我都不知道。作为儿子,我觉得这是有失孝道,非常丢人的一件事情,但我也从来没有问过。

父亲的形象虽然在我心里很模糊,但并没有随着时间和空间的距离而淡却。

小时候,家里穷。嘴馋的我,特别想吃街上卖的羊羔头。那个年代里,能吃上一次羊羔头成了我最大的奢望。有一天晚上,父亲从外回来,从泥土色的纸里拿出了两个。我爬出被窝,在昏黄的煤油灯下大口吃了起来。当然这样的机会是很少有的。也许正是因为机会少,我才能记得那么深刻吧。不知为何,后来的我对于羊肉开始不感兴趣了,一直到现在为止。

自从 18 岁离开家到外地读大学开始,我每年只能见到父亲两次面。放假回家之前,我都想好回去要和父亲好好谈谈。可每次都是张不开口,无果而终。在我眼里,父亲是一个很沉默的人,尽管很多人说他在外善于言谈。在家里,我和他从小到大说的话可以数出来。为何一个在外侃侃而谈的人,在自己的儿子面前会一声不吭?是哪种隔阂阻碍了我们之间的交流,还是家里的氛围使之这样?

在我眼里,父亲是一个仁慈的人。可是当父亲用鞭子教训不听话的姐姐时,他好像突然变了一个样子。尽管那样的时候很少,却让我记忆深刻。

由于很少和父亲说话,因此更少和父亲商谈事情。考取哪个高中,父亲没有提出任何建议;考取哪个大学,父亲没有说一句话;考取哪个大学的硕士,父亲更对此一无所知。一直到现在的工作为止,我的人生好像一直由我来做决策。也许是他不懂得，也许是他对自己的儿子太放心了。

19岁那年，大一的暑假，我犹如唐吉诃德一样，要在老家举办英语辅导班，但没有教室。那是我第一次和父亲商量"大事"，让他帮我到小学校长那里问问能不能用教室。父亲去了，结果是不让用，说是"不挣钱，用什么教室！"父亲把这句话告诉我，说既然没有教室，那就不要办了。也许是我的脾气使然，不甘屈服。最后，我找到了姐夫村里的一间计划生育办公室当作教室。在我站在燥热的房间，教那些孩子"ABC"的十几天里，父亲没有给我泼过任何冷水。也许他不在乎，也许他理解儿子的做法。

去南京送我读研的路上，父亲、大姐夫和我在火车上站了八个小时。到了学校，天还不亮。为了省半天的房费，父亲和我们就在旅舍的外面坐了几个小时。

我只是想让父亲出来看看周围的世界，可是在他眼里也许这个行程是痛苦大于快乐。

父亲做过河工、伙夫、木匠、泥瓦匠……按照现在的话讲，他"跳槽"过几次。在父亲领着一帮泥瓦匠盖房的时候，有段时间我特别羡慕父亲，因为他的名字可以写在新房房顶正中的那根椽子上。有一段时间，我每到一个新房都会看看椽子上的"工师"名字是不是父亲的。当看到父亲的名字时，我都会莫名的开心。

姐姐结婚的家具都是父亲领人做的，家里的柜子和椅子很多也是出自父亲之手，包括我读初中用的书桌。每次看到父亲锯木材，用墨线测量长短，我站在一旁什么也帮不上。如果我不是一个书生，父亲会不会把他的手艺传给我，我又愿意不愿意学？只是，现在可以肯定的是，父亲的手艺我一样也没有学会。

现在的父亲已经不再领人盖房子，椽子上的名字也不再是他的。现在的父亲由于身体状况不尽如人意，已经成了一个名副其实的"打工者"。即使我一次次打电话让他不要再拖着六十多岁的身体爬上十几米高的房顶，他还是在身体好些的时候出去干活。也许他是不想多花儿子的钱，也许是他丢不下陪伴他那么多年的一个手艺。只是到他更老的那一天，也许只能站在下面观看别人忙碌，自己做一个"下手"别人都不需要了。

2006年春节过后的一天，我和父亲送四姐的孩子坐车回莱州。到了镇上，我不想再让父亲前去候车地点，因为他要开着别人的三轮车在凛冽的寒风中行驶半个多小时。可是，我和四姐的孩子到了候车地不久，父亲还是骑着那辆三轮车赶了过来。他担心的是我怎么回去。在回家的路上，父亲开着那个三轮车，前面没有驾驶棚。他的脸就那样朝着寒风，头上裹着那条旧围巾，手上只戴了一只旧手套。我半蹲在车斗里,蹲在他的背后。在阳光的照射下,我还是冻得瑟瑟发抖。此时的父亲,我不知道他的身体会冷到什么程度。当时的我,觉得父亲真是一座山,为我挡住了迎面而来的寒风。

第二天,父亲就病倒了。

父亲在孩子心中到底是什么样子?就我熟悉的人来看,他们和父亲的隔阂不比我和父亲的浅,不管是城市的孩子,还是农村的孩子。

人们常说母爱如河,父爱如山。只是河容易蹚过,山却不容易爬过。我想这也是那么多人对"父亲"有所误解的原因吧。

又到麦收

母亲节那天，我很想给母亲打个电话，尽管她不知道这个节日。可是，由于害怕母亲在电话里听出我生病的声音，我还是忍住了。因为，我有任何小小的身体不适，都会让她几天睡不好，在夜里梦到我。我又何苦再把自己那点小问题在一个老人面前"撒娇"一番。那天有不少朋友都让我转达他们对母亲的祝福，可是我一个也没有传达到。我总是觉得母亲不会适应这些"洋玩意儿"。

又到麦收季节了。整日在城市里生活，使我自己渐渐脱离了乡村，渐渐忘了本，连农历都不知道是几月几日了。这是一件幸事吗？

这时，父母他们就要忙起来。虽然家里只剩下两个人的耕地，可是一切的程序还是都要照旧。在我小时候，家里地多人也多，每次到干农活的时候，都热闹得很。随着孩子们长大成家，虽然每次收麦的时候姐姐依然会来帮忙，但已经没有昔日的那种"风景"了。

自从离家去外地读大学以来，我已经有九年没有体会过麦收的场景了，脱离了那种从小陪伴我的生活方式。现在，在家里人看来，我已是一个不谙农活的"城市青年"。我也不知道自己是否还受得了在炎热天里钻到玉米地里拔草，是否受得了跟在父亲身后去给庄稼施肥，是否受得了头上顶着毛巾背着药桶给棉花打农药……这些那时我都干过的体力活，我不知道现在是否还会做。

如果不会，这应该算是一种进步还是退化呢？

每次打电话回家，母亲总是说父亲又去盖房了。作为一个当初的"掌尺"，他在已过花甲之年的年龄还爬上爬下去给别人盖房子。父亲说他是为了活动一下身体，可我知道他是为了多挣一点钱，少让我给家里一点钱。因为他知道家里的生活已经给我这个儿子带来了不少的磨难和困苦。父亲没有想到的是，正是这种磨难和困苦才给予了我去奋斗的动力。我一直给父母说，如果我小的时候家里有一万块钱，我早就辍学在家了。

上帝就是这样，他给你一种东西的时候，必然会收去另一份东西。

父母从来没有在电话里向我张口要过钱，可我知道那是我的责任。我不忍心他们俩靠着卖粮食或父亲的出外盖房来养活自己，不忍心他俩守着那仅有的两千多块钱盘算着日子该怎么过，不忍心他俩看着手里的钱盘算着买哪个药便宜，不忍心他俩除了姐姐去看望时整天吃素菜，不忍心他俩新衣服都不舍得买一件。我想要他们因为有了我这个儿子而衣食无忧。

母亲节的晚上，我让朋友到楼下邮局帮我给父母邮寄了一点钱，并嘱咐他写上"母亲节快乐！"我相信，母亲收到的时候肯定不会仔细想这几个字。这就算是我的一点心愿，也算是在母亲节送给母亲的一点礼物。

有个朋友在信里问我为何要把自己弄得那么辛苦，为何要疲于奔波去赚钱，甚至有时候都置自己的身体于不顾。如果她处在我的位置上，就不会再有那么多的疑问。父亲从年轻到年老都在为养活这个家而奔波，我又为何不能呢？

等到哪天没有这些机会的时候，剩下的也许就只有懊悔和伤悲了吧。

陪　伴

这是我十几年来第一次来到镇上的卫生院。上一次来到这个地方是母亲病重的时候，我十一岁那年。自从那次之后，由于所谓的"改制"，卫生院就一落千丈，风光不再。

这根本就不像是一所医院：院子里野草横生，垃圾堆放得到处都是。医生的诊室和做饭的地方挨着。护士拿药的时候把药片直接倒在手里面，一个个地去分配药。看到这个场景的时候，我吃惊得很。不知道病人来到这里，能不能把病治好，或是再患上别的病。

我让她把药看仔细一点，不要搞错。

她才重新核对了一遍。

当我和父亲走到输液地方的时候，眼前横七竖八地放着几张光秃秃的木板床，上面什么也没有。房子中央垂着一个风扇，静静地挂在那里，一动不动。

一个老头儿孤零零地坐在其中的一张床上面，输着液。

"就在这里？"我吃惊地问父亲。

"将就一下吧，没事儿。"父亲那憔悴的脸回应了一句。

我没有答应，因为我觉得那根本不是病人待的地方，因为它好像是一个收容所。如果在上面躺几个小时，父亲的病情可能会发展得更严重。

把父亲领到另外一个房间之后，我回了家把枕头和毛巾给父亲带去。回去的路上，我拼命地蹬自行车，尽管天气很热。我不想在给父亲的针扎好之后，在硬邦邦的床上孤零零地躺很久。当我从自己的床上扯下毛巾被、抱着枕头，骑车回到卫生院的时候，父亲已经躺在了床上，药水在一滴滴地往下滴。

我把枕头放在父亲的头下。

病房里只剩下我和父亲两个人。这是我第一次陪父亲来医院看病,更是我第一次看着父亲输液。在这之前,他的身体已经经历了不少的磨难,遭受了不少的痛苦。我很想和父亲说几句话,可是真的不知道该说什么。就这样,我坐在门口的长椅上,父亲躺在那里,闭着眼睛。

我不时地转头,看看闭着眼睛的父亲。父亲手术的时候,大姐夫陪他半个月,我不知道那时的父亲是怎样撑过来的。

父亲的脸黑瘦黑瘦的。其实,当看到他在床上躺了几乎一个上午,早饭基本没有吃的时候,我就知道他的身体状况又不好了。只是,我不知道该怎么去问。母亲只告诉我说父亲肠胃不好,可能是又受凉了。

卫生院里的病人很少,护士偶尔会过来看一下药水下滴的情况。我就坐在那里给朋友用手机发信息。

药水快要滴完的时候,我问父亲是否想吃东西。他说什么也不愿意吃。

我和父亲之间就是这样几句话,简简单单,只言片语。

对面病房里一个老头扶着一个老太走了出来。我突然为他们悲哀:这么大岁数的人来到这样的地方,本来该是子孙来陪的,可是他们没有。在老家这个地方,在这个年代,我听闻的关于子孙对长辈不好的例子已经太多了。我这次所见的也许只是其中的一个罢了。

一个小孩子被蛇咬了,卫生院突然变得热闹起来。吵闹声、啼哭声、责骂声,交织在一起。孩子在上药的时候,我从病房溜达了出来。我给朋友说,我害怕看到那种场面。我知道这是一种逃避,可是我确实不敢去面对。

父亲的针拔下来之后,我把东西收拾好,没有和父亲一起回家。我知道,如果走在一起,只会让彼此更加沉默。

朋友说我还好,可以有机会陪伴父亲,他连这个机会都没有。

我是幸福的,一种痛并快乐的幸福。

他一直说他很孤独寂寞。

我不知道我这种算不算孤独,或者是一种幸福的孤独。

午 后

当我把水桶放到井底的时候，看到了浮在水面的几只蛤蟆，突然恶心得想放弃打水。可是望望四周的玉米地，只能听见风声，花粉簌簌地落下。我很想让在地里正在忙活的父亲过来帮我打水，可是又怕父亲觉得我无能，连这点活也干不好。

我用手晃了几下拴在桶上的绳子，水桶还是漂在上面，没有进一滴水。就这样，我一直晃了十几次，桶才开始下沉。我一边看着水往里进，一边又害怕蛤蟆进到里面。打水上来的时候，有一只小蛤蟆在水里，还有几只死了的蟋蟀。我没有用手捞，而是把水倒出了一部分。

我把水倒进药桶里，放好药的剂量。一只手把带子系在身上，另一只手提着药桶把它抽到身上。此时，我已经打完一桶药，由于漏水，我的全身已经湿透，鞋里都是药水。

站在深绿的玉米地里，地头的杨树被风吹得呼呼作响，我抬头望着天，一手压着水，一手举着喷管。随着阵风的到来，喷上的药水落在脸上、眼镜片上，只是觉得脸火辣辣的。我好想用舌头舔一下嘴唇，尝尝农药的滋味。

背着药桶，我一会儿朝这个方向，一会儿朝那个方向，那样飘在我脸上的药就会少一点。

这是我第二次陪父亲打农药。

转眼之间九年已经过去了，父亲老了九岁，我也长大了九岁。他昨天刚刚打过针，身上摔的伤还没有好，擦的都是紫药水。我不止一次劝他歇着，让我来干这些活。可是父亲披着长袖，头上顶着毛巾，一句话也没有说就钻进了地里。

等我再次去装水的时候，父亲已经把打好的水放在了地头，他好像知道了我打水时候的犹豫。

我知道父亲昨晚没有睡好，他在客厅打着地铺，不时地咳嗽。四姐的女儿在这里住，睡在父母的床上。床不大，父亲很少到床上去睡，只是这样将就一个晚上，那样将就一个晚上。

我一次次地到市里去买药，一次次地去买各种吃的，一次次地想帮助父亲，可是当又一次看到他蜷在卫生室的床上等候打针的时候，我差点在医生面前落泪。由于间隔不到十二个小时，父亲要在那里等候，一直等到时间的到来。如果不是真挨不下去，父亲是不会那么急匆匆地到那里去再打针的。

医生把药水配好之后，我出去了。

一个人在门外吃着一根冰棍。

我让父亲到我的房间睡，我睡客厅，他不愿意。凌晨四点，父亲还在那里辗转反侧，不能入睡。其实，我知道父亲每次睡之前都会吃安眠药。当时的我，真是不知道该如何做才能让自己的心情平静一下，给父亲一个很好的休息环境。六点的时候父亲已经起来。每个晚上，于父亲来说都是一个漫长的夜晚。

父亲没有把药打完，让我打完了剩下的四桶药水。按照平时他那对我默默的关心，他是不会让我做那么多农活的。我知道他累了。就这样，他站在小路上，我一个来回又一个来回，高高地举着喷管，直到把最后一棵玉米喷完。

我和父亲一前一后地走着，距离很远。我拖拉着满是泥水的鞋，背着药桶，弯着腰，一句话也没有说。

风吹乱了我的头发，我什么也看不见。

仪 式

北风呼呼地吹着,尘土漫天飞舞,我穿梭在人群中。

哭声、唢呐声、叫喊声,传入我那已发麻的头皮里。即使我裹紧了衣服,依然是冷得刺骨。

六天之后,白棺材成了黑棺材,在儿子、女儿、哭丧之人的簇拥下,从狭小的门口抬了出来,上面撒满了黄色小米。

出了这次家门,就再也没有了回程路。

男人在前,棺材在中,女人在后。一直的风俗,流传了数辈人。

按照辈分,我本该在哭丧的行列,但因为我是单身,所以我又被排除在外。

没有听大姐的劝阻,我执意跟着去了我们这一门人的祖坟。它就在空旷的麦田里。前一天,三叔已经把爷爷的坟头用土封了一点。对于爷爷奶奶的坟,我们这一代是没有概念的。

爷爷娶过两个老婆,第一个老婆给他生了两个女儿,死的时候没有儿子送葬,是堂侄子扛的幡。那时,众人以为我们这一家要绝后。

后来爷爷又去河南谋生,娶了第二个老婆,生了我的父亲和叔叔。奶奶1976年死在河南前夫的儿子也就是我的大伯家里。所以,我很长时间里都不明白,为何我要叫叔叔"三叔"。奶奶死的那一年,我堂哥未出生,所以奶奶一辈子也没有见到过孙子。

一直到现在,奶奶还是埋在河南。

由于这次的坟距离祖坟往北移了一点儿,族长专门请了一个风水先生看了风水,用红头绳把四周圈了起来。棺材下葬的时候,哭丧的女人们不能踏进红头绳之内。

棺材进了地,男人进了地,女人们在地头坐着,哭着,撕心裂肺,肝肠寸断。

我傻傻地站在那里,泪水再也禁不住地落了下来。挖的坑很浅,棺材放在里面,如果不用土封,前头的盖还露在外面。

人一生的归宿,最后就是这几尺见方的黄土地。所有的痛苦、快乐、忧伤、愉悦,都化成了乌有。

我和几个小孩把纸扎的房子、银行、楼子,抬到了地头小路上,付之一炬。

生老病死,是一个自然的过程,可是当真正面对这些的时候,才发现明白和经历是两种不同的体会。经历一次葬礼,就会对生命多一份不同的体验。

母亲给我说过一句俗语:"出了门(出殡),圆了坟(出殡三天后),世上再也没有这个人。"

世上没了这个人,可他(她)还是在某些人的心里被纪念着。

祝福父亲

到达济南机场的时候，已经是晚上六点多。

12度的天气让我有点瑟瑟发抖。读书时候，数次经过济南，我都只是路过。这一次，特地到济南，却是为了生病的父亲。

堂兄在马路边等着我，小声地给我说医生的意思。当我听到可能是癌症的时候，脑子里突然一片空白。

我故作镇定，跟着堂兄走到50元一晚的小旅馆。二姐哭着，父亲就蜷在床上。

二姐用力喊了喊父亲，父亲睁开眼，说了一句："你咋回来了？"

我强忍着眼泪，望着父亲那已经有点面瘫的脸，望着他满脸的胡子，和那一身有点脏的衣服。

我不想让父亲住在那散漫着厕所味道的小旅馆，决意换一个住的地方。

只是，我不熟悉济南。打上一辆出租车，我让司机带着我看周围的旅馆。

一切安排妥当，堂兄去一家私立医院挂号，看看有没有止疼针。我扶着父亲走出旅馆，走了不到十米，他就吐在了路边。

那个晚上，父亲疼了一宿，我睡在地板上，一宿无眠。

天亮了，我跑到楼下的永和豆浆店给父亲买了一点早餐。父亲嘴里含着吸管，喝着豆浆。尽管如此，还是有豆浆从已喝的嘴里流出来。

我不敢相信，病了两个月的父亲竟成了这个模样。

去拿CT结果，去一次次挂号，去办理住院手续。偌大的医院里，我和二姐一次次地跑着，此时的父亲一个人躺在宾馆的房间里。

幸运的是,父亲得到了唯一的一个床位。

磁共振,磁共振的加强,每次推着父亲去做这些检查,都觉得是走在一座独木桥上,不知道还能否再回得来。

联系在北京的朋友,在深圳的表姐梅君,看万一有什么情况能否把父亲转到北京或深圳的医院。

那个时候,我特别地恨自己,为何认识的人那么少。

很累,不只是身体的疲惫,而是内心的那种煎熬,尤其是等待未知结果的那种煎熬。

第三天,我和主治医生谈了谈,定在周一手术。我给了主治医生500元,作为一个暂时红包。那是我第一次给人红包,有点不知所措。晚上,我和从莱州赶来的四姐回了老家,看看在家的母亲。

第四天,我调停了回深的行程,等父亲手术后再回。

第五天,我又和堂嫂到了济南。父亲的疼痛,依然没有减轻。给父亲刮了头,洗脚,擦身子,等候着第二日的手术。

第六天,早上八点,我推父亲进手术室。麻药单上签字的时候,我又塞了一个红包给麻醉师。表姐告诉我,手术中,麻醉师和主治医生都需要打点。十点四十,父亲被推了出来,进了监护病房。

现在的父亲,依然吸着氧气,躺在那里。

此　时

此时,躺在病床上的父亲不知还是否疼痛?

离开了济南,回到深圳,可二姐的电话依然在遥控着我的情绪。很多时候,我不想给二姐打电话,也不想看到"济南二姐"这四个字在我的手机屏幕上出现。可是,每天,我依然要面临着听到二姐说"痛"和"不痛"的煎熬。

当听到二姐说父亲几个小时没疼时,我会开心;当电话的那端传来二姐低沉的声音时,我脑子里住一锅粥一样,不知道该怎么办。二姐比我更难受,一个多月里,她不眠不休地守候在住院父亲的病床前。父亲的每一次疼痛,她又何尝不痛心、抹泪、吃不下饭。

二姐可以自由地表达自己的悲伤;而我每一天还得坚持着笑脸去面对学生,风趣地开着玩笑。

下班的铃声一响,我的精神会突然垮下来,呆坐在那里一会儿。

嘈杂的声音,我熟视无睹,就如丢了魂魄一样。

从村卫生所,到乡医院,到县医院,到市医院,最后到省城医院。父亲就这样来回奔波于医院之间,每一天机械地伸出胳膊让护士扎针,好像没有了疼痛感。

从得病的那一天起,父亲的那个手臂上已经扎满了针孔。

我不知道我为何要这样坐在床上写这些文字,因为文字不能减轻父亲的任何疼痛。

动手术的前一天,二姐让我给父亲洗洗澡,我有点不知所措。不是不愿意,不是和父亲不亲近,只是因为自从我记事起,就从没有和父亲如此亲密过。

最后,我没有给父亲洗澡。

在医院的那几天,我和父亲的话不超过十句。我和父亲这么多年来,一直都是如此。

我爱他,可是不知道该如何表达;他疼我,也是不知道该如何说出口。

就这样,我到了而立之年,父亲到了66岁。

三十年的时间里,我和父亲就这样礼敬如宾,都关心对方,都在乎对方,都默默地在为对方着想。

一个多月里,母亲没有再见到父亲的面。嘴上不说,我知道母亲是想念父亲的。堂嫂有一天告诉我,母亲抹泪的时候说如果没了父亲,她哪个儿女家都不会去住。

父亲和母亲没有轰轰烈烈的爱情,没有说过所谓的"爱"或者"不爱",可是这一句话就已经知道她对父亲的那种感情。

离开医院的那一天,当和父亲说我要回的时候,父亲又落泪了,二姐也抽泣起来。

我鼻子一酸,对父亲说:"我有空的时候再请假回来。"

手术的线拆了,父亲的疼还在时断时续。

我实在没有了招数,或者去北京是我最后的选择。只是,现在依然眩晕的父亲该怎么到达北京,成了一个我不得不考虑的问题。进京一次,对一个健康的人来说,或许不是一件难事;但是对于一个不能顺利行走的人而言,谈何容易。

二姐说去疼痛科看看,我同意,也只能同意。

生病是一种平常事,我不想因此惆怅。可是如父亲说的那样,生平第一次经历的结石手术都没有现如今受的罪大,因为这一次到如今都不知道究竟是什么原因让自己疼痛。

我更是不明白。

明天,父亲又要坐在轮椅上在医院的人群中来回地奔波一圈。对于医院那些医生的态度,我除了内心觉得寒冷之外,没有别的感受。

如今的我,除了多工作一些,让父亲有更好的治疗条件,多为父亲祈祷祝福之外,还能做什么?

又到济南

又回到了济南,又到了那个宾馆,只是父亲和姐姐已经回去。

我一个人在房间里,泪水流个不停。我不想控制自己的眼泪,因为我不想在家人面前哭泣,让他们更加悲伤,尤其是母亲。

第二天,我八点多才起床。

突然很怕回家,想慢慢地回家,那种怕是以前从来没有过的。

见到母亲的时候,她的眼睛有点红。母亲那时还不知道真相,流泪是因为觉得父亲一天天不吃东西肯定是有问题的,一个好好的、能走路的人,怎么在住院之后反而身体越来越差呢?

父亲躺在床上,很没有精神。

晚上,三姐把医院检查的报告单给我看。或许是母亲猜到了什么,过来要看报告单。三姐一把扯了过去,说是没什么,不让母亲看。母亲跟着到了我的房间,一直追着要看。

我走到房间里,把报告单拿给母亲。在灯光下,母亲一个一个字挨着读,看到了那两个让人心痛的字。

刹那间,母亲说话的声音都变了。

我一直安慰着母亲,解释着那句话后面还有一个问号。

母亲已听不进去我的解释了。

二姐大声地埋怨着三姐,说不该让我那个时候看报告单,让母亲那么直接地知道结果。

我说,不要再怪谁了,母亲迟早有一天会知道结果的。

　　母亲坐在我的床上,小声地哭了。邻居都过来劝母亲,我一再地解释着那个问号的意思,并说父亲身体养好一点,我带着去北京。

　　母亲说她很早就觉得别人在骗她,不给她说实话,因为她每次问姐姐和堂嫂,得到的答复都是"炎症"。可是母亲是明白人,早就怀疑父亲的病不简单,因为若是炎症,父亲为何会身体那么差,为何会一直咳血。只是,这个报告让母亲那一点点仅存的希望都破灭了。

　　第三天,天气比较暖和。我和姐姐把父亲扶到院子里的躺椅上,鼓励他在外面晒晒太阳。母亲就坐在父亲旁边,一看到父亲咳嗽就赶快拿纸擦。只要有血,她就会说"这次又带血了";若是没有,她会语调高一点说"这次没有"。

　　每次看到母亲一个人走到房间,我都会赶快让姐姐去房间看看母亲是否在流泪,然后我再去劝母亲。

　　母亲哭的时候,总是用被子蒙着头,小声地啜泣着。我会掀开母亲的被子,然后说着别的事情。

　　母亲哭着说:"我没想别的,只是觉得要是你爹不在了,是没有人能够伺候得了我这个身体的。我不会做饭,家里的什么事我都没有操心过。"

　　我知道母亲的痛楚。一个照顾了她20多年的丈夫若是突然离去,她肯定会无法适应。

　　"你爹在菏泽住院的时候,让别人捎话说让我想开一点,别再省钱了。这么多年以来,你爹他从来没有说过这样的话,我知道他说这话的意思。"

　　母亲在那里说着。

　　第四天,父亲的身体突然很差,一天基本上没有吃东西。

　　母亲的心情也很差。

　　我叫上母亲到村西的麦田里去看看她和父亲种的麦苗。

　　母亲不愿意去,她只想守在父亲的身边,可是那样她会更难受。

　　我和母亲并肩走在大街上,和街坊邻居打着招呼。

　　母亲好像没事一样。

　　晚上,四姐、四姐夫、两个外甥女,还有我堂弟从莱州回来。

　　夜空下,堂弟站在院子里,哭了。

　　我也哭了。

　　"你大爷(大伯)关心你比关心我多。"我说。因为,父亲一直在操心着堂弟的事情,诸如房子、结婚和婚后如何谋生。甚至连堂弟喜欢打牌,他都要训斥几句。

对于我，父亲好像从来没有表现过这样的亲近。或许，我让他太放心了。

那个晚上，我收到了深圳叶缘希同学的电话，告诉了我曾姊妹的事情，说是曾姊妹有偏方。冥冥之中，我好像看到了一点点希望，赶快给曾姊妹打了电话。

那个晚上，大姐没有留宿在我家。二姐和母亲睡一张床，照看父亲。

第五天，我早早起来，走到父亲床前，给他说我今天要回深圳。看得出，他有一点失落。

由于是一个吉利的日子，很多亲戚来看父亲。二姐夫家的人，三姐的公公婆婆，还有我的两个表姐，一个表姐夫，一个表哥和表嫂，还有我的舅舅。

十一点，我离开家，和二姐还有四姐的大女儿骑车去了镇上坐车到菏泽。由于时间太紧，我买票后只是和她俩吃了一点包子、凉皮，安排她们去给父亲买点吃喝用品。

站起身要走的时候，我强忍住眼泪。

我不想看二姐那朴实的眼神。在这近两个月的时间里，她是最辛苦的。

生活是什么，不是那些卿卿我我，也不是那些所谓的甜言蜜语，就是如此的现实，现实到让我觉得有点窒息。

坐在车上，我看着窗外的冬天景色。

累了，我闭上了眼睛。

在家四日

第一天

十一点,我和表姐开车到罗湖水库新村的曾姊妹家里去拿药,到达机场的时候是一点钟。

下午五点三十分,我第三次到达济南。

飞机晚点 20 分钟。

二姐在老家租了一辆车,和司机在机场外等我和梅君,还有峻熙。距离上次到达济南,又过了一周,天气明显冷了很多。

车在高速路上飞驰,只是我觉得这次的路比上一次长。

到家的时候,已经九点。三姐和堂嫂拿着手电筒出来接我们,母亲也走了出来。我听得出来,母亲刚刚哭过。

走到床边,看到父亲躺在那里,没有一点精神。即使看到峻熙,也只是睁了一下眼睛。我知道,他的心里是开心的,可是他好像已经无法表达出来。

母亲和姐姐告诉我,父亲中午吃的东西全吐了。

第二天

早上,朱大姐夫来看望父亲。

我把从深圳带来的药给父亲吃,他只吃了两口。

下午,父亲吃了一点东西,又全吐了。

傍晚,堂大爷的孙子春景和妻子过来看望父亲。父亲突然用很大的力气和他说话,说起坟地的事情,说多活一会儿,多受罪一会儿。关于祖坟的事情,父亲记得很清楚,从哪个井口往哪里走多少米。春景突然哭得一塌糊涂,春景媳妇赶快抹着眼泪走开去堂嫂家哭了一场。

父亲想念三叔,只是三叔在北京打工还没有回来。

晚上十点多,父亲坐了起来。鼻子突然流血,流个不停,不大一会儿被子上就红红的一片。我和大姐、二姐,不知道该怎么办。这时,打止痛针的大夫过来了,立即给父亲用上了云南白药,用凉水浸泡过的毛巾捂住父亲的额头。我着急地打120,县城里120说是救护车到别地去了,市里120说是救护车到农村很难进来。

我着急地大声说着。

幸运的是,父亲的鼻子流血渐渐停止了。

今天一天,大夫给父亲用了三支止痛针。

回到房间后,梅君哭得厉害,我也是。

我不知道父亲为什么要受这样的罪。

第三天

早上朱大姐(与我同母异父)的儿子和媳妇来看父亲。

姐姐喂父亲吃了药,我很开心,因为他没有吐。

中午又喂父亲吃了一次药,大姐说父亲没有吐。我特别的开心,吃中午饭的时候,笑声多了不少。

下午我和堂哥去看了一下汉代古墓发掘现场。

回来后,大夫给父亲打完止痛针,大姐喂了父亲一点小米汤,没想到他吃后把所有的东西都吐了出来。

我的心情又沉重了起来,回到房间,躺在那里一动不动。

晚上,我和大姐去了大夫家,感谢他一次次地跑来打止痛针。按照他的说法,照这样的速度,父亲坚持不了一周,因为身体实在太弱。他建议我先到学校,把工作尽量提前做完一些,否则,到时候很难回来。父亲去世的话,我至少一周走不了。

三叔从北京赶了回来,来到我家。看到父亲的样子,三叔也哭了。那个时候,我也当着众人的面流泪了。看着他两兄弟的场景,一切语言在此时都是多余的。两兄弟从小吃苦,到现在依然忙碌着。

父亲想给三叔说清楚坟地的事情,可是他表达得已经不清楚了。我赶快拿来相机,想把父亲的形象录下来。

父亲用手指指我,叫我到身边,说办个火化证,不火化。

我哭着点头答应。

父亲给三叔说,不用唢呐,一切都不要。

三叔流着泪,我却含着泪大声地给父亲说一切都要有的。

我和三叔商量我回去先把工作处理一下,他同意,说是我来回奔波几次,也算陪了父亲,不能算没见面。就是我天天守候在家里,也是这个样子。

躺在床上,想着父亲说的那些话,我的泪又流了下来。

第四天

早上,我给领导打电话,又赶快订好票。

表哥和表嫂来看望父亲。

我没有告诉父亲我要离开几天。

临走的时候,在胡同里,我给三叔说,要买棺木的话用表哥说的那个柏木。

我想尽力把最好的带给最后时刻的父亲。

堂哥和梅君开着摩托车把我送到镇上,二姐、堂嫂和外甥在那里等着送我。二姐和堂嫂说没有给父亲添置好送老衣,找不到合适的颜色和尺寸,尤其是鞋子,因为父亲要穿45码的。

我坐上了去市里的中巴车,眼里含着泪水。

父亲,等我回来!

父亲,此时的您在想什么

父亲:

此时的您在想什么?

您四岁的时候,中华人民共和国成立了;您二十岁出头之时,"文革"爆发了;您三十三岁的时候,改革开放开始了。可是,这一切和您这样一个平头百姓的距离是如此遥远。

此时的您,一只眼睛已经失去了光明;此时的您,嘴巴已经有点㖞斜,不能正常地喝水和进食;此时的您,听力已经近乎丧失;此时的您,身体已经瘦得让人心痛。

心里有千言万语,可您已经无法与我对话,也没有了那个力气。

当我情急之下想用文字告诉您坚强和配合吃药的时候,我才又想起您因为家贫而一天学堂没有进过。

我无能为力,只能用力指指我的头,表示问您疼不疼;用手指指我的屁股,问要不要打止疼针。

父亲,您的眼泪为何会不时地流出?是放心不下母亲,还是放心不下儿子,还是舍不得离开这个让您受了一辈子苦的尘世?

父亲,此时的您在想什么?

在想当您才十五岁时候就已经去世的爷爷?

在想 1958 年自己才十三岁时就去挖河挣工分的场景?

在想曾经去姥姥家吃的那几个杂面团?

在想死于异地他乡的奶奶?

在想自己过去六十五年的人生岁月?

还是在想那个黑乎乎的未知世界？

看着您躺在床上的身躯，我有泪，可是没有在您面前流出。我不想让您在此时看到儿子的软弱，也不想让您内心的压力更重。

您也在迷迷糊糊中告诉我说，人都要走这条路，可是我无法接受这样突然的事实。三次回去，三个状态的您，让我满是愧疚和亏欠。

父亲，此时的您在想什么？

对于您的这一生，就如您所说的那样：什么苦都吃过，什么罪都受过。可是，到了如今，您还要再这样遭受难以忍受的痛苦，您心里不甘，我心里又何忍？母亲又如何能控制住自己的悲伤？

您是一个内向之人，儿子也是一个内向之人。因此，我们从没有坐下来交流过一个话题。您忙碌着农活、盖房子、做家具、养活一家子；我忙碌着学习、工作。您在那片土地上扎根，我却想逃离那片故土。我很想和您谈心，可到此时我才知道，一切已经太迟了。

父亲，此时的您在想什么？

每次听到您说出那些身后事的安排时，言语就如利剑一样刺痛着我的心，让我欲哭无泪。我无法要求您有所谓文人描述的丰富的精神世界，也无法要求您把生死看得一切如浮云。蝼蚁尚且偷生，又何况是一个活生生的人？我多么想鼓励您，安慰您，给您勇气和信心，可是我知道那一切好像在您面前都成了文绉绉的、冠冕堂皇的话。

父亲，此时的您在想什么？
在想冬天没有被子盖时的辛酸？
在想冬天铺着凉席睡觉时的寒冷？
在想自己照顾结发妻子的那二十年？
在想去南京送儿子读书时的场景？
在想自己辛苦劳作的一个个春夏秋冬？
父亲，此时的您在想什么？

很多人就那样离开了，什么都没有留下。我很欣慰，我曾经写下一些文字来讲述您的故事，来记述您的生活，哪怕是只言片语。

父亲，您等到了心底愿望最终实现的那一天，尽管是迟到的实现。我不相信命运，可是又觉得命运真的在和我们开玩笑。

父亲，此时的您在想什么？

在家三日

第一天

下了火车后,冷空气顿时袭来。

乘坐出租车到家时,母亲和姐姐们没有想到我到家那么早。我进到房间里,父亲看了看我,很是没有力气,声音嘶哑地说了一句:"你又来了。"

打针的医生建议我给父亲买留置针,就是那种扎一次可以用几天的针头。匆匆吃过午饭,我骑车到镇上。刺骨的风,吹得我耳朵生疼。

等候了半个小时,开往市里的中巴车才启动。

到了市里,第一件事情就是去药材公司。

由于我不知道地方,第一辆出租车也没有找到。最终找到地方之后,给父亲买了两瓶白蛋白,三套留置针,还有健胃的药,又给母亲捎带了滴眼液。

第二件事情是到超市给父亲买露露花生奶,现在父亲只能偶尔喝两口这个东西。知道父亲在济南住院的时候可以喝永和豆浆,我让司机在永和豆浆店停下,打了两份豆浆外卖带走,一份加糖,一份原味。

这一次在超市,我没有买很多东西,因为很多东西父亲已经吃不下去。

第三件事情是给来看望父亲的外甥和外甥女买返程的火车票。

乘坐回镇上的中巴车,又等了半个多小时。我买了一个热乎乎的鸡蛋煎饼。

到镇上的时候,天已经黑了。我以为可以很顺利地骑车把买的东西带回家。可是我把箱子放在后座的时候,掉下来三次,箱子也摔破了。最后,我把箱子里的东西拿出来,分配好,用手提着那个破烂的塑料箱子骑车。

很多大卡车经过我回家的那条路,车灯光刺眼得厉害。我骑车的时候小心翼翼,否则,要么是掉到河里,要么是撞车或者撞人。由于一直紧张,寒冷也顾不上了。

骑车到村南头的药铺时,电车没电。我只好推车走一会儿,骑一会儿,又赶快给外甥女发了一个信息说车没电了,不要让姥姥着急。

推车到了胡同口,塑料箱子又一次掉在地上。

到家时候,姐姐和母亲都还没有吃饭。

晚上,我去三叔家。我知道,三叔肯定要和我谈事情。这也是我再一次回家的目的之一,因为我是家里唯一的儿子。

三叔说起办理父亲丧事的时候到底需要邀请哪些亲戚,办多大的场面。是一家来一个排行老大,还是所有的一起来,或者所有的一起不来。我的意思是,不要办太大,也不要让人觉得自己家没亲戚邻居。毕竟这是在乡下,有一定的规矩。

之后,又谈起到底用几寸的棺材。

梅君给二姐打电话、发信息,没有理会我,好像忽略了我发过的信息。

第二天

上午时候,医生过来打针。

下午时候,三叔、本家一个侄子,还有父亲一个原来的好友,过来和我谈给父亲买哪一口棺材。有两个选择:一个是五寸,一个是六寸。父亲的朋友说是没必要用那么好的,我的意思是至少给父亲一个好一点的。最后,选择了六寸那个,1800元。

我给本家侄子100元订金和一包香烟,让他多跑一趟去订,因为那些木材还没有组合为成品。

晚上梅君又给二姐打电话,没有理会我。其实,我心里真的蛮需要她的一个信息支持。

我一直打电话给单位准备问如何申请二居室房子,可是一直打不通。

下午海霞从广州打来电话,要我注意身体。其实,她本身都已经感冒,嗓子沙哑了。

晚上田戈从深圳打来电话。说了很长时间,安慰我,很是让我意外,也很让我感动。

邻家二哥过来看望父亲,我和他聊起父亲的往事。

不时收到学生的信息,问我在老家的情况,让我注意防寒,说他们会在我背后支持我。

十点多时候,三叔又过来,说起墓地的事情。三叔走后,大姐和二姐因为到底该让哪些亲戚来差点吵了起来。我安慰每个姐姐,说我是不会让任何一个姐姐因为均摊父亲的事情而去贷款的。

晚上，我睡在自己房间里。父亲半夜起来一次，清晨又起来一次，二姐一夜没有合眼。

第三天

打电话给单位后勤办，房子的事总算有了着落，得到了批准。

十一点多，我和大姐去照相馆给父亲翻拍一张单身照片，到时候需要摆在桌子上。在家里，一张父亲的单身照也没有找到。最后，只能截取 2007 年他、母亲和我在深圳园博园照的那一张。姐姐和母亲都觉得那一张好，父亲穿的衣服得体，脸上也有笑容。

照相馆的人说翻拍后洗 16 寸的，我建议保留身后的竹子，这样看起来不是那么严肃。

下午的时候，医生过来打针，但是由于选择的血管很细，脂肪乳一直滴不下去，四五个小时才完成三分之二。

晚饭之前，母亲一个人又坐在沙发上哭起来，说是父亲一直都没吃东西。我安慰母亲说，医生说坚持一周，这不是过来了吗？

母亲说父亲肯定坚持不了一个月。

我知道，母亲肯定希望父亲坚持的时间越长越好。我问母亲："现在俺爹这样，你咋想？"

母亲说父亲是在受罪，一天打那么多止痛针，反正治不好了，不要打针了。

我说不会的，只要能坚持，天天打一瓶 400 多元的白蛋白都可以。

晚上，三叔又过来说起墓地的事情，说是基本上确定了，明天再和本家侄子去看看。

二姐躺在床上，不知不觉睡着了，她确实也累了。

父亲已经不能出外上厕所，只能在房间里。大姐和我扶着他下床，搬来板凳。看着父亲那个样痛苦劲儿，我真的想放声大哭。

我很困，也想让大姐早点睡，就早早回到了房间。心里压抑了很多事情，打电话和堂嫂说了很久。

父亲很焦躁，不睡觉，大姐和二姐并没有休息好。

父逝六日

十一月初九　周二

　　晚上八点,写作课程结束。我疲惫了一天,没有吃上一顿像样的热饭。学生阿丘和我走在一起,准备去吃一点云南米线,同时希望把一些手机软件传给我。只是,我的手机此时没有了电。

　　中午和下午,一边工作,一边忙碌着父亲的病情,联系买雾化器。当医院的医生告诉我雾化器已经买到的时候,我很是开心。在和阿丘一起吃饭时候,我还要了一点烧烤,喝了一瓶啤酒。阿丘想给我用数据线充电,可是没有成功。

　　此时是八点半左右。

　　九点多一点,我坐车回家。到家之后,很想睡一觉,可是看到了家里座机电话上有大姐打来的电话,时间是十点零四分。

　　我知道父亲肯定出了事情,连忙拨了回去。大姐接的电话,说是要我明天回去。我说父亲是不是没了,大姐哭着说是的。

　　我问什么时候。

　　大姐说是八点半左右,只是打我手机一直打不通。

　　屋子里闹成一团,姐姐们的哭声在电话里传了过来。

　　或许这就是天命,父亲在走的时候不想让我知道。

　　我心情很平静,知道那一天终究会到来,只是没有想到这么快。

　　梅君给我打来电话,表姐忙着给我订了机票。

　　我给阿丘打电话,告诉他消息,通知学生停课。

　　学生的安慰信息一个个地发了过来,我很是感动,再也忍不住哭了起来。看着屋子里父亲的照片,我怎么也不相信父亲已经和我不在一个世界了。

梅君和峻熙开车过来,说是不放心我,过来陪陪。可是,那个时候,我真的不想有人在身边,只想静静地待在房间里。

十一月初十　周三

表姐给我订的是最早的一班飞机:八点半。我一点多才睡,五点就醒了。

七点正式从家出发,到了机场是七点五十,排队的人很多。

飞机晚点四十分钟,到达郑州时十一点十分,天气异常寒冷。

我坐十二点半到菏泽的车,到达菏泽时三点多一点。

打车到家是四点多。一下车,我就看到了家门口挂的那个白布,几个邻居在胡同里等我。

我走进堂屋,看到了白色的棺材。姐姐和母亲跟在我身后。我以为棺材没有盖上,我还可以看到父亲,可是棺材却盖上了,只留下一点缝隙。

我扶着棺材,泪水流了下来,问三姐:"爹在哪里呢?"

我不知道当时该说什么。

吃晚饭的时候,姐姐们给父亲烧香,同时给父亲敬饭,当成人活着时候一样。姐姐们都哭得厉害,我一边拉姐姐,一边流泪。

我还是无法相信,父亲此时就躺在棺材里。

我见到了赶回来奔丧的堂哥。

因为我是儿子,没有及时赶回,邻居没有给亲戚家报丧,所以没有在第二天吊孝。

晚上,母亲不让我到棺材旁边守着父亲睡,说是太冷,我受不了。大姐也不赞成。最后,大姐夫去棺材旁席地而睡,我睡在了床上。

此时,最难受的是母亲。

十一月十一　周四

今天是吊孝的日子,亲戚一个个都来了。每一个男性亲戚来吊孝,我和堂哥都要到门外行礼。

想到父亲就躺在棺材里面,泪水不由自主地流了出来。

舅舅家的人也来了。按照常理,舅舅家要留下一个人等到封好父亲的棺材之后才可以走,可是他们没人留下来。

等一切亲戚走了之后,我到集市上买了一些菜。

下午时候,封棺。

父亲瘦弱的身躯躺在那里,上面盖着一个红褥子。掀开蒙在脸上的纸,我看到父亲的脸,有点苍白,比较光滑,没有了生病时日痛苦的表情,显得如此自然。我用棉花和镜子给父亲净面,算是给父亲最后一次打扮。

四个姐姐按照顺序依次而来。

当棺木盖上,用楔子钉上的时候,所有在场的人无不痛哭,因为这是在世界上最后一次看到父亲的面容。以后,永远没有机会再看到父亲。

泪如雨下,我体会到了那种感觉。

之后,大姐夫用油漆把棺木漆成了黑色。

十一月十二　周五

今天主要的事情是宴请负责召集抬丧的人和负责掌管行礼的人吃饭。

一屋子的酒气,尽管我不是很喜欢,但还是要如此办。那个时候,我突然讨厌这一切的程序。

十一月十三　周六

上午,我和三叔还有几个邻居到墓地上去看父亲的棺木到底埋在哪个地方,了解了不少祖坟的历史。最后,父亲的棺木确定埋在大姐夫村庄的一家麦田里。我们把田地主人请来,给他说明情况,送给了他一条香烟。

外甥小勇从青岛赶回来奔丧。

临近晚上的时候,邻居哭着过来给父亲送路,因为明天父亲要入土了。

母亲今天哭了几次,我心里很是难受,可是不能在她面前哭。

晚上,外甥女欢欢、四姐夫、小外甥女梦琪、堂弟分别从莱州和桃村回来奔丧。

泪水再一次控制不住。

今晚是给父亲守灵的最后一晚,大姐夫、二姐夫、四姐夫,还有我一起守了一宿。

十一月十四　周日

今天,父亲入土了。

早上起得很早,心里很不好受。喝了一点稀饭,我只身到了坟地,先用铁锹在四个角挖四下土,然后别的人才能挖。

我穿着重孝衣。

唢呐班早早到了,给父亲扎的一些社火也都抬来了。

亲戚一家一家都来了。每一次来,我、堂哥、堂弟和姐姐们都要痛哭。

正式仪式要等到舅舅家的人到来才能开始。

十一点多,舅舅家的人到来,正式仪式开始。

掌礼人领着我、堂兄弟，还有几个陪孝的人给父亲姥姥家的人磕头，给我姥姥家的人磕头。一般是四个，对方会免掉两个。

我们跟着掌礼人走到胡同里，唢呐声音响起，我拄着幡杖行礼。出门的时候不能哭，要回门的时候才能哭。

这样的礼节一连行两次。

然后，我和堂兄弟抬着一把椅子，上面放着父亲的衣服，后面跟着姐姐们和堂嫂，走到村后的路上，围着给父亲扎的纸车绕三圈。回门的时候，我们也要痛哭。

稍候片刻，我们再次去给我姥姥家的人，还有父亲姥姥家的人磕头行礼。

随后，我们到村后路上给抬棺材的人磕头行礼。

接下来就是出丧。

灵棚拆了下来，父亲的棺材从屋子里被抬出。在这里生活了一辈子的父亲，就这样离开了这个院子。

家人无不痛哭流涕。

我让大姐的女儿用相机把这一刻拍了下来。

抬到村后，棺材放在架子上，再罩上纸扎的罩子。起丧的时候，我要把一个砂盆在丧架上摔碎。

这时，最后一遍正式行礼开始。

我和堂兄弟行的是重九拜。站后面磕四个，然后到供桌前磕一个，再回到原处磕四个。

姐姐们也是如此。

亲戚们的行礼紧随其后。大姐夫行的是二十四拜，村里人给父亲行的也是二十四拜礼。

亲戚行礼之后，抬父亲棺木的人放下手中的木杖，给父亲行了十二拜礼。

坟地距离我家不算太远。

我在丧架前，棺木在中，四个姐姐跟在丧架后。她们要弯着腰，双手扶在丧架上，不能落下，否则不能再放上。

过路拐弯的时候，棺木要停下，叫"打点"。打点一次，我就要回头一直磕头，直到丧架再走。

一路上，丧架打点三次。

墓穴挖得很深，棺材放到坑里后，还要套上一层塑料布，避免棺木很快朽烂。

又是哭声四起。这是最后一次见到父亲棺木的样子，以后他就要在这个世界彻底消失,被深深地埋在地下。

由于梅君不在,我要抓土,一个角落抓一把,然后头也不回地走回家。

到家的时候,饭局已经开始。我看着黑压压的人群,真是有点说不出的压抑。

吃饭的过程中,我还要给我姥姥家的人、父亲姥姥家的人、做饭的人以及带着礼金来参加父亲丧事的人行礼磕头,不过大部分都被免掉了。

中间,还要敬酒。

一路上,我最担心的是母亲,害怕她哭坏了身体。

四点多的时候,亲戚都走了。我们开始收拾,然后吃了一点饭。此时,我因为哭得太多而头晕得厉害。

晚上,宴请照料事情的邻居,包括三叔,算是总结一天的纰漏之处,有没有让人看笑话。

这一天,除了伤心就是累。

雪一片片地落下

雪一片片地落下
无声无息于每个枝头
梦中醒来
你已然转身而走
一句话都没有留

水一滴滴地垂落
有声有响于屋前屋后
独坐窗台
我默默地守候
期待着没有归期的以后

泪一颗颗地滚下
暗暗作响于留有余温的枕头
辗转反侧

她一声叹息的腔调
诉说着孑然一身的哀愁

爱无理由

恨无理由

有即是无

无就是有

生生死死,喜怒哀乐

终归是化为浮云乌有

何须强作欢喜勉成愁

爹:

转眼之间,您已经离开了六十天。其实,我不想记得这个日子,可是娘却一直念叨着这个日子。天刚刚亮,她就早起去给您烧了一炷香。您也知道,在这个世界上,只有她最在乎点点滴滴关于您的事情。

娘常说,哪怕是一万里的路程,亲人都可以回来相见。但是,和您却仅仅距离几寸厚的棺材,您却再也回不来了,也无法与您再相见。

四姐她们已经回去了,家里顿时冷清了很多。娘在四姐走后,坐在那里哭了很久。那是因为她很难适应顿时的冷清,看到了我酒后的伤心,想到了我生活的艰难,没有人替我做主和操心。我没有劝娘,或许哭一会儿能让她心里舒坦一些。

正月初六那一天,三姐、大姐和我,去您坟上哭了一场。就如三姐说的那样,心里一直地憋屈,总想和您说说话,可是再也没有了机会。

初七那一天,三姐、四姐、我,还有欢欢,又去您的坟上哭了一场。因为欢欢要走了,三姐也要外出了,四姐也要回去了。知道再来看您的机会越来越少,所以想多看看睡在冰冷土地里的您。

爹,您在那个世界还好吗?娘下午还说,如果那个世界和这个世界一样,她宁愿死去,因为那样可以见到您。

听到这句话的时候,我真的想哭。娘没有看过什么爱情书,更没有对爱情有过什么期盼,可是她却用一句话让我知道了您在她心中的位置。

您和娘没有经历过轰轰烈烈的爱情,更没有山盟海誓的宣言。可是,你们的感情却是如此的深厚,以至于母亲没有一天不念叨您,没有一天不想念您。尽管嘴上不说,可是一次次在您相片前面站着,那是您和娘相濡以沫几十年风风雨雨之后的感情和亲情。

娘很快就要跟我回去了。这是她第三次去机场,前两次都是您陪她,这次成了我。那两次乘坐飞机,时间是晚上,娘说一直没有机会看看天上的云彩到底是什么样子,这一次我给她买了时间早的票。

爹,我知道娘舍不下这一片故土,哪怕只是一个穷家。何况,这个家里的一草一木,在娘眼里都有您的痕迹,因为娘总说这个是您做的,那个是您做的。可是,她没有办法,因为她知道儿子不会让她一个人孤零零地待在家里,独守这个空院子。您放心吧,无论我再苦再累,都会尽力让娘过好她的晚年生活,开心健康地过好每一天。

爹,娘说您平日里蛮怕我的,不敢在我面前说我脾气不好,怕我生气。仔细想想,在我印象里,我们确实没有面对面地坐下聊过一次天,您也没有叫过我的名字。但是,我知道,那些沉默不代表您对我不关心,只是您把那份关心放在了心里,不会表达,毕竟每个人表达感情的方式不一样。

爹,我就是那副德行,总是给人冰冷的感觉,说话比较难听,而且性格又很倔。因此,我在外也不知道被多少人背后骂过,说我不懂人情世故。

爹,所有的人都说您没有福气。前三十多年受苦,中间二十多年照顾生病的娘。等到我终于有机会让您可以有几天好日子过的时候,您又走了。还好,您见到了孙子峻熙,尽管是躺在床上见到的,但也总算没有让您带着遗憾走。

爹,大姐和大姐夫已经帮忙灌溉好了小麦;娘说要回来收麦子,因为那是您还在的时候种下的。

爹,很多人说,那个世界或许没有饥饿和寒冷。如果真的是这样,希望您能在那边轻松地生活一下,别再像在这个世界时一样辛苦一辈子了。(写于2011年正月初九。)

刚过父亲节

又到父亲节，只是再也找不到父亲的影子。

当零点的指针跨到新一天的时候，我才静下心来敲打着文字。当听到一半表姐推荐的阿宝所唱的那首歌曲的时候，泪水在眼圈里打转。

这是我作为父亲过的第一个父亲节，也是我没有父亲之后的第一个父亲节。父亲永远地在这个世界消失了，只停留在一张张照片和母亲一次次念叨的话语里。

报纸上，广播里，连我的几个学生都和父母准备隆重庆祝这个节日，而我希望这一天快快地过去。

我也努力想过，父亲在我的意识里留下过什么？

童年时的印象里，没有过他的拥抱，没有过他的哄，没有过他的关心，只有买的那个羊羔头肉的场景。

少年时的印象里，没有过他的关怀，只留下他给我送课桌的场景，去县城高中看我，和我站在操场上面对面那几分钟的场景。

青年时的印象里，没有过他的问候与安排，只有他和我一起去南京时在火车上晃悠的场景。

父亲之于我的生活，就是那一点点的片断记忆。在这些片断的记忆里，我和他的对话屈指可数。

可是，我没有理由去抱怨父亲。因为，他只有那么大的本事，把一生的三分之一时间用来照顾生病的母亲。所以母亲才会如此地想念父亲，以至于日渐消瘦。父亲之于母亲的重要性，远远不是我这个儿子所能想象到的。

三十年的生涯里,在我眼里,我总是处在父亲忽略的环境下。他忙母亲的病,忙姐姐们的婚事,忙自己的泥瓦匠生活,唯独之于我是个例外。

我有父亲,可是父亲的地位在我的生活印象里是缺失的。在我的学习、婚姻、工作、生活诸如此类的大事上,父亲的角色也缺失了。

我就那样一个人忙碌着,不知疲倦地忙碌着,尽量给父亲少带来负担地忙碌着。

忙碌到最后,父亲病倒在床不能言语的时候,我在父亲生活里的角色也消失了。几次去医院,几次回家探视,除了在金钱上、药品上出力之外,我对父亲的病情并没有起到多大的帮助,至少是语言上的安慰也没有。不是心里不想,只是沉默面对了那么久,我不知道该怎么面对父亲,不知道该怎么说安慰的话。

我没有为父亲擦过一次背,没有为父亲洗过一次脚,没有扶着父亲去过一次厕所,更没为父亲端屎端尿伺候过一天。

我的角色,好像就是让他看到我,知道我这个儿子存在。

那个时候,我更加相信,我的角色在父亲的生活里也是缺失的。

如果时光能倒流,我真的愿意和父亲多聊聊天,而不是沉默地面对面。

如果时光能倒流,我真的愿意学会扎针,帮父亲减少一点痛苦。

如果时光能倒流,我愿意多问问父亲对我的感觉,让父亲把对我想说的话都说出来。

如果时光能倒流,我想问问父亲在我小时候到底有没有抱过我。

如果时光能倒流,我想问问父亲对自己的大半辈子怎么看待。

如果时光能倒流,我想问问父亲如果我没有走出那个村庄,会不会领着我去学习泥瓦匠或者木工活。

可是,我再也没有了机会,脑子里一次次出现的只是他那个坟头。

我不怀疑父亲对我的爱,就如父亲无须怀疑我对他的爱一样。或许父亲也为我的人生想过了很多个计划,只是我太过于独立,而没有用上他给我想过的任何计划。

我和父亲就这样沉默着,过了将近三十年。

结果,我的生活好像走上了父亲的老路,而且变得更加沉默。我有了照顾家的能力,却失去了爱的能力。

想念父亲!

致父亲

父亲：

转眼之间，您已经离开这个家两年了。越到您离开的日子，我的心情越是难以平静，是那种越发地想念让我不能平静，也是那种在您的忌日而我没有回去到你的坟头给你磕头而无法平静。

不知该怎么来纪念您，因为您和母亲的身影总是出现在我那无法与人分享的意识里。

两年前的那个晚上，当您离开的时候，我在学校门口对面的一家云南米线店和一个学生吃米线，手机在充电，那个时候您咽下最后一口气，我却在喘着气吃饭。当时的家里闹闹的，后来从姐姐那里得知了当时的情形。或许真的是上天的安排，让您在离开的时候，我的手机在充电，不能立刻知道您离开的消息。要知道，那一天的上午我还在为您找到了雾化器而开心。

您的忌日，二姐不回家，三姐不在家，四姐回不了家，而我也没有回去。曾经的一个七口之家，现在只剩下大姐去给您烧纸。我一直在回忆往事，那个时候是贫穷，可家还是一个家。现在，姐姐们和我各自在外，那个家也不再称之为家了。

不想去看那荒芜的院子，不想去看您和母亲留下的点点滴滴的痕迹。我曾经许下我会每年回家一次的诺言，我会做到。不管是不是您的忌日，我都会回去看看你和母亲。

我给三叔打电话的时候，峻熙清楚地喊着："爷爷，我想死您了！"三叔听了很高兴。我想，父亲，换成是您，不知会比三叔高兴多少倍。可是，您和母亲，看到了峻熙，却没有机会听到峻熙喊一声爷爷和奶奶。

峻熙还好,二姐照顾得也很好。男孩子总是有一点调皮,二姐说至少比我小时候调皮多了。我无法记得我的童年,但是从峻熙的成长过程中,我可以体会到一个父亲的责任,体会到一个父亲的辛苦。哪怕是如母亲说的那样,您很少抱我,我依然能猜得出您的开心。当年的您有当年的难处,您是老实巴交的庄稼人,不懂得去表达,可是您却忙碌着为这个家操劳。每次抱起峻熙的时候,我都会想到母亲的那句话。我不想让峻熙有我的遗憾,我会多找机会抱他,让他知道他父亲所能给他的温暖。

能给的,我会尽量给他;不能给的,我确实无能为力。

我有时觉得峻熙可怜,因为没有了爷爷和奶奶的关怀。长到两岁多的过程中更是没有所谓的最伟大的爱来照顾,更不用说那些背后的人了。峻熙好像继承了我的传统,因为我到姥姥家去的次数屈指可数,没有体会过很多人习以为常的帮助和温暖。峻熙也是如此。

父亲,我总是在忙碌着,就如您当年的忙碌一样。我是一个没本事的人,只能靠着出卖自己的时间和体力来挣钱,一点点地积累。我不缺乏耐性!虽然我不是一个挣大钱的人,但我是一个可以持之以恒的人。

偌大的城市里,我是渺小的,但是我依然在奋斗。

父亲,有时候,我也很累,经常问人生的意义,人活着到底是为了什么。尤其是在经历过您和母亲的离去后,我对人生好像有了另外一种态度。

奋斗的同时不免失落,但是我依然奋斗着,不是我贪心,而是我没有安全感。如果没有了我的奋斗,我不知道能依靠谁。

和您一样,我不是一个善于交际的人,不会拉拢很多的朋友。

我就这样天天地早出晚归,忙碌着。

大姐和二姐经常说梦到您和母亲,我却很少。或许是您不愿意出现在我的梦里,免得让我有更伤心的回忆。到现在,两年之后,您和母亲的照片,我还是尘封在电脑里,不去打开。我也不知道,这个结什么时候才可以打开。

听大姐和三叔说,家里又下雪了,您和母亲的坟头又会被大雪覆盖。

当大姐摆上供品孝敬您和母亲的时候,您和母亲要记得远在四千里之外的儿子和女儿也在想念着您。

父亲,希望您在那个世界和母亲幸福地生活!

我与母亲

三十五年前（自写作时间算），母亲从另外一个小村庄嫁给了父亲，把一个刚满周岁的女儿撇给了前任丈夫。在那样的年代里，母亲是位典型的北方农村妇女，照料孩子，赡养老人，还得去挣那养家糊口的工分。母亲是当时生产队里干活最麻利的妇女，而且走路如风。别人送她一个外号叫"二号自行车"，来证明她的走路速度。可是，母亲一辈子都不会骑自行车。

我家离姥姥家二十几里远，每次去的时候，母亲让最小的姐姐坐在地排车上推着，稍大一点的跟在车后。一天一个来回。

我的出生虽然使家里的香火得以延续，然而，也给母亲带来了不幸。在我出生后的那年冬天，母亲受凉患了一场大病。自那以后，她便和药打上了交道，而且这一来就是二十多年。

因此，在我童年的印象中，母亲去得最多的地方是村子里的药铺，被家里邀请最多的也是那一茬又一茬的大夫。

童年时的家，是没有围墙的。放学后，在离家老远的地方就能看见母亲坐在堂屋门口为我们姐弟几个缝补衣服。而我回家的第一句话就是"娘，我回来了。"这时，母亲就会抬起头来看看我，冲我笑一下。

小学三年级的时候，我得到了第一张奖状。为了给母亲一个惊喜，我把奖状藏在身后，对母亲说别人得了奖状，我没有。母亲说"没事的"，继续她的针线活。当我把奖状从背后拿出来放在她的眼前时，母亲笑了。

在我的记忆里，母亲只打过我一次。由于子女多，家里的粮食总是不够吃，只有到春节的时候才能吃上白面馒头。到我上小学五年级的时候，也就是 1990 年，情况还是如此。而那时的我,总是羡慕别人家的孩子,他们能吃到白面馒头。每当我问及什么时候蒸白面馒头,母亲总是对我说"下一次",而我总是在"下一次"中失望。

那天,是父亲出外挖河的第一天。中午放学后,母亲和姐姐在蒸馒头,当我又一次发现被母亲"骗"了之后,就嘟囔起来。姐姐劝我,没有效果,我反而嚷得更厉害了。母亲气急了,走过来朝我背上打了一巴掌。我"哇"的一声哭了。可是,在我擦眼泪的时候,我清楚地看见母亲的眼里有泪水。她摸了摸我被打过的地方说:"我有啥法子,谁让咱家里穷!"

母亲的那一巴掌彻底打醒了我,使我真正认识到"穷"的可怕,也使我有了要改变这种状况的决心。

我直到十一岁还是由母亲搂着睡。母亲只上过三年小学,可是她却知道很多故事和小曲。每天晚上都给我讲个民间故事,我的知识启蒙就是从母亲那里得来的。农闲时节,邻里人在村后乘凉的时候,我总会在众人面前露一手母亲教我的小曲。也就是在那一年,母亲病得厉害。

那天,下着小雨。我回到家时,母亲正在挂吊瓶。吃过午饭,病情加重,必须到乡里的卫生院。父亲、姐姐把母亲放到地排车上,身上盖了一张塑料薄膜。车在泥泞中向远方走去,我看着她离去。晚上,母亲没有回家,只剩下四姐和我在家。那时的我,第一次体会到了没有娘的孩子的滋味。第二天早晨,我去了卫生院。二姐在走廊里大声地哭着。母亲躺在床上,一动不动。仿佛那时母亲好像真的不在了一样,我也大声地哭了起来。

后来,母亲转到了临近市里的医院,而我被留在了家里。几天后,母亲又被转到了县城里的医院。我跟着父亲来到医院时,母亲正躺在床上,当她看见我时,她笑了,那笑容一直印在我的脑海里。

那次,母亲被从死亡的边缘里拉了回来,而我那早已贫困的家,也被拖进了沉重的债务负担之中。母亲深知自己的病已经花了不少钱,回家养病的时候,从来没有吃过所谓的"营养品",仅仅是麦乳精而已,还不时地背着父亲把别人给的"糕点"塞给我几个,让我偷偷地吃掉。当然,姐姐们是没有我幸运的。

三姐、四姐的学费家里已经供应不起,只好辍学,只有我还在读书。进了初中之后,我的成绩一天天好起来,慢慢成了班级里第一二名。这时家里也进入了多事之秋。我那时十三岁,没有人注意过我的心情,可是我却把那一切印在自己的心里。学习成了我唯一的发泄方式。我躲在自己那间堆满杂物的偏房里读书,拼命地。

一天晚上，母亲跑了出去，我疯了似的追了上去。在胡同里，我拉住了母亲。母亲坐在地上哭了起来。我问了母亲一句话："娘，你还想让我考学吗？"母亲没有言语。我把母亲从地上搀起，扶着她走回了家。那天的月亮特别的圆，我在被窝里哭了很久。作为一个男孩子，那是一种脆弱的表现，可是我埋怨老天为何那么不公平。

我的学习也更加拼命了。吃饭的时候，走路的时候，都在看书。有的时候睡着了，忘记关灯，母亲就在外边摇摇门，让我睡觉。而我在醒来之后继续读书，在墙上画电路图，列数学算式。我唯一的目标就是要考出去。1994 年的时候，家里还没有表，我起床的时间标准就是看天，看月亮。有天晚上，月亮在天空的正上方，我只能猜时间，问母亲，她也不知道。我匆匆地上路，后来才知道是三点多。那件事之后，母亲做主买了一个钟表。

1994 年，我以一榜生的成绩考上了县城里最好的高中。这成了村里的一条新闻，为此母亲高兴了许多。

高中的三年是住校的。那是我第一次离开家，一个人在外面生活。可是我恋家的心情丝毫没有减弱。在那三年里，我每一个周末都回家，风雨无阻，而母亲几乎每个周六的黄昏都会站在村后的那条路上等着我，我每次都期望着看到母亲那熟悉的身影。因为，我知道，如果看不到，母亲就是病在床上了。周日早晨返校时，父亲给我把该带的东西放在自行车上，母亲则把咸菜和馒头装好。我总是头也不回地走出家门，我害怕回头的时候母亲会在望着我。可是我清楚，我下一周的学习动力已经有了。虽然只是在家里的床上睡一个晚上，可是那种感觉也是幸福的。

为了给家里省点钱，我在学校里捡废纸卖，一个星期卖一次。在回家的路上把那一周捡来的纸卖掉，每次卖两三块钱。母亲的心里很难受，给我说过好多次不让我那样做，说是别人会瞧不起我。我理解母亲的心思，有哪一个母亲肯让自己的孩子去捡垃圾呢？我总是笑着对母亲说没有事情的，说我的同学都不笑话我。

就这样，在等与被等之中，三年过去了。1997 年，我考上了一所大学，虽然不是我理想中的大学，可是母亲很心满意足。家里没有电话，我就打到邻居家让母亲来接。每次同母亲说话，她总是要我吃好、穿好，照顾好自己，可是母亲穿的还是那身衣服，吃的还是萝卜、咸菜。大三的那年春节，母亲的病又犯了。凌晨三点,在母亲被抬到车上的时候,她已经处在昏迷状态了。母亲躺在被子上,下面铺的是麦秸。我扶着母亲的头,安慰她说:"娘,一会儿就到了,一会儿……"而我的泪水也唰唰地流了下来。人都走了,剩下我一人在家。我坐在床上,看着空荡荡的破旧不堪的房子,又哭了。这一次,母亲又被幸运地抢救了过来!其中,母亲所受的痛苦我是体会不到的。那年"五一",我回家,说要准备考研,给家里人说一声。父母对此并不是很了解。在他们眼里,只要是大学毕业就已经不错了。然而,母亲还是说让我考,考上之后就给我在乡镇的电视台点播一首歌曲。我记住了母亲的这句话!

2001年,当我把考上的消息告诉母亲的时候,母亲很高兴。当我开玩笑说那首歌的时候,母亲又有点难过地对我说,歌曲点播不成了,因为地方上的电视台给拆掉了。我没有说什么,母亲并不知道是她的那句话鼓励了我。母亲最大的心愿就是在有生之年能够住上纯砖的房子。每每想到此,我都觉得愧对母亲。到南京之后,我有了一份不错的兼职工作。2002年的春天,就好像一个故事,新房盖上了。母亲在电话里头,言语之间有了爽朗的笑声。当我听到母亲笑的时候,那种学习、工作的辛苦也就烟消云散了。她也许永远不知道她在儿子心目中的位置。可是,就像邻居的女儿(她是学医的,见证了母亲的几次病情)说的那样,在母亲心里我是她的希望,也是她的太阳。

母亲是不会知道有个母亲节的。尽管如此,我还是默默地在上帝面前为她祈祷祝福,也祝所有的母亲节日快乐!

我想念母亲

一个人坐在床上，白色的被褥平铺在床上，听着电脑里播放的《母亲》和《儿行千里》。

泪水又模糊了我的眼睛。

今天是腊八节，我很想念我的母亲，很想念。

我想念她穿着厚厚的偏襟衣服的样子。

我想念她头顶灰色的北方妇女方巾的样子。

我想念她每次走路时候有点驼背的样子。

我想念她每次因为耳背而让我重复说话的样子。

我想念她给我讲往事回忆过去时候的样子。

我想念她冬天时候把帽子摘下梳头的样子。

我想念她站在家门口等候我回家的样子。

我想念她每次在我面前一次次提及我还有几个小时离家的样子。

我想念她每次在姐姐面前说"俺儿子就是好"时笑着的样子。

我想念她每次叫我"小亮"时的样子。

我想念她坐在地上给我摊煎饼的样子。不管天气多冷或多热，每次到家，她都会为了让我尝到煎饼而四处找原料。

我想念她到我读书地方参加我的毕业典礼时陪我走在一起的样子。

我想念她每次从集市上回来从包里拿出好吃的东西时的样子。

我想念她从柜子里给我拿出为等我回家而专门珍藏的苹果时的样子。

我想念她躺在病床上满脸憔悴时的样子。

我想念她在昏黄的灯光下一口口吃饭的样子。

我想念她每次提到我所在城市天气温度时的样子。

我想念她每次为了多陪我一会儿而坚持说自己不困时的样子。

我想念她当我回家时候坐在我床头的样子。

我想念她在我刷锅时说如果我再多做家务就更舍不得我离开家时的样子……

任何时候我都知道，当我在外受了委屈的时候，母亲都还在家里为我担忧；当我在外一个人孤独的时候，母亲还在家里日夜地思念我；当我犯了错的时候，母亲还是在一再地包容我。

母亲从没有要求我多有本事，多有能耐，能挣多少钱。她安慰我最多的话就是一个人在外，要好好照顾自己。

作为中年得子的母亲，她总是在我面前说如果自己能年轻十岁就好了，那样就可以多和我在一起十年。

我也从来没有要求母亲为我做过什么，因为我知道母亲这一辈子不容易。

有很多东西可以去弥补，但是对母亲的孝心是无法弥补的。

很多时候，我们过多地关注自己，忽略了母亲的感受。

当我们孤独的时候，又何曾问过母亲孤独与否。

当我们开心的时候，又何曾想到母亲今天是否也安康快乐。

当我们责备母亲不理解我们的时候，又何曾想到我们是否理解过母亲。

当我们埋怨母亲啰唆的时候，又何曾想到她那些话语背后的心境。

当我们向母亲索取的时候，又何曾想过我们给过母亲什么。

当我们流泪的时候，是否也曾想到母亲内心也在想我们想得流泪。

当母亲离开我们的时候，我们是否也会想到亏欠带我们到这个世界上的母亲太多。

归

看见母亲躺在床头,进入了梦乡,我起身要离开。母亲突然醒来,说是自己没有睡着,只是眯了一下眼睛,我笑着说自己也不想再看电视了。

窗外,小雨在淅淅沥沥地下着,落在房前的雨搭上,传来响声。

我躺在自己房间的床上,打开台灯。

很多天以来,我基本没怎么休息。虽然说是去国外旅行,但由于胃病的原因,我并没有体会到多少的乐趣。看到别人在欢声笑语的时候,我躺在海边的椅子上,特别想回家,算着自己还有多少个小时就可以回到属于自己的天地。

可是,家距离我很远很远。

站在机场的大厅里,我愤怒地打着电话。我没有想到回家路途刚刚开始的时候,我又会生气,也许是我心里太不想再过暑假那种折磨人的生活了吧。

周围的人都向我投来异样的眼光,我没有在意多少。

我最后一个离开机场大楼。

提着行李站在郑州的街头,望着黑压压的人群,我突然迷失了方向。这是我第三次经过这个城市,对我来说很是陌生。听着出租车司机嘴里的脏话,我就觉得好像来到了另外一个世界。其实被他骗,我觉得很正常。听到他嘴里说那些脏话,我更是觉得正常。我很想逃离那个城市,可是我甚至不知道汽车站的方向。我问了几个人,没有谁告诉我,即使是年轻人。这个时候,我最想看到的就是穿着警察制服模样的人。

在黑压压的人群里,我搜索着。

我眼里只有几个身着制服的人存在。

人与人之间的不信任和冷漠,让我再次体会到了社会的变迁。

我站在街头四处望了一下,又看看自己的装束,觉得自己不像是要饭的,也不像是一个骗子。为何我问一个路就会那么难?为何在黑压压的人群里我看到的全是冷漠?

想起在九龙的酒吧里,服务员打开地图用笔给我描述怎么走;想起在香港岛的路边,卖报纸的老太用"one, fifteen"给我说着公交车路线;想起在泰国,一个陌生人由于语言不通,用手语给我比画路线。

我们要做的还有很多。

我们缺乏的不是高楼大厦,缺乏的是人与人之间的信任和热情。

毁掉人与人之间的信任需要时间,建立起人与人之间的信任需要更长的时间。

躺在车站的座位上,我很想睡着,可是睡不着,因为我的心已经回到了家里。

我特意没有告诉父母我什么时候到家,因为那样他们会一次次地看时间。

我想给他们一个惊喜。

大姐被撞的那手还没有好,用绳子吊着。看到我的到来,她很开心。尽管我累得很想立刻闭上眼睛,但还是尽力给大姐和父母描述着我的情况,在他们面前表现我不累,说我在这半年过得很开心,从来不受委屈,说我在外一个人很会照顾自己,说我没有得罪人,别人不会欺负我。

母亲问我头发那么长,为何也不理发。我说自己喜欢留长发。父亲忙碌着给我做饭。想想我在深圳半年甚至一年的生活,我差点控制不住自己的情绪掉下眼泪。

我忍住了,走到了外面,夜色可以暂时掩盖一下我的情绪。

我终于回到了家。尽管费了不少的力气,我还是回到了温暖的家。那种温情,在别的地方是找寻不到的,也是别的关心比拟不了的。

很多时候,我觉得那种温情让我有点窒息。我不愿去想它,可它确确实实地存在着。母亲说不管我起床多晚都可以,要让我好好地睡上一觉,说已经为我准备好了棉鞋,准备好了袜子,准备好了毛巾,准备好了鞋垫,准备好了……

母亲回家

母亲回去了山东老家。

堂嫂在电话里说母亲这次瘦得不成样子，要"飞"了，都快认不出来了；邻居也劝母亲再也不要远离家门到大城市"享福"了。

这是母亲第三次过来同住，也是时间最长的一次。第一次 35 天，第二次 80 天。这次，按照母亲的计算，是 105 天。

母亲之所以这么瘦，主要原因是父亲的去世。一个陪在自己身边生活那么多年的人，永远不会再回来。其中的滋味，非当事人是很难理解的。就如在这 105 天里一样，母亲没有一天不提父亲，非要在不经意的言语之间透露出来她对父亲的难以忘记。

时间是最好的遗忘工具，只是这个时间对母亲而言过于短暂，因为才刚刚 5 个月。就算是一件让人痛楚的往事，都不能在 5 个月内让人彻底遗忘，何况是一起生活几十年的人呢？

然而，二姐很难理解，因此往往用大嗓门斥责母亲。这也是母亲瘦弱得如此厉害的第二个原因。几次见到母亲，她都在抹眼泪；二姐也是如此。其实，母女之间都没有任何的恶意，只是二姐交流的方式让母亲难以接受。对于一个 73 岁的老人，小辈不应该有那么多的要求，因为老人就如孩子一样，需要一个快乐的环境，而不是大声的呵斥。我们不能期望着孩子如成年人一样懂事，也不能期望着老年人如壮年人一样能干。我不止一次地劝说过二姐，也不止一次地安慰过母亲。可是，性格终归是性格，很难改变。

母亲瘦弱的第三个原因就是担心我的生活。按照常理而言，一个而立的男人,母亲应该放心才对。只是,就如母亲说的那样,孩子再大,也是一个孩子。无论走到哪里,母亲都不会放心的。我一些让人生气的行为和举止,本不想让母亲知道。可是,最终还是惊动了她。

现在,哪怕我说再多的让她放心,也已经无济于事。

母亲初到之时,我带着母亲走了深圳几家医院。就如我所猜测的那样,母亲不是胃病的复发,也不是别的问题,只是自己的精神过度紧张,导致了一连串的身体不适。最后,在神经科那里,开了药,打了针,才有所减轻。

眼看着身体好转,却又因为二姐的不理解,加上对我的担心,使她的身体又每况愈下。

又到了麦收的时节,回到故乡,或许才能给母亲最大的舒服和安慰。外面缤纷多彩的世界,对母亲而言,远远没有家里的那个院子吸引人。在那里,她可以到处走动,而不是天天闷在"笼子"里;她可以去找几个老太太打打牌,而不是独自一个人不说话;她可以有事没事地去地里转转,而不只是在楼下的路边走一圈。

对于已经习惯那个生活状态的母亲,让她来到陌生的城市里,其中的滋味或许只有她心里清楚。但是,我相信,无论何人问她在这里的生活,她都会说"蛮好的"。

毕竟,像母亲这样,能出来真正体会两种生活的人还不是太多。

其实,无论在哪里生活,我都希望母亲是开心和幸福的。

就如母亲希望我的一样。

纪念母亲

不忍写下怀念母亲的文字，可又觉得周围处处是母亲的影子。

不愿相信母亲已经永远离开了这个世界，可是再次拨打家里电话已经没有了母亲声音的事实，又提醒着母亲确实离开了自己。

没有了父亲，没有了母亲，那个我曾经一直留恋的家渐渐地会没有家的模样。院门深锁，庭院长满了荒草。

一切来得那么突然，让我没有一丁点儿的思想准备。

正月初八早上，在四姐带女儿离开家之后，母亲一个人坐在沙发上，一边剥花生，一边哭。或许，当时的母亲觉得家一下子荒凉了不少，只剩下儿子和自己存在；或许，她是在想念父亲，想念曾经和父亲一起走过的日子。

我走过去给母亲说："娘，别哭了，还有我呢！"

母亲赶快擦了擦眼泪，装作没哭的样子说："我不哭。"

此后几天，母亲的胃一直不舒服，吃了东西就想吐。

我给母亲说，如果觉得不舒服，我就把买好的机票改签，不用着急离开家。母亲还是坚持说"没事"。

正月十一早上，天空飘着小雨雪。我领着母亲去村里的卫生室拿药。母亲用围巾裹着头，穿着厚厚的大棉袄，走在有点泥泞的路上。

正月十三，母亲来到深圳，在这里住了 105 天。在这 105 天里，母亲过得并不是很开心。丈夫的离世、儿子的婚姻、与女儿的小摩擦，让本来就心情压抑的母亲更是不知道该找谁去诉说。

我就那样天天地忙碌着，忙碌着工作、孩子，还有那不时的争吵。

母亲几次对我说："不要以为娘不心疼你，每次你出去上课那么晚回来，娘的心都在悬着，看着俺儿挣钱那么辛苦。"

我则回应："没事，我在家闲着也是闲着。"

刚来深圳的那个月，母亲依然是吃饭就吐。我带着母亲奔波于蛇口医院、南山医院、西丽医院、北大医院。在北大医院，早上出门去急诊，等到看完病，输液之后已经是晚上八点多了。

那时的母亲，身体已经渐渐虚弱。在南山医院神经内科看过之后，输了两天的液，母亲吃饭的状况才算有了一点起色。

那时的我，很是疲惫，也曾经给家里的姐姐抱怨过，若是母亲还是认为深圳的医院不可以治好，就回老家让熟悉的医生治疗。

只是，一个偶然因素的刺激，再次让母亲的吃饭状况恶化。

母亲老是提自己会在父亲去世一百天之内去世，说是一个算命先生说的。在反复求证之后，我才知道那个算命先生说的原话是，父亲比母亲离开得早，若是父亲走得快，母亲也会跟得快。

等到父亲过世一百天的第二天，我给母亲开玩笑说："这不是已经过了一百天吗？不是没事吗？"

母亲又说，会在父亲去世的一年之内离开。

当时的我除了劝说母亲之外，不知该说什么。

母亲说过，只要看到回家的我和梅君、还有峻熙是开开心心的，她就会非常开心。

只是，那样的时日实在太少。

心里觉得太愧对母亲，因为不是自己不想开心，是不知道该如何去开心。

不让母亲给我洗衣服，可母亲还是会偷偷地把我的牛仔裤洗掉。看到母亲被牛仔裤的纽扣划破的伤口时，我不止一次地劝说母亲不要手洗那些衣服。

母亲惦记着父亲，惦记着老家的院子，惦记着老家的小麦收成。回家之前，母亲把我所有洗过的衣服都折叠整齐，放在柜子里或者柜子上。

母亲说回家几个星期，养好身体，很快就会再回来。

送母亲、二姐和峻熙回老家。当我和母亲告别的时候，母亲的眼里已经满是泪水。

我以为，这只是短暂的小别。

可是，没有想到这是和母亲最后一次说话，也是母亲最后一次见到我的模样。

到家当天,母亲就去村卫生室输液,连续输了11天,包括两瓶白蛋白。

大姐说,6月16号,母亲还是好好的。

6月17号早上,母亲去村卫生室拿了药,吃后就有点舌头说话不清楚,走路不是很稳,一只鞋掉在地上自己都没有意识到。下午时候,二姐又和母亲争论了一番,母亲有点激动。晚上时候,母亲就有点狂躁的表现了。

6月18号早上,母亲在大姐的陪同下去了市交通医院,此时母亲上车已经有点不灵便,被一位邻居抱着上了车。当天去了医院之后,医生说由于母亲的精神不是很好,先不做检查,按照老胃病治疗。

6月19号,母亲的CT结果出来后,医生说是有点轻度脑梗死,接着用药。此时的母亲,按照顾在身边的大姐的女儿说的那样,表现是话多,一会儿说话清醒,一会儿说话有点糊涂。

此前的我,从来没有想到母亲的病情会急转直下。只是知道母亲去治疗胃病,年龄大了会有时候说话多。我也给大姐说,我会在一周后回家。

6月22日,母亲昏迷了一个晚上。

6月23日早晨,大姐的女儿给我信息说母亲昏迷了一晚上。此时,我把回家的日期临时改了,不再是下一周的周五或者周三,而是当天。到了单位,我没有心思上班。赶快到领导那里协调请假的事情,委托表姐帮我买火车票。因为,买机票的话,我怕有台风而走不了。

也是在那两天,我养的那只叫"亮亮"的狗丢了,我张贴了寻狗启事。因为张贴寻狗启事,我收到了城管罚款的通知,而且要立刻办理,否则就要手机停机处理。

我急匆匆地跑到街道办处理此事。

等我到火车站的时候,表姐站在那里等我,把剩余的唯一一张硬座车票还有一些吃的东西给了我。

一路上,我的心都不是很安定。由于手机没电,我央求列车长同意我到了软卧车厢充了三次电。母亲又拍了一次CT,结果是梗死面积扩大,而且部位特别重要。

6月24日早晨,当我下车到医院看到母亲的时候,母亲依然昏迷着,插着氧气和导尿管。我眼睛湿了,但是没有当着姐姐的面哭出来。无论我怎么喊"娘",母亲都是那样躺着。或许是母亲知道我回去了,中午过后,她睁开了一下眼睛。我拿她的手抚摸我的头发、我的手、我的戒指,还有我戴的十字架。我希望不能说话的母亲可以意识里清楚儿子回到了她身边。我轻轻地抚摸着母亲的头发和她那瘦削的脸庞。由于口腔里有溃疡，母亲一直用右手不时地敲打着腮。由于对导尿管不适应，每次当我抓着她的右手时，她就会下意识地把我的手往下放，想告诉我那里很不舒服，要我帮她拔出来。就这样，为了不让她的手乱动，我和姐姐、大姐的女儿轮流握着她的右手。

当天下午，四姐也赶了回来。

我几次找医生了解病情，医生一次次地给我解释。因为我邻居的女儿在医院是护理部主任，希望他们特别关照一下。

医生说要给母亲插胃管，否则不能维持营养。可是，插胃管是很痛苦的。

"我不是不想给我妈用胃管，只是怕她受不了。"

"你凭什么说她受不了？比她年龄大的人也受得了！要不，你就签字说不用胃管。"医生有点发火。

我只好同意，否则母亲确实无法进食，即使吃一点也害怕呛到，引起肺部炎症。

给母亲插胃管的时候，我去了药房，不在现场。只有大姐的女儿在那里。

后来，她给我说，母亲用胃管的时候特恐怖，感觉很不舒服。

此时的母亲，左半身已经失去了知觉，鼻孔里一个是胃管，一个是氧气管，下面插着导尿管。

本来已经不舒服的母亲，现在更是觉得胃管不舒服，开始下意识地去拔胃管了。

我、四姐，还有大姐的女儿依然是轮流抓着母亲的右手。在她好像睡着的时候，我们三个都大意了几秒钟，把母亲的右手放了下来。突然，母亲用右手很快地把胃管一下子拔了出来。

我们三个很是惊恐，也很是懊悔，因为这样的结果是母亲还要再受一次罪。

6月25号早上，母亲又被插了一根胃管，我还是没敢在现场看。此时，舅舅家的人和大表姐来看望母亲。可是，母亲昏迷得更加厉害了。由于不想母亲在一个位置躺得太久，半个小时左右就要给母亲翻身一次。由于管子太多，翻身一次，需要三个人一起协作才能完成。

我一直焦虑着是否给母亲转院，毕竟还有一个医院比母亲所住的医院好一些。可是，我又怕母亲这样的身体状况折腾不起。

我无数次打电话咨询深圳学生的医生家长，表姐，还有烟台的医生。说法不一，我一时也不知道该怎么办。我跑去市立医院四次，咨询那里的医生。家里的姐姐也是观点不一，有赞成转院的，有反对的。直到晚上时分，把一切物品都收拾好的时候，我还是没有拿定主意。

一晚上又是基本无眠。母亲输液到凌晨四点多，五点多的时候母亲呼吸有点粗。

6月26号早上，我临时决定转院，打了市立医院的120急救车来接母亲。120到来之前，查房的医生来看母亲，说母亲呼吸粗是因为枕头的原因。可是急救医生说是母亲出现了舌后缀现象，堵住了呼吸道。

母亲被抬到担架上，上了车。

到市立医院门口，由于我已经办好了住院条，不需要急救开具证明。急救医生就把车停在门口，不想送到住院部，因为赚不到钱。我和大姐的女儿推着母亲到了住院部大楼的神经内科病房。

他们在病房，我去一楼办理了正式的住院手续，交了住院押金。

等我回去的时候，医生已经给母亲用上了药，分两路输液，脚踝上，手上。输液的那只手由于打针时间太长，已经明显地肿胀了。病房是三人病房，都是脑梗死。一个年轻的，打针一个月，才会慢慢走路。另一个是一位老头，打针十天，眼睛刚能转动。

家里的人去车站接了梅君，一起到了医院看母亲。梅君是早就定好来看峻熙的，可她没有想到母亲会病得如此厉害，会是这个样子。

等家人都回了之后，病房里剩下我、四姐、还有大姐的女儿。

母亲还是呼吸粗，而且不能平躺了，只能侧卧，需要两个小时为她翻身一次。

下午，医生过来让母亲用上心电监护仪。只是，检测的结果很是吓人，包括血压、心率和血氧饱和度。母亲的测试结果都不达标。

下午六点左右，母亲的低压到了30多。医生过来和我商量转母亲到重症病房，说是要割开喉管插呼吸机，维持呼吸。

我坚决反对。我说，即使在这样的情况下没有了母亲，我也接受，那是命。我不想母亲再受更多的痛苦。医生要我过去签字，声明是我拒绝母亲转重症病房。

我突然紧张起来。赶快给家里的大姐打电话，说母亲病重了，让她和三叔都来医院。

姐姐们和三叔租了一辆车来到医院。此时，母亲好像平稳了一些。

我把姐姐们还有三叔叫到一个安静的地方，说给母亲治疗我会尽力，但如果真的治不好,我们都得接受,而且我反对给母亲插呼吸机。姐姐们和三叔也遵从我的意见。

大姐,二姐,大姐的女儿,和我留了下来。

我请了一个高级护工过来帮忙。

晚饭后,我怀疑心电监护仪不准,因为结果跳跃性太强。我就催促护士又找了一台监护仪换上。

此时,母亲的右手也没有了抬的力气,而且逐渐地变凉。

我看到数字还算可以,心里还有点欣慰,出去买了几瓶水和一个西瓜。

十点多的时候,护工和我一直坐在心电监护仪旁,可是母亲的测试结果还是跳跃性大。

我趴在床边,大姐拿了一个凉席躺在了地上,二姐坐在板凳上,大姐的女儿躺在椅子上。

一点十分左右,我抬起头,突然看到心电监护仪的数字只剩下了心率,而且是60,正常数字是 100 以上。

护工还在那里调试仪器。

我摸了摸母亲的嘴唇,有点发凉。

我突然觉得不好,心率数字还在下降,50,40……

我赶快让护工去叫医生过来。

医生过来后,母亲的心率已经在 30 以下了。

她们马上开始了最后的抢救,给母亲做心跳起搏,打强心针剂。

可是,效果几乎没有。

母亲就那样冰冷地躺着,二姐和大姐都哭了。

我赶快给家里的三叔打电话,让他在家给母亲收拾好房间,说母亲不行了。

可怎么运母亲回家?

我跑到楼下,找到一个急救车,没有司机。我打车上的电话,打通了,司机答应送。

我又跑到楼上,医生的最终抢救已经放弃了。二姐和大姐都哭了。

我大声嚷着:"都别哭,这是咱娘的命。"可是,我的心里更是难受。

我又跑到楼下,抬车上的担架到病房。母亲身上只有一件上衣,我气急败坏地问姐姐母亲的衣服呢,姐姐说衣服都被拿回家了。

"谁让你们拿回家的? 咱娘连个衣裳都没有了!"我大声地说着。

最后,母亲用医院的床单盖着被抬上了担架。此时的我,依然觉得躺在被单下的母亲还活着。

就这样,母亲踏上了最后一次的回家路程。

我的泪水再也控制不住,落了下来。

母亲走后

我和大姐的女儿把母亲抬到了车上，裹着床单。司机开的价格是 600 元送回家，我没有商量的余地。因为，若是被医院的相关人员发现，母亲就会被送去殡仪馆。

我坐在副驾驶位置。司机说送了这么多年，母亲走的时间是最好的，积了几辈子的福才有这样的时间，因为这个时间在路上不会遇到人，否则还要磕头。或许，这只是他的安慰之词。

司机提醒说拐弯和过桥的时候，要给母亲说"回家了"。

当我说出"娘，回家了"的时候，泪水再也控制不住流了下来。大姐、二姐，还有大姐的女儿更是如此。

一路上就这样安静地走过，夹杂着我们几个的啜泣声。

到了胡同口，车不再往胡同里开了。

我先回到了家，家里已经有了很多人。堂屋里又布置成了父亲去世时候的样子，感觉就像昨天一样。

几个女邻居在厨房里做面饼，要放在母亲棺木里的。此时，母亲的棺木还没有送到。因为，母亲走得太突然，棺木只能临时去买。小床放在堂屋里，母亲被放入棺木前一定要先放在小床上。

我走出门口，母亲被抬了回来，放到小床上。姐姐赶快把给母亲买的寿衣拿给男邻居，让他们为母亲穿上。此时母亲已经走了一个多小时，我看到母亲穿衣服的时候胳膊已经有了一点僵硬。

想到此情此景，此时此刻依然伤心。

母亲的寿衣是很老旧的那种。我想母亲肯定不喜欢,因为母亲是一个讲究体面的人。如果她选择,无论如何都不会选那样难看的衣服。

棺木运来了,母亲被抬到了棺木里。穿上寿衣后有点臃肿的母亲,就那样被塞进了棺木,脸上盖了一张纸。母亲被抬进去后,所有的人都磕头。也只有在此之后,我们姐弟才可以放声大哭。

接下来是商定下葬的日子。母亲去世在阴历五月二十六凌晨,本来要打算在六月初二,可是放的时间太长,被否定。后来又选在二十九,可是和一个喜事有冲突,而且那天还是峻熙的生日。最后,我也同意定在了二十八。

还有人提议说当天下葬,被我当即否决。我不会让母亲如此匆忙地离开家。

接下来是商定报丧的事情,以及下葬时候让哪几家亲戚来。我给三叔说,我不想再大办母亲的丧事了,因为父亲刚走没多久,我没有心情。

三叔也理解我的心情,同意了我的想法。

一切处理得差不多的时候已经是凌晨五点了。

在我房间,几个邻居都在那里坐着。当着他们的面,我说:"爹娘都没有了,以后我都不想来这个家了。就是来的话,我去谁家呢?"

我的泪水唰唰地流了下来。

他们也都哭了。"怎么能说不来这个家呢?家里还有我们这么多人,一定要常回来看看。知道不?"

可是,我进到这个家去哪里叫爹、娘?

清晨,在厨房里。我把三叔叫来专门商量梅君去不去为母亲穿孝的事情,我知道我和她的事情无法再隐瞒下去。

我和梅君谈了一会儿,结果是不欢而散。我知道,她也万万没有想到来看峻熙的行程,结果变成了为母亲送行。

命中如此。

中午是吊孝,和父亲那个时候一样。只有我一个男的,因为堂哥和堂弟还没有回来。大舅和大舅妈也来了。他们都很伤心,毕竟是他们的亲妹妹。

我把治病的过程给他们讲述了一遍,也给他们说了我的意思。

舅妈临走前,看了母亲最后一面,非常悲恸。

我同母异父的朱大姐也来了,哭得悲痛欲绝。可是因为一点误会,她大闹了一场后回了家。不管她平时对母亲怎样,她毕竟是母亲的亲生女儿,母亲是她的唯一亲人。现在没有了母亲,她伤心是必然的。

按照风俗，朱大姐是不该回去的。在她生气走了之后，我和三叔商量怎么在母亲盖棺之前把她接过来看母亲最后一面，尽管她的视力很差。

下午时候，我和大姐的女儿到市立医院把母亲的出院手续办好。跑了两家医院，多亏市立医院热心护士的帮忙，下班之前把所有的都办好了，累得气喘吁吁。此时，我已经两天没有合眼，精疲力尽，眼睛发直。

大姐夫把母亲的棺木油漆成黑色。

晚上，堂哥回来了。

第二天也就是二十七早上，母亲盖棺。

看到母亲最后一面的时候，她是如此的安详，没有一点痛苦的表情。可是，无论我如何叫，母亲再也不应声。

我一直躺在床上，什么也不愿意做，连招呼都不愿意打。

所有的事情都是大姐夫在忙，订菜和烟酒。

我就那样躺着。

二十八早上，早早起来。

重复着父亲去世时候的那些，我麻木了，没有了眼泪。我不相信母亲就这样离开了我。三周前，母亲还说很快就再去深圳。怎么说没就没了，而且我一句话都没有和她说。

天气如此的炎热。

梅君穿上了孝衣。之前，三婶找过我一次。对于她为母亲送行的事，我已经给叔叔和梅君说了态度。心意如此，我不反对，也不鼓励。一切都是随心而行。

峻熙还太小，不能跟着，而且按照风俗还要把他用绳子锁在磨盘上。这一切都是由邻居帮忙做的。

母亲棺木走得不是那么顺利，因为刚下过雨，路不好走。由于年轻人外出打工，找十六个抬丧的人都是凑齐的，其中还有 60 岁的人，再加上天炎热。因此，路上停了好几次，有一次好像还触了地，据说是很不吉利的事情。

抬到坑前，我看到父亲的棺木露出了一边。母亲的棺木要放在父亲的旁边，肩并肩。

由于人力弱，母亲的棺木下坑的时候费了一番周折。

作为儿子，我守候到最后，看着母亲的棺木消失在黄土里。

我再也找不到我最爱的母亲了。

因为朱大姐走还是留的事情,我又和她讲了一番道理,没用。结果,她的三女儿生气哭着走了。

这边的事刚完,那边堂嫂又因为一点小事和人闹了起来。

最后,我也气哭了。晚上时分,我在堂嫂院子里和邻居一起吃饭,顺便和堂嫂聊了一会儿天,自己又是痛哭。我给堂嫂说,我一直压抑着,我心里比谁都难受。对于母亲,有几个能像我那样对待,可是我突然就没有了母亲。

堂嫂也哭。

后来,我和三叔又聊了一会儿我和梅君的事情。

第二天,到了二十九,是峻熙的生日。据说第一个生日要躲开,所以梅君和峻熙去了大姐家。后来我才知道,走的时候,因为二姐说的一句话,梅君已经有了一点不开心。

下午,梅君回来后就去了堂嫂家,三叔找她说话。

傍晚时分,她才回来,脸色不好。吃饭的时候,我发了火,她更是说一些没有边际的话。最后,二姐也是委屈地大哭了一场,跑了出去。

此刻,我心里越发的压抑。我不知道,为什么非要在这个时候,为何在母亲下葬第二天就要争来争去。

峻熙是我的,这是无可争议的。

早知如此,何必当初。

我给二姐的儿子说把他妈妈拉回来。二姐的儿子毕竟已经快二十岁了,若换成我,敢有谁那么样说我的母亲,我绝对会理论一番。

所有的亲戚都在说二姐的不对。

我给二姐说:"二姐,不管别人如何否定你,我知道有的事是与你没有任何关系的。就是所有的人都否定你,我也不否定你。"

二姐哭着说:"我再也不去深圳看孩子了。"

我说:"峻熙是你的侄子。咱们家不看,谁看?"

二姐是一个农村妇女,直爽的性格可能处理事情不周,可是有的黑锅她是背不起的。

我又和堂嫂聊了一会儿。

除了累,我还能说什么?

第二天,阴历六月初一。

给母亲圆坟。

之后,我送梅君去了菏泽。之后,她去郑州坐飞机回深圳。

我去市立医院结算合作医疗。

二十七天

二十七天，这是母亲离开的日子。

我一天天地数算着，就如母亲数算我距离多少天放假回家，剩下多少天离开家一样；就如母亲数算着父亲离开的每一天一样。曾经，我不理解，甚至几个姐姐也都抱怨，母亲为何会那么执着于数算日子。如今，我才知道那种无法言说的心情是多么折磨人的意志。

夜里，我经常会想到用手触摸母亲嘴唇的那一幕。那种冰冰的感觉就如一个烙印一样一次次闪过。每次电视镜头上出现心电监护仪的时候，我就会想到母亲床前的那个仪器。

我可以在白天不去想念，因为忙碌、工作、奔波，可以充斥、填塞着我的生活。夜深人静的时候，我又如何能不想念母亲，又如何能忘记母亲在我眼前离开的场景？

母亲就是我心中的动力，而我就是母亲的太阳。曾经我一次次地想过，若是哪一天没有了母亲，我肯定无法接受这样的现实。可是，该来的总是要来，我至少在表面上比想象中的坚强。

一个人，或者一件东西，要么不要拥有，要么就不要让自己知道失去。一旦拥有再失去，那种空缺，不是一日两日可以弥补的。

我曾经以为我是一个孝顺的儿子，至少我没有和母亲吵过嘴，没有惹母亲生过气；父亲走后，我曾经一次次地告诉母亲，没有了父亲，还有我。只要有我在，不会让母亲受半点儿委屈。我以为，凭借我的能力，凭借我对母亲的那种孝心，我可以让母亲过得开心和幸福。可是，随着时日的逝去，我才明白，我无法替代父亲对母亲的那种照顾。母亲不缺新衣服,不缺吃喝的东西,缺的是孤独内心的聆听者。

母亲给我留下了太多的影子:拎水的影子,打牌回来的影子,洗衣服的影子,在桌子上找药吃的影子,坐在门口马扎上的影子,摊煎饼的影子,倚在床头看电视的影子,一次次给我讲过去苦日子的影子……

曾经的曾经,我觉得我的学习,我的奋斗,是为了让父母,尤其是母亲过上好日子;曾经的曾经,我就那样孤军作战,泡在了孤独、寂寞和书本里,尽管没有过任何鼓励,我心底的那个信念依然没有改变过;曾经的曾经,我把改变家庭当成我奋斗的目标;曾经的曾经,我的生活里是没有自己的,这是任何一个和我有过相似经历的人都曾有过的感觉。

母亲曾经不止一次地说父亲隔着那个四寸厚的棺材木板,比远隔千万里的人还难以回来。母亲可曾想到,我现在也是如此的感觉。曾经,我期待着回家,因为可以想到母亲出来接我时的样子。如今,我又该去哪里寻找那样的画面?

四寸厚的木板,如今把母亲和我阻隔的又何止千万里?

母亲离开这个城市的时候说三个星期就回来,可是,三个星期后,成了我回去为她送别。

若是不接母亲到深圳,若是给母亲检查的时候拍个脑部 CT,若是早点注意母亲的消瘦不只是胃的问题,若是早点给母亲转院,若是不给母亲转院,若是自己不在 ICU 病房协议上签字,若是自己心里没有那么多的忧愁和不快,若是没有那么多家庭争吵,若是多顾及到母亲的病情……或许,母亲就不会离开得那么快。

可是,这些假设都成了空谈。

或许,这也是对我的惩罚。

写在"五七"

二姐在电话里说今天是母亲"五七"的日子,其实这个日子我早已知道。

打扫卫生的时候,看到母亲最后一次来深圳的登机牌,上面写着 2 月 15 号。一个多月后的 3 月 24 号,我再次遇到了一个门槛。在那一个多月里,白天辗转于医院为母亲看病,晚上回到家里究竟发生了多少次的争吵,我已经记不清,也从来没有告诉过母亲。

那天下午,我接到了"最后通牒"。我把二姐叫过来,问该怎么办。二姐的意思是希望我好好地生活下去。

我也想挽留,但没有别的余地,我连找个家人商量的机会都没有。

毕竟,我也是第一次经历这样的人生转折。穿好衣服出门时,我心里还是紧张。

此时,母亲醒来了,过来问我叫二姐来是不是有事瞒着不告诉她。我赶快找了一个理由,搪塞了过去。事情的结果总有一天会让母亲知道,可是晚一天总比早一天好。

4 月 10 号,我按照协议上约定的日子跑了三个地方把钱转汇好。我一度不懂为何会在 4 月 10 号,那个时候我才想起原来是结婚一周年纪念日。

5 月 14 号,带着母亲去西丽医院做了最后一次在深圳的检查。

5 月 24 号,带着母亲和二姐去顺便买了一个回山东用的水壶。

5 月 31 号,母亲、二姐和峻熙回了老家。

6 月 24 号,我回到家的时候,母亲已经没有了意识。

6 月 27 号,母亲永远地离开了我。

此时，距离父亲离去的日子12月14号才6个半月。

姐姐说，母亲在意识清醒的时候说得最多的一件事就是让二姐看好峻熙，不要掉下床来。在深圳的时候，母亲一次没有注意，峻熙醒来掉下床来，被二姐说了一顿，心里一直内疚，当着我的面说了几次回到老家任何事不做也要看好峻熙，不能再发生那样的事情。

不知是谁告诉了母亲，说我可能会回去。母亲以为我当天就到，不止一次地问大姐的女儿，我是否到了郑州。那个时候，若是我回去，还能和母亲说说话。

可是，我没有想到病情会如此的严重。从下个周五，提前到周二，又提前到本周五，又立刻决定周四当天回去。

可是，已经迟了。

母亲心里肯定在挂念着我以后的生活，挂念着峻熙以后的生活，说峻熙是个可怜的孩子。就这样，父亲和母亲都没有听到峻熙会喊"爷爷奶奶"，带着遗憾离开了。

个中心情，谁又能理解？

人生之中，最难过的一年就如此走了过来。不是我多么坚强，因为我的心很软弱。只是，我没有办法去逃避。每一年都会在6月28号记述一下来深圳的周年纪念日，还和死党阿帆、文子约好了出去庆祝这第七个纪念日。只是，今年太与众不同。

七年来，本来以为人生终于走过了暂时的一个句号，可是最后画上的是一个小小的分号。作为当事人，我有不可推卸的责任。

有个人（不知名姓）说，我最后什么也得不到。其实，得到也是一种失去，失去也是一种得到。为何又要去在乎别人的失去或者得到呢？至于那个人骂我也好，恨我也罢，至少我还是守住了我的原则。只是，人在得不到的时候，总会歇斯底里，也总会看到一个人的真性情。我本来就不在你的世界之内，又谈何"滚"字呢？

我给表姐说，去美国的那20天，我会好好地放松一下，什么都不去想。

但愿我能做到！

梦　遇

夜里,梦中,我遇到了母亲,感觉是母亲活着的时候那样。很多内容都不记得,只是觉得母亲好似说过一句类似孤独的话,我和大姐站在旁边哭得厉害。

站在这样一个异乡的国度,或者说是我读书时一直想到达的国度,曾经告诉自己要好好放松一下,放下很多的思念和牵挂,放下一切心中的负担,不去思考任何我的人生,或者以后的人生岁月。只是,真正到了这个曾经梦想来的地方,又无时无刻不思念着家的温暖,思念着家中的亲人。所以,自己会不自觉地拨打电话,倾听家人的声音,尽管再也无法拨通家里的号码,再也无法听到母亲那句"是俺儿"的声音。

那种难以名状的痛苦,是很难说出来的。

我没有吃饭,一个人去爬了雪山。不想有同伴,因为不想和人说话。在阳光的照射下,雪的反射光使得眼前一片白茫茫。我坐在一块小石头上,望着一望无际的森林,远处点点的覆盖雪的山头,隐藏在浅薄云雾里的山头。很想和母亲说说话,告诉母亲这里的壮观。只是山顶没有信号,即使有信号,那个号码也永远无法再有人接听。

坐在车上回去,又想到了母亲,想到了给她过 66 岁生日时候的样子,给她买了 66 枝康乃馨;想起了她在医院的那一幕幕场景,不免让我伤心。再多的假设,再多的让步,也无济于事,因为已经无法再弥补。在车里,一会儿想到有哪些人,尤其是名人年纪轻轻就去世;一会儿想到,如果母亲活到了 90 岁,峻熙也接近 20 岁了。那个时候,母亲该是多么的幸福或者开心。

而我,也会开心一些。

给同事说，到了异域，才发现自己对故土是多么的思念。同事开玩笑说，那是因为有峻熙在。是的，有峻熙在，可是还有我那个家在，有我的兄弟姐妹在，有我的根在。

每一次出国的经历，总是让我更加不愿意离开自己曾经一直在意识里"批判"的土地。站在万里之遥，远远地看自己的家乡，或许它有很多的让人不满意，可是自己无法想象若是真的离开那里又是何等地难以割舍。

走在西雅图的城里，满眼尽是白皮肤的人群，街头音乐唱着我听不懂的歌曲，海风就那样吹着。

我，和很多人一样，只是一个游客，不属于这个地方。

致母亲

母亲：

　　不知您在那个世界是否还过得安好，父亲是否还是二十年如一日地照顾您，为您做饭？不知父亲是否抱怨过您追随得太快，责怪过您"舍弃"那么小的孙子，连一声"奶奶"都没有来得及听到？

　　今天是"六一"儿童节，是属于峻熙的节日。可是，您却一次次在我的脑海里出现，因为去年这个日子里，您带着峻熙和二姐回到山东老家。记得在火车里，您坐在车窗边，在我临走的时候，眼里满含泪水，哽咽着说让我不要再停留，因为火车要开了。那个时候，看着您那么瘦弱的身体，我也是强忍住眼泪。我知道，您担心我，担心我以后的生活，担心峻熙的生活，因为您常说"儿行千里母担忧"。我以为我会很快再见到您，可是没有想到那次竟然是我和您最后一次面对面说话。二十四天后，当我再次见到您的时候，您在病床上，无论我如何叫您，您却再也没有了回应。

　　其实，很多日子，我不愿意记起，或者说是记得那么深刻和准确。只是，事与愿违。和您去香港的那天，是日本发生大地震的日子，我和您在维多利亚湾的轮渡上，看着电视里的画面。日本每年都会纪念3月11号，而那一天也永远刻在了我的意识里。

　　婚姻的事情，我一直刻意地回避或者说是隐瞒您。可是，在最后那个夜晚，您还是被吵醒了，一脸困惑地站在客厅里。作为一个儿子，我经历过父亲的离去，二姐和您的争执，对峻熙的照顾，还有那一次次的争吵。我承认，在婚姻的过程中，婚姻之前，我犯过错误，尤其是我那固执而又冷漠的性格。可是，我确实是想安安稳稳地过日子,踏踏实实地与曾经的生活方式告别。只是,又是事与愿违,走到了当时的地步。我怎么和母亲您诉说?在您的心里,儿子是累的,因为您都看在眼里,看到了儿子为这个家的操心,为这个家的努力。您或许也觉得不公平,或许您和二姐说过,可是您从没有当着我的面讲过一句。

现在想想,心里确实后悔,后悔您在深圳的那三个月,我还是忙于工作,几乎一天天地不在家。若是我没有出去那么多,在家里多陪您,您或许就有了诉说父亲之事时的听众。那样,您的心情就会好很多,而不是几次地流着泪说要回山东老家。

母亲,很多时候,您都是在为儿子着想,没有过多的语言,没有所谓的"爱"与"拥抱",没有把给儿子的关心都记在"账面"上。可是,您背后的那种理解,却是让我久久不能忘记。

一年又过去了,峻熙也大了一岁。现在,他基本什么称呼都可以叫。他可以指着您和父亲的照片叫"奶奶"和"爷爷",可是他再也听不到回应。有时候,我和二姐说,若是您和父亲都活着,听到峻熙的声音,该是多么的幸福和开心。

在峻熙、二姐和我都病倒的那个星期,我确实很想念您和父亲,若是您们活着,至少可以分去我的一部分负担,哪怕只是一个照应。那一周,是我最困难的一周,竟然在输液的时候偷偷落泪了,在峻熙被烫伤的那个晚上站在医院门外哭了起来。

母亲,您在世的时候,我从来没有说过"爱您""想您"之类的话,对父亲也是一样。可是,那种想念和爱,又何尝不是我们之间的纽带,又有哪一天缺乏过?

如今,儿子依然是如此的忙。在这样一个城市里,我确实没有安全感。有时候,我忙碌也不知道是为了什么,攒钱是为了什么。峻熙越来越调皮,但是也越来越懂事。尽管他失去了爷爷和奶奶的爱,失去了一些人的关心,但是我会尽职尽责地把他好好带大、教育他,给他提供尽可能好的条件。

再有一个月,我和峻熙,还有二姐,就会回山东去看望您和父亲。以后每一年,我都会带着峻熙回去看望您们,在您们的坟前告诉峻熙关于您们的往事,让峻熙不要忘了自己的根,不要忘记自己的家乡。

母亲,希望您在那个世界和父亲快快乐乐地生活,也祝福我和峻熙的生活。不要为了我的伤心而伤心,而是要在梦里更多地鼓励我,给我加油和勇气,迎接以后在世的日子。

念母亲

吾母袁孔氏,讳宪菊,为孔圣人后裔,于公元 1939 年生于定陶县城。吾母自幼丧父,与寡母和一兄、一弟相依为命。吾母幼时,适逢寇据县城。因父早逝,举家由县城大院迁于城西孔书庄。

因家道中落,吾母家贫不能入学堂肄业。然吾母自幼聪慧,精于口算。吾母虽读书不多,然所读过目不忘,强记于心,常为他人道矣。居外祖母家之时,吾母与表姊妹相处甚欢,踏迹于县城乡野剧院,诵所观剧目,数十年不忘。源此,吾母与表姊妹之情谊终世不辍。

吾母十岁之时,适逢国运交替,曾目睹国共两军周旋于县城。豆蔻年华之时,吾母作为家中独女,为在学堂兄长步行送饭,照顾幼弟于闲暇之时。吾母每与吾谈及步行至县城为兄之事,叹世事之变迁,人心之变异。

待举国一片疯癫之时,吾母纵不能独立于世外。然个人终究沧海之一粟,阔海之浮萍,任风而飘扬,无有独立之幻念。彼时"血统论"盛行,吾母家因有数亩良田,身份一落千丈,久久不能翻身。

吾母一生遭遇坎坷,婚姻尤甚。遭二度婚姻之变,独留一女于夜盲之前夫家。后经一中医牵线,嫁吾父于定陶县城西二十里之蔡楼村。成婚之时,吾父赤贫,衣不蔽体,食不果腹。吾母辛苦劳作,上敬婆母,下顾小叔。挣工分于生产队,养子女于茅草屋。思彼时之难,吾母无不叹息。吾每听此往事,与吾母同悲。然情景无能再现,徒无法体会吾母所受之苦。

吾为家中独子,上有四姊。愚思吾母与吾父得子心切,盼一子以续家之香火。然吾生之日,即吾母受苦之时。久卧病床二十余载,难享常人之人生喜乐。自吾幼时,目睹吾母病之苦痛,徒然伤心于胸怀。吾母纵有病于身,对吾偏爱有加。每思吾母点滴之情,泪不禁落于两腮。吾母常言:"父之恩易报,母之恩难偿。"

是然!

二十余载间,吾母尝遍百药之苦。公元 2001 年起,吾母身体好转,犹有神明之助。彼时,吾就学于龙盘虎踞之地金陵。三载后,吾邀吾母与吾姊游于金陵,睹吾之学业有成。稍后,吾就职于岭南之地深圳,与吾母千里传音,时时念吾母于心间。

又三载,吾邀吾母与吾父同游此岭南之地,共住于陋室之中满月有余。又二载,公元 2009 年,吾再邀吾母与吾父,共住三月有差。忆二老同聚之时,历历在目。

其后,一载不足,吾父病重。吾数次返乡,探吾父于床,慰吾母于心。然终无力回天,吾父长逝于患病二月之时。吾母虽悲痛,然强忍于心不发,恐子女有忧。农历新年过,吾携吾母再返就职之地,思换景移情,吾母心可好转。

三月之后,吾母与吾姊携吾子峻熙返家于公历六月一日。二旬仅过,吾即闻吾母病重于床。待吾见吾母面之时,吾母已不省人事。吾强忍悲痛,然心无由平静。三日之后,吾母溘然长逝于病榻之上。

吾母远去,吾与吾姊捶胸顿足,号啕大哭于盖棺之时。然吾终不能再观吾母面,徒悲切于心。

吾母远去百日之遥,吾无有一日不思之。思吾母音容笑貌,念吾母哺育恩情。吾望北方家向之地,无吾母再存于人世间。

甚思之,甚念之,甚痛之,甚哀之!

呜呼哀哉,徒写此文以记吾母。

归家路

多少次,我期盼着回到我的家乡,那个陪我一起走过 18 年的村庄;

多少次,我期盼着见到我的爹娘,那永远会等待我归家的亲人;

多少次,我归心似箭;

多少次,我翘首期盼;

多少次,我恋恋不舍……

可是,这一次,回家的路是如此的长,让我犹豫不决,因为我再也看不到我的爹娘。

我强压着我的悲伤,控制住我的眼泪。

我不愿意再踏进那个空荡荡的院落,因为那里没有了父母的温情,再也不能进去就喊一声"娘"。

可是,我无法逃避,因为这是我的家。

桌椅上布满了灰尘,院子地砖上遍是冬草,枯萎的树叶散落在角落里。

不回家,我惦念着家,伤心;回到家,我更伤心。

到处都是父母的痕迹,可是再也寻不见父母的影踪。

转眼之间,父亲离开了一年,母亲也离开了五个多月。这一年的岁月,恍如隔世,让我目不暇接。我无法诉说出心中的思念。即便如此,还是会遇到一次次让我揪心的争吵,唯恐我疲惫的身躯不会被父母的离去之痛而压倒。

奔波在回家的路上,是我人生的一个烙印。

1994 年,读高中那年开始,我没有一个周末不回家,因此也成了名副其实的"回家迷"。那时候,我回家,不是为了享受,而是为了让家庭的贫穷刺痛我的神经,让我不要有丝毫的懈怠。

就这样,三年里,每一个周末,我骑着自行车往返于家与县城之间。没有丝毫的累,因为我可以回家见到我的父母,哪怕是躺在床上生病的母亲。

1997 年,第一次远离家,到千里之遥的烟台求学。9 月初开学,国庆节的时候,我硬是坐汽车 18 个小时回到了家,在家几个晚上。回家的思念,即便是有距离的遥远,没有丝毫地减弱。

每一个暑假和寒假,我基本上最早离校,最后一个返校。

大学第一个寒假回家时,没有直达的火车到菏泽,我坐到济南再转车。晃悠了十几个小时,可是回家的开心总是可以穿透严寒,让我欣喜若狂。

2001 年,又是远离家门,到接近千里之遥的南京继续求学。三年六个学期,回家的感情,依然如故。

2004 年,远离家门,到数千里之外的深圳谋生。六个年头,12 个学期,尽管不能像读书时候那样早早地回家,晚晚地离家,可是我依然坚持着每年回家两次。

那个时候,我心里有盼望,有对亲情的渴望,有对家的期待。

如今,我又该期待什么? 盼望什么? 面对什么?

一番收拾,院子又干净了起来。

我尽力不去想爹娘在时的情景,可是我控制不了我的思绪。我虽然向来以冷漠而为人所知,为人所骂,可我不是一个缺少感性的人,不是一个没有感情的人。

我睡觉之前,母亲会把电热毯为我打开;

早上,母亲让我吃早饭;

下午,母亲会一次次推开门看我是否还在房间里闷着,问我为何不出去玩;

晚上,母亲会倚在床头看电视,和我聊聊天,父亲坐在桌子旁边。

如今,没有人再数算着我何时回家,没有人再数算着我何时离家。

所有的一切都离我远去,留给我的只是无尽的思念。

思绪的线若是一直往前,对父母的思念越发加深。

曾经,父亲会张罗着做饭;如今,我和姐姐在堂哥家吃饭。

曾经,母亲的床头堆满了药盒;如今一切都是空空的。

姐姐的亲情,邻居的温暖,我可以体会到,只是那无法替代父母所给我的曾经。我很难拒绝,也很难突然地转变,从心底里去接受。

我不想外露我内心的失去父母之痛,所以只能尽量地开心着。

父母养的狗已经九岁了。自从母亲离开家之后,它就被放到了大姐家去养。

它离开这个家已经很久很久了,也在思念着主人。否则,它不会再一次挣脱绳子后跑到父亲的坟上去看望父亲。

父亲走了之后,它期待着女主人的到来,带领它回到自己的家。它等啊,等啊,等到最后依然没有能再见到自己的女主人。

我到了大姐家,它对我热情如旧,或许它觉得我会把它带回自己的家,哪怕是睡一个晚上。

我把它带回了家,放开它。

它就卧在我的床边,或许它清楚回家也只是短暂的相逢,就如我当初周末回家睡一个晚上一样。

只是,那个时候,我还有期盼。

如今的狗儿,在我启程之后,它又该期盼到何时呢?

居 家

窗外,雨滴在静静地敲打着窗户;屋内,我一个人坐在床上,蚊帐上挂着的小风扇在呼呼转着,就这样一直转到天明。

所有的灵感,所有的思想,所有的棱角,于我好像已是另外一个世界。一个白天,又一个黑夜,我就这样喘息着走过。闭上眼睛就会想到过去:过去的丑陋,过去的辛酸,过去的幸福,过去的愚蠢,往事如电影一样一次次地在我脑海里闪过。对于将来,我好像谋划得少之又少,我就是一只蜗牛,没有力量的蜗牛,在潮湿的地上往前一点点地爬着,直到我自认为幸福的终点,一动不动地死去。

我很喜欢听邻居大嫂讲述陈年往事,她的语言会把我带回那个时代,让我接触很多我闻所未闻的名词,诸如"跑反"之类的历史书上没有出现过的词语;她的语言把我带回到了我父母如何走到一起的故事里。在我母亲活着的时候,我会隔三岔五地问母亲一些往事,让她给我说说那些刻在她脑海里的记忆。自从母亲离开之后,我的人生里缺少了一个主角。

我身边的老人一个个地离开这个世界,每一个人离开的时候带走的不仅仅是自己的传奇,还有那个时代的回忆。我一直幻想着搬个小板凳,就如凤凰卫视的记者那样,和老人们拉拉家常,可是我又总是没有那个勇气。就这样,身边的见证人越来越少,后一辈也渐渐失去了对往昔的记忆。

我出生在这个村庄,无论走到哪里,都在关注着它。虽然我越来越觉得它陌生,可是我的根毕竟在这里,我的父母毕竟安葬在这里。没有了父母,就没有了家的样子。我对此深有体会,所以我很多时间是把自己一个人关在房间里,躺在床上,翻来覆去。

　　房子盖上 11 年了,父母在这里住了不到 9 年。听着邻居大嫂描述当年我父母住宿的条件是何其差的时候,我多么希望父母可以在如此宽敞的房子里多住上几年。可是,人的命运就是如此。作为弱小的人,我们没法与自己的宿命抗争,因为我们都摆脱不了宿命,只是看何时罢了。

　　都说处女座是洁癖爱好者,我不觉得自已有洁癖。但是,我绝对属于一个悲观主义者。无论有多么开心的事情,我都是如此冷静地看待,理智得让人震惊。母亲去世两周年的时候,我跪在坟边,想大声地哭一场,可怎么也哭不出来。不是我没有压抑的事情,是我已经忘了该怎么倾诉,该从哪里开始倾诉。我活得是如此坚强,可是内心却是如此的脆弱。别人看到我的坚强,可是没有看到过我的脆弱。

　　曾经,我是如此地爱恋这个家,想念这个家,可是现在我却如此地想逃避这个家,不愿归家。三年不到的时间,我的心态已经改变了很多。三年之后,又是如何的光景,我不知道。

　　村后的大街上,每个晚上都有几个老头老太守着一个录音机,里面播放着坠子或者豫剧。在我小的时候,说书人站在那里或者坐在那里,周围坐满了人。如今,一切的一切都改变得让人跟不上。那些老人好像是时代的落伍者,孤寂地守候着自己的那一点点爱好,不离不弃。

　　我曾经是围坐在说书人周围的观众之一,可是如今的我却不会再围坐在收音机旁,反而成了旁观那些孤寂老人的观众之一。

　　邻居大嫂说,她刚嫁到我们村的时候,村子里没有什么人,大片的空地。在我小的时候,各家都有几个孩子,胡同里热闹得很。现如今,打工的打工,少生的少生,老人的离去,空院子又多了起来。十几二十几年之后,这个村庄是不是又到了几十年前的模样呢?

　　我出生在这里,现如今我只是一个过客,每年的过往都当成旅游一番,而且还带着挑剔和不满。

　　我不知,每一个和我有过类似经历的人,到了中年,是不是都近乡情怯呢?

我的毕业

我一个人站在省汽车站的出口,等候着母亲和大姐的到来。大姐让大巴司机打电话给我说五点就到,可六点的时候还没有车的影子。当我再打电话给司机的时候才知道是在长江大桥上堵车。

让母亲来参加我的毕业典礼是埋藏在我心底很久的一个愿望。可是我又清楚,它也许只是我的又一个憧憬。因为,虽然我多次提起,但是母亲的身体状况是摆在我面前一个让我心痛的问题。我一直开玩笑似的给大姐提起让母亲来参加典礼,可是从来没有想过它会变成真的。

父亲在电话里说母亲很想来。当父亲给母亲提起我有意让她来的时候,她很乐意,说是要到南京来看儿子。为此,母亲还特地到集市上买了一条新裤子。听到这句话的时候,我笑了,可是又想哭。我知道,母亲觉得是来大城市,不想给儿子丢脸,让别人看不起。大姐也几次说不来,说是穿这么破只会给我丢脸。

从家到南京坐汽车需要八个小时。我从天亮的时候就担心母亲这八个小时怎么坚持下来。望着车站口那熙熙攘攘的人群,我终于看到了母亲和大姐的身影。几个月没有见母亲,她现在是如此苍老,如此瘦小,白发已布满了头。母亲手里还提着一个小包,走路的时候有点踮。看到母亲,我很心酸。

母亲看到我的时候笑了。

走出车站,我很想拦住一辆的士,但是车站的士一般是不到我们学校的,因为路程太近了。我、母亲和大姐一起走到了一个路口,可是在那个时候是司机交接班的时候,根本就拦不到车。母亲问我有多远,说是可以走过去。我当时用了一个"不"字来回答。然而,到最后依然没有的士。没有办法,我们只好走到了公交车站。

我们三个上了一辆空调车，没有座位。母亲的身材矮小，抓不住上面的扶手。我就让她靠我近一点。车就这样颠着前行，一直到了距离学校最近的那一站。下车之后，我们到了我预订好的南苑宾馆。我不知道母亲和大姐看着周围的高楼大厦是一种什么样的心情。压抑还是好奇？

对于我所预订的房间，母亲和大姐是有不小意见的，说是我不该订那么贵的房间，找个几十块的就可以了。

我没有。

我不想让母亲和大姐住一个没有空调的房间。一切安顿好后，我和母亲、大姐一起打车到了新街口的张生记吃饭。晚饭没有点什么菜，可是大姐和母亲还是埋怨我吃饭太浪费。我不觉得，我的心思就是想让母亲和大姐好好地吃一顿。

晚饭之后，南京已经是灯火辉煌。我们打车一起回到学校，在学校的北园走了走，也算是夜游南大。我问母亲累不累，母亲说不累。可是一圈下来，我明显感到母亲累了。可她还在强打着精神与我说话。走出校门之后，母亲说了一句"这么黑，什么也看不清楚"。我有点难受。然后，我去取照片。母亲和大姐就坐在学校门口。我回来的时候，大姐问我哪里有厕所，母亲想上厕所。我说刚才在学校的时候就可以。大姐说母亲觉得不方便，不好意思。我的母亲，到这时候还害怕给儿子丢脸。

那天晚上，我没有在母亲房间里停留很长时间。我知道她们累了。大姐说我可以留下来和母亲一起住，可我不愿意。我这个一直跟母亲睡到十岁的儿子，到现在竟然不愿意和母亲在一个房间里住。我是出于男生的那种羞愧，还是别的？

临走时候，我给母亲和大姐说明天就是典礼时间，我会过来叫她们一起去的。

那个晚上，我是兴奋的！回到宿舍有想唱歌的感觉！

第二天早晨，我起来的时候，宿舍的人都已经起来了。走廊里，人来人往。不少的人都已经换上了准备好的学位服。我匆忙拿起自己那个装着服装的袋子向宾馆走去。

母亲还没有睡醒。我有点着急，让大姐把母亲叫醒。我不忍心，但是也不想迟到。我们到新建的食堂匆匆吃了一点早餐。天气很热，是那种闷热，让人觉得很不舒服。

到了学校礼堂面前，大姐和母亲在名单上找我的座位号，我穿上了自己的学位服，请别人给自己还有母亲和大姐照相。此刻我有点想流泪的感觉。看得出来,母亲此时也是幸福的。按照规定,母亲和大姐不能和我在一起,要坐在二楼。我领着她们到了楼上,让别人帮助照了相。刚进去的时候,里面感觉很热。母亲脸上满是汗水。

典礼远没有我想的那么神圣和庄严。在我的印象里就像是一场过家家一样,或者是一场游戏。当我站在台上抬起头希望母亲看到我的时候,我看到母亲也在寻找我。我挥挥手,看到大姐向母亲指了指我在的地方。母亲看到我了!她很开心,我很激动!

典礼半个多小时就结束了。我们这个专业本来要一起照相的,可是当我把母亲和大姐安排到一个小亭子坐好等我之后,就再也找不到那些人了。就这样,我又错过了一次和同学聚会的机会。之前,在照毕业照那天,我尽力从代课的学校赶来,最后依然是没有赶上。

本来想到北大楼去照相的,可是那里的人实在太多。那么热的天,我也不忍心让母亲在那里站太久。就这样,在和我的一个教友照相之后我就脱下了毕业服装。

由于毕业证还没有拿,我对母亲说我们一起去拿,然后去吃饭。母亲走在后边,大姐走在我的旁边。路上,我们碰到了系里的一个同学。她喊我的大姐为"阿姨"。当我说身后才是我母亲的时候,她感到很尴尬。

我一个人到了系里,母亲和大姐一直在门口等我。出来的时候,又见到了专业的几个女生。她们问我为何没有参加照相,我说了原因。就这样,我们几个在系楼前又照了相。我不想让母亲等得太久,结束后就跑了回去。

我想让母亲和大姐到 KFC 去凉快一下。为此,我们三个一直走过了青岛路。路上,我一直问母亲累不累。我不想让她多走路,可那是一条不到五百米的小路,又没有办法打车。

KFC 的环境不错。在母亲和大姐坐定之后,我去买了一些汉堡和饮料,同时给母亲买了一杯热蛋汤。母亲问我花了多少钱,我说没有多少。在那里,我和母亲商量好饭后一起到中山陵。当然,她们对整个景点是没有什么概念的。因为我下午要去给学生考试,四点才能回来。如果四点后去,时间太晚,可如果午饭后去,时间又太短了,因两点时我要赶去兼职的学校。

吃好之后,我们三个一起打车到了中山陵。我特意让车走长江路和中山东路,因为那里的风景更好看。花了十九块钱,我们到了快到中山陵的那个林荫大道上。母亲和大姐一直说路上的树木好看。

我们沿着那条路走了不长的路程，在一个亭子里坐了坐，聊天，谈笑。大姐又提起了以前的事情，说得我好像又回到了从前的那些日子。由于时间有限，我们根本去不成中山陵，还有就是太热，我害怕母亲受不了。就这样，我们又打车从另外的一条路上回到了学校。大姐和母亲说第二天一定要走，不能再在这里花钱了。我不再争执，最后到学校门口买了车票，是第二天早晨八点的。我心里也很矛盾，我不想让母亲这么快就走。只在这里一天，但来回坐车就花两天。

在把母亲和大姐送到宾馆之后，我匆忙地乘坐公交车到兼职的学校去给学生考试。当时我心里是一百个不愿意，但又推脱不了。考完试之后，我打车回到了宾馆。

我们在一起聊天，直到吃饭的时间。那天，母亲和大姐一再地嘱咐我不要再吃那么贵的了。可我还是不想让她们在吃饭上受委屈。最后我们到了一个酒家。母亲和大姐吃得还算满意，我很高兴。吃好之后，我们到金润发一起去逛逛，买了一点第二天走的时候要带的必需品。就这样，我们三个走在城市的霓虹灯下，走在城市的高楼下。

到了宾馆，我让母亲好好休息一下，然后回到宿舍收拾一下，把一些衣服让大姐带走，还有导师给我父亲的药酒。天实在是太热，我一个人又拿不完，就打电话给我一个学生也是一个朋友过来帮我拿点东西。可我们还是拿不完。在楼下的管理处，楼管帮助我们找了一个三轮车帮助我拉那些行李，让我到小卖部给车主买一包香烟以表谢意。

当我和那个朋友一起提着行李到房间后，我介绍了朋友给母亲和大姐。我们在那里开玩笑，聊天，我甚至兴奋到脱了鞋跳到母亲的床上玩。十点多的时候，母亲劝我回去，说是我累了一天了。我回到了宿舍，可突然有一种想和母亲住在一起的感觉。我又提着几个包到了宾馆把门叫开，说是我要住在那里。母亲很开心，大姐也很高兴。我们又是聊天，说过去、将来，还有我的婚姻大事。

就这样，到了十一点多的时候，母亲和大姐在一张床上先睡了。我在那里看电视。看着母亲熟睡的样子，想到她明天就要走了，我的泪水流了出来。

大雨下了一夜，这是我最不想看到的。当我醒来的时候，窗外的雨还在下。南京的天气就是这样烦人，雨一下就是不停。空调吹了一个晚上，我感觉到很冷。我不知道该怎么办。母亲和大姐也睡醒了。我打电话问汽车站，得知不能改签，如果退票必须收取20%的手续费。母亲和大姐说不要再交钱了，还是走吧。我知道她们是为了我好。就这样，我打电话给昨天那个朋友，麻烦她来帮忙一下。随后,我一个人去食堂给母亲和大姐买早点。由于时间太早,我只买到了几个鸡蛋、馒头,还有两杯豆浆。就这样,母亲和大姐匆匆吃了早饭。朋友到后,我让她们在房间里等着,我到学校门口叫出租车。在这样的天气里,出租车是很难叫到的。我在门口先给保安说了好话,说是希望出租车能开进来。他们答应了。

幸运的是,我很快就拦到了一辆车。车顺利地停在了宾馆门口,我让司机等一下,我去提行李。由于伞不够,从住的地方到宾馆门口还要过一块空地。母亲没有凉鞋,就那样蹚了过去。我们走得是如此的狼狈,如此的不堪。

车提前到了车站。可出租车是不能开到门口的。因此,我们又要过一片水地。母亲还是那样蹚了过去。朋友让我背母亲,可是母亲不让。母亲的衣服湿透了不少,特别是鞋子。我知道穿着那样的鞋子肯定是不舒服的。可是母亲说在车上之后可以脱下来。我问母亲累不累,母亲说不累,反正是见到儿子了。

到上车的时间了,我给检票员说能否通融一下,我想到车上把行李送上去。检票员同意了。我和那个朋友一起到了车上。母亲劝我早点回去批改试卷,还说让我多吃一点,不要那么瘦。这句话是每一次见面母亲都会对我说的。母亲说如果工作忙,就不要回家了,因为已经见了面。我没有想到母亲的要求是如此简单,简单到就是见一面。人们都说世界上只有一种爱无私,那就是母爱。

我是在母亲乘坐的车离开之前离开的。我最怕的就是看着要送的人的车离开,那会让我心里堵得慌。我和那个朋友一起走了,头也没有回。

二十年的求学生涯短暂地画上了一个句号。在这二十年里,是母亲对我充满希望的二十年,是充满酸甜苦辣苦辣占多数的二十年。很幸运的是,在求学生涯结束的时候,母亲能够来参加我那不像典礼的典礼。虽然只是短短的一天,但那是给过去的二十年画上句号的一天,也是我新的人生之路开始的一天。

姐

姐说她累得腰都直不起来了,天天在那里坐着,连饭也顾不上吃。

我一直给姐说,不要再做了。

姐在一个针织厂找了一个给出口餐巾用针线缝边的活儿。四四方方的一块方巾,她要用针的末端把边修理好,三根线在一起,弄成花边。这不仅需要好的针线活,还需要好的眼力和耐性。自从姐找了这个活儿之后,她就很少再来我家。即使来,也是带着那些活儿。姐说,她从早上开始忙,一直忙到晚上凌晨一点,睡到三点又缝了一块,五点又起来开始缝。早饭也顾不上做,在板凳上缝累了,就坐到床上,再累了,就坐在马扎上。

姐说这些的时候,面带笑容。可是,她那黑黑的脸上,我总觉得掩藏了很多的无奈。

姐缝一块方巾4毛钱,一天累死累活的最多能够缝20块,挣8块钱。每次去县城交工的时候,不舍得坐车,因为来回就要6块,更不用说在县城吃点东西了。随便花一下,几天的辛苦就一干二净了。

姐又去交工,我给姐说不要再拿新活儿了。她答应了。可是回来时,她又拿了20块。给我说的时候,还冲我笑笑,一脸轻松。

姐说她腰疼得厉害,眼睛也累。我说如果因此而去拿药看病,做这些活又有什么用。

姐的头发掉得厉害,不知道什么原因。她说每次洗发的时候,都是一缕一缕地掉。我也不知道该怎么帮她,只是每次回家给她买点品牌的洗发水,因为我总觉得她在家乡集市上买的是假货。

临近我离家的时候,姐来了。她说一辆车在集市上宣传洗发用品,不知道好不好。我和姐到了集市,看了看,是一个没有听说过的产品。感觉还可以,我给姐买了一套,姐一直说不该我来付钱。

姐是一个很能干的女人。农活、针线活,里里外外都是一把好手。读大学之前,我穿的鞋基本上全是姐手工做的。只是,在读大学之后,一直没有再穿过。因为,我加入了穿皮鞋之人的行列。

每次回家,姐都会把家里最好的东西给我拿来。不管地里的花生和地瓜长多大,只要是我要离开家了,她都会从地里刨出一些带来。望着放在筐子里那些没有长成的地瓜和花生,我知道姐是想让我在家的时候多尝点家里的东西。为了让我喝上新鲜的玉米粥,她不辞辛苦地回家两次去拿。

姐也是一个非常要强的人,只是在命运的安排下,她这要强的命运始终在有限的范围里苦苦挣扎。十几年来,一直没有多少的改变。有时候,我想帮姐,都是让外甥偷偷地拿着,不要告诉姐。否则,她肯定不会接受。她说她现在帮不了我什么,也不想牵累我。

每个人都在挣扎,只是很多人不知道在为什么挣扎、奋斗。奋斗到最后又是为了什么。姐很少去找人算命,可是这次,她却算了一次。算命先生说她的儿子以后能够考上大学。不管是真是假,如果这个说法能够给姐一种安慰或者是期待,那又为什么不可以相信呢?

洁 儿

和洁儿相识纯属偶然，也许更该说是一种机缘。

那时，我在自己读书所在城市的一所大专学校兼职教课。平日里有的学生请我帮忙，或者是让我辅导。一天，一个男孩问我是否能找一个英语专业的大学生帮他辅导英语，我很爽快地答应了，虽然自己也不确信是否能够找到。

我在学校BBS的"工作版"上发了一条信息，大意是说自己想为朋友找一个家教，有意者可以和我联系，并且把自己宿舍的电话号码留在了上面。

当天晚上一个女孩给我打电话，告诉我了她的名字，我称之为洁儿。她就读于本市一所师范大学外语系，大四。她说自己要毕业了，想找点事情做。我们约定好第二天在那所师范大学的草坪上见面。

那是一个周日，阳光明媚。下午的阳光更是让人觉得舒服，又有点懒洋洋的。我骑着朋友送我的那辆破车到了那所师范学校。我所在的大学和那所师范大学相距很近，也不是第一次到那所学校去。一年级的时候，我有一段时间曾经心血来潮，天天下午换上运动鞋，背着包到那所大学的操场去跑步，锻炼身体。我当时给自己找的理由是我们学校的运动场为了迎接校庆在翻修，虽然师范大学的运动场不比我们没有翻修的运动场好多少。去那里的另一个原因是据说那所学校是全国最美的十所大学校园之一。我想走在其中，领略一下那种美的滋味，呼吸一下那青葱树木和花草的味道，触摸一下那湖水的晶莹清澈。

我们相约在师范大学门口的麦当劳。我到的时候，洁儿已经站在了那里。我是按照电话里她说的特征才敢相认的。简单的寒暄之后，我们一起到了她学校的草坪上。她给我的第一感觉是爱说话。我们在一起说了一个多小时,聊天的范围也很广:托福、出国、学习英语、二外。她正在准备出国,由于第一次托福成绩考得不好,不得不再考试一次。她说话的语速很快,那两个小虎牙给我留下的印象特别深。后来,当我问及到她对我第一印象如何的时候,她说我像一个纨绔子弟。我大吃一惊,问她为什么。她说我穿的衣服特别像是一个纨绔子弟,很会打扮自己。那个时候,我才想起我那天穿的衣服是我的学生刚刚帮我挑选的。为了那个衣服,我专门请了三个学生跑到流行时尚店去当我的参谋。

那是我们认识的开端。我也没有想到我和洁儿在以后会有一段孽缘。

她顺理成章地成了我那个学生的家庭老师。慢慢地,她给我电话的次数越来越多,在电话里我们聊天的话题也越来越多。她说她的舍友,她的家庭,她的朋友。有时候,她会上我们学校的 BBS,给我留言,我也把自己在上面粘贴的几篇文章给她看。看了之后,她感动哭了,说是没有想到我不仅不是一个纨绔子弟,反而是一个受过如此多苦难的男生。为了感谢我,她专门邀请我到她学校的食堂去吃饭。走在一起的时候,我感觉很幸福,那是我很久以来都没有过的感觉。在食堂里,她让我坐着别动,给我跑东跑西。那个晚上,吃过饭之后,我用自行车驮她到了山西路广场去玩。我们坐在一个靠椅上聊天。清风吹来,有点冷冷的感觉。她说她有一件很重要的事情告诉我,可是又不好意思。她说她不想骗我,她有男友,在美国。我听了之后,愣了一下,但是也没有说什么。就好像我早就知道一样。回去的时候,她问我,是否还会再理她。我笑了,说肯定会理的。她摇了摇头,说根据她对我的感觉,认为我这样性格的人是不会和她再联系的。那个晚上我们走得很慢,走到她学校门口,她还想让我送到宿舍。

和她说的一样,我在骑车回去的路上,就下定决心以后不会再和这个女生联系。我想难道师范大学的女生真如别人所描绘的那样多情吗?她给我发短信,我很少再回。打电话,我也很少聊得那么开心。她说她想拯救我。我笑了,说她不要认为自己是我的救世主,再说我也不需要。她说她想让我快乐起来。我说没有用的,我的性格就是这样,在人面前的时候,有说有笑,像个纨绔子弟,但是一人独处的时候我会孤寂得要命。我不需要快乐,觉得自己生活得很好。我希望她好好对自己的男友,不要背叛。她骂我,说我的性格真该死。

我的性格就是这样的倔强。我们就这样处在冷战状态。

她送给我一个手链，很美。我不想收她的东西，心里对她有一种恨意，也不想与这个女孩再纠葛下去。她说要是没有男友，肯定会选择我的。

我回骂了一句。

其实这句话不如不说，为何没有男友才能选择我。她说不想对自己男友不忠，但是不知道为何与我在一起就会很开心，有一种说不出的感觉。我也不知道她到底是怎么想的。我这个人在别的方面还是有很强的进取心的，唯独感情除外，所以我从来不主动。我把那个手链委托我的那个学生转交给她。我知道自己这样做会很伤她的心，可我还是那样做了。

我们就这样藕断丝连地交往着。

她说她把那个手链扔在她学校的湖里了，伤心得很。我希望她也恨我。可是她说越是这样，她越不离开我，还一直说要让我快乐起来。

一天下午，她给我发来信息说她在我们学校后门，让我过去。我去了，茫茫人群中，我一眼就认出了她，手里拿着一个杯子在那里站着等我。她一直说我教课需要多喝水，要送我一个水杯。我不要，她就塞给我，说我自己愿意怎么处理都可以。然后我问她还有事吗？她说没有了，我就说那回去吧。回去后，她说她哭了。她真不明白为何我会那样对她。那个水杯是她走了很远的路才买来的。我说我不会用的，就放在桌子上。

我们在那几个月的时间里，吵架的时间多。可我在心底里真的是喜欢这个女孩的。只是，我知道她是不会属于我的，我也就没有再做什么的必要。

寒假之前，由于我要到自己找工作的那个城市去看看。她说可以把自己的笔记本借给我，让我带着听音乐消遣一下。我接受了。回来的时候，已是要放假的日子了。我把电脑给她，请她到一家龙虾馆去吃龙虾。那天下午阴雨沉沉，她在我学校正门口等我。我打着伞，就这样两人在雨中漫步。

那个寒假，我们继续发信息，可还是争吵为多。我是一个不太会吵架的人，但是说话很难听。当我在被窝里发信息的时候，心里也是难受得很。我内心是喜欢她的，可是她一直都说她不想对不起自己的男友。在男友出国之前，她曾经说过类似的话。我不知道自己是否还应该相信这样的话。我不明白女孩是不是都这样来给自己找借口，是不是女孩都这样对待男生。

她把和我的事情告诉了一个在苏州的朋友。那个朋友就在 BBS 上给我留言，说是通过洁儿想认识我。我没有感觉，也不想认识。我责问洁儿难道要让她所有的朋友都认识我吗？洁儿说她没有别的意思，就是想让朋友和我认识，自己不能让我快乐，就让朋友帮我，还说是她朋友和我的性格差不多。

年后的我很快就要毕业，洁儿也是一样。我们都面临着不同的选择。她可能会出国，不出国就回到老家所在的高中去教学，我则会到另外一个城市。那个时候，我有一种冲动，想如果她是我的女友，我会毫不犹豫地跟随她走。除初恋之外，我从来没有对一个女孩子有过这种感觉。

可是事情并没有如我所想。我要去工作的单位实习一个月。临近结束的时候，她给我短信说得到了 offer。我不知所措，心里百般不是滋味。出于礼貌，我祝福了她。从此之后，我俩能相见的日子所剩无几。

我着急，可是没有任何办法。

愚人节的前天晚上，我们去喝茶。那个茶社靠近街面，我们就坐在靠窗的位置闲聊，一直到十一点。我说我不想回宿舍，她也不要回。她没有说什么，然而后来又提议要走，说是宿舍楼十二点关门。我低着头，没有作声。我们从茶社出来的时候已经是十一点半多了，我载着她走在云南路上，回她们学校。路灯黄黄的，行人很少。

再后来的日子，我们彼此都有点生疏。我觉得自己是在有意地逃避，她也给妈妈介绍了我。她妈妈对我的印象很好，说是如果不介意可以认我当干儿子，我婉言拒绝了。假期的时候，她回家陪妈妈。我在出去游玩的路上路过她家所在城市的时候，发短信骗她说我为了找她，到了她家所在的那个城市。她慌了神，问我是不是真的，并且告诉了她的父母。她爸爸为此还出去买了菜。后来，我没有去。她的父母还为此吵了一架。

假期之后，我得了病。在校医院输液，请她过来陪我。她过来了，并且给我专门买了我喜欢喝的鱼汤，从老远的地方端来，一勺勺地喂我喝。当时，我既害羞又幸福。

毕业的时候，她把自己不要的东西送了我。我打车到车站去送她。我知道那可能是我们最后一次相见。她从检票口离开的时候哭了。那个时候，在别人眼里，我们就是一对情侣。

回忆是痛苦的，不回忆是伤悲的。我和洁儿的这段缘分，真的是一段孽缘。

我原以为她会真的把我从绝望的深渊里解救出来,可是到最后却是让我掉进了另外一个深渊。

我不知道洁儿如今在美国那边是否生活得幸福,不知道她是否还记得我。但是,我还是想写这篇杂忆来叙述这个我喜欢过的女孩。

姥 姥

题记:很早就想写写姥姥的人生,可是当手指敲击键盘的时候,又真的不知该从何下手。毕竟,我知道她的东西太少,况且她与我的亲情是如此的疏远和淡薄。然而,每每想到姥姥的棺材下放到墓坑的那一瞬间,我的心里还是有一种隐隐作痛的感觉。在那个瞬间,才发现生与死是如此的远,可是又是如此的近。

姥姥是在大年三十去世的,享年84岁。

天阴沉沉的,特别的冷。早晨的时候,母亲和我正在家里像往常一样准备过年。电话是打到三叔家里的,传话过来说姥姥走了。

母亲为之一惊,因为她三天前刚从姥姥家回来,没有想到这么快。

我心里没有任何的触动,觉得这样一个人的离去好像与我没有任何干系。我不是一个没有感情的人,可是此时让我无论如何也伤悲不起来,像个木头人一样。

姥姥是一个大家闺秀,父亲是当地的一个名医。因此未出嫁之前,她像当时任何别的女子一样,要接受一些礼仪的学习,当然裹脚是必须的。

经过媒人的介绍,姥姥嫁给了姥爷。姥爷家是个大家族,弟兄众多,在当地也算是一个名门。那个时候,姥爷家还住在县城。可以想象,姥姥出嫁的时候一定是很风光的。

人的一生真是变幻莫测。婚后,姥爷在县警察局做一个小领导,类似于现在"科长"之类的职务。那个时候,县城还没有被共产党解放,是国民党的天下。

婚后的几年里,大舅、母亲和小舅相继出生。在外人看来这是幸福的一家人。可是,姥爷在27岁的时候得了一种病,没有多久就死去了。那个时候,大舅11

岁,母亲6岁,小舅才3岁。为了给姥爷看病,家里有钱的东西该变卖的都变卖了。家庭遭遇突变。

姥爷去世后,家从县城搬到了姥爷出生的村庄——县城西的孔书庄。

母亲说姥姥受了很多苦。我想象不出来,但明白就是在现在的社会里一个女人拉扯三个这么大的孩子也是何其不易。大舅到县城读高中,姥姥给大舅做好饭,让母亲去送。很巧的是,我毕业的高中就是大舅曾经上过的中学。其中从姥姥家到高中的距离我是知道的。在那条路上走过的时候,我有时候会想到一个小姑娘拎着饭盒到中学去给哥哥送饭的场景。

大舅高中毕业,母亲只上过三年小学,小舅没有上过学。在那个年代里,这也许算是不错的结果了。接下来是大舅的婚事。

大舅结婚的时候14岁,第一个妻子姥姥很不满意,母亲说姥姥嫌弃那个女孩是大脚。我无法用现在的观点去批评姥姥,因为现在觉得不可思议的,那时却是正常的。因此,在姥姥的管教下,大舅只好休掉第一个妻子。母亲说大舅的那个妻子各方面都很好,可是就是不能让姥姥满意。在姥姥的张罗下,大舅又娶了现在的大舅妈。

母亲总说姥姥是个很挑剔的人,小舅的婚事也就毁在了这种挑剔上。小舅是一个很帅的人,很多人给他做媒找对象,可是姥姥都不满意。就这样,一年年过去了。最后,小舅错过了说媒的年龄,打起了光棍,陪了姥姥一辈子。我想,小舅的婚事也许是姥姥一辈子的痛。长得这样标致的一个儿子,竟然是因为自己而错过了婚姻大事,要自己照顾一辈子。

姥姥是一个传统的女人,用现在的眼光看是一个思想"守旧"的女人。我一直觉得,姥姥是看不起母亲的,至少是看不起母亲的婚事。母亲第一次的婚姻是失败的,我对此知之甚少。但是,母亲嫁给父亲这样一个"一穷二白"的人,我想姥姥肯定是不同意的。但是不管怎样她还是在女儿家庭困难的时候接济了女儿不少。家里没有吃食的年代,母亲每一次带着姐姐到姥姥家,姥姥都会给母亲很多吃的带回来。

我记事之后,母亲总说姥姥挑剔我们姐弟几个,说我们家教不严。因此我向来对姥姥的印象不是很好。在我眼里她是一个孤独冷漠的老太太,一个不近人情的老太太。从我记事到姥姥去世,我只在姥姥家住过一个晚上,也是因为下雨没有办法回去才和母亲一起住的。所以,每年的春节到姥姥家去走亲戚我向来很反感,成了一个例行的差事。

高中时候,由于是住校,母亲让我有的时候到姥姥家去看看。我不是很情愿,但是碍于情面又不得不去几次。此时,姥姥已是七十好几的人了,行动也不再是那么灵便。可是她对我的态度好像是好了不少,留我在那里吃饭,还会问问我下周还来不来。我现在想姥姥那时应该是太孤寂了,孤寂得连一个说话的人都没有,因为小舅为了自己的婚事对姥姥一直耿耿于怀。这样的一个老太太,心里应该是有很多话说,可是说给谁听呢? 应该是享受天伦之乐的年纪,可是还要给小舅做饭、洗衣服。这样孤儿寡母的日子一过就是几十年。

后来,姥姥确实需要人照顾了,尽管她不情愿到女儿家去,可是母亲还是坚持要接她来住些日子。不过,在我家住不到两天,她就叫着回去,说是没有人给小舅做饭。有的时候,把母亲吵得也烦了,可就是不送她回去。姥姥就自己拄着拐杖,拎着自己那个装衣服的口袋,走到村后,等着看小舅来不来接。这样的一个母亲,平凡吗? 平凡。伟大吗? 伟大。

最后,姥姥还是在她那个孤寂的老房子里走了,没有任何人知道。因为,当小舅发现的时候,她已经咽了气。

在盖棺之前,母亲到棺材口前看姥姥最后一面,给她用棉花擦脸。我不敢靠前。我害怕这样的场面,尽管是第二次见识。

姥姥的棺材被抬到了地排车上,舅舅在前面,母亲和舅妈在后面。我跟在母亲的后面。此时,天更冷了,飘起了雪花。地排车在崎岖的路上走着,我在想姥姥的身体在里面是不是动了位置。她到另一个世界该是怎样生活? 如果能和姥爷相见,她又该怎样诉说自己的这一辈子?

是酸,还是甜?

棺材放在墓穴里,我站在坑的对面,和父亲一起,向姥姥最后一次磕头行礼。

一抔黄土飘了下来,姥姥的棺材渐渐地被盖住了。

此时,哭声不断,远处是迎接新年的鞭炮声。

人既然要死,为何要出生? 到底是谁在掌控着那生与死?

河南戏

虽然老家不是在河南,但是因为家乡与河南搭界,因此从小就深受河南戏的影响,并且深深地喜欢河南戏。

喜欢它的通俗,喜欢它的曲调,喜欢它的上口,喜欢它的韵味。

很多戏曲的曲目都是从母亲那里了解到的,比如《诸葛亮吊孝》《卷席筒》《打金枝》《七品芝麻官》《八珍汤》,等等。母亲说她小时候经常和自己的表姐妹等亲戚到乡下和县城的戏院去看戏。后来所谓的名角的戏,她当时看了很多。以至于每次电视上演出一场戏曲的时候,母亲都能说出她在什么时间、什么地点看过。描述起当时的场景,还是那么生动。

小时候,村子里总会在适当的时候来一些唱河南坠子的人。有时候就是一对夫妻,一个弹,一个唱。高高挑起一个气灯,下面坐着来自本村和邻村的父老乡亲。在那个清贫的年代,欣赏河南坠子好像成了人们津津乐道的事情。先是一个小段,一般都是幽默的或者劝人的主题,然后是进入正戏。正戏一般要唱很久,一天唱一场,直到要离开我们这个村才会结尾。临走的那天,他们会挨家挨户地收取粮食,也就是自己的出场费。他们到了每家,拿出一个碗,主人根据自己的心意,随便给多少。当然也会有人不给,说是自己从来没有去看过。碰到这样的人家,唱戏的人也无可奈何。

那个时候没有电视机,更不用提 KTV,因此所谓的模仿根本无从谈起,但是我也不知道从哪里学来的,总会披上被单,把床上的蚊帐弄成戏场的样子。家里无人的时候,我就飞舞床单,当作戏服,过一把戏瘾。也许是从集镇戏台上学会的吧,不过那是要收费的,去的机会很少。门口有很多卖西瓜的,二分钱一大块。感觉看戏不是为了欣赏,只是为了去吃一块西瓜。如今那个戏台早已荒废不堪,无人问津。

小时候,母亲教会了我不少小曲,也成了我在大人面前表现的节目之一。虽然已经过去20多年,但是里面的语句到现在还是记忆犹新。

有个大姐本姓王

出门碰见她干娘

干娘问她哭啥呢

没有婆家想得慌

说个东庄也不成

说个西庄不成双

南庄有个二呃珰

正月里看好

二月里娶

三月里生个小儿郎

四月里会爬

五月里坐

六月里就会喊爹娘

七月里送到南学把书念

八月里就会读文章

九月里进京去赶考

十月里得个状元郎

十一月祭老还乡把家返

腊月三十得的病

没到天明见阎王

大娘,婶子来哭他

一辈子没有喝过扁食(饺子)汤

到后来看了豫剧电影《卷席筒》之后,更是对里面的小苍娃很感兴趣,特别是他的那个发型。也许是河南戏简单的缘故,自己不知怎么就会了两段。再次"演出"的时候,已经是在高一了。在众人面前,我唱了一段。但是,那时再也没有儿童时候的天真和童趣了。

人啊,这一辈子,很多事情,确实是受客观条件限制的,能够做成的事情实在是太少。有时候,我还想,要是我出生在一个经济条件好一点的家庭,说不定会培育出更多的艺术细胞。

尽管如此,不管在什么时候、什么地方,哪怕是走在深圳繁华的街头听到乞丐唱的河南戏,都会有一种亲切感。这种亲切感是从小时候起就有的,也会陪着我一辈子。

那　年

高二那年我不到十六岁。

那时的我，是一个只知道学习的男生；一个懵懵懂懂不理窗外事的男生；一个家里贫穷但又不愿意接受帮助的男生；一个在班里为了和对手竞争而丝毫不敢放松的男生。

认识她是一个偶然，虽然她是班里的一员，但是像我这样不愿意主动和女生多聊的人，是不会或者很少注意到她的。

那个时候，我是班长。虽然柔弱，但因为成绩是第一，还是被班主任指定做了这份"工"。但对我来说，班长只是一个名誉，我没有履行过多少班长的职责，因为在我的世界里只有学习才是最重要的。

我很少写日记，只是偶尔记述一些生活琐事。我把内容写在一个绿色封皮的本子上，放在抽屉里。

一直都是这样，直到我有一天发现它不见的时候。

我疯狂地找，可是没有找到。

她把那个绿色封皮本还给了我。

那是我第一次和她接触，很诧异她拿走我的日记本。

在日记里有一个纸条，说是我的日记让她打消了自杀的念头，特别是看到我自己的"要强"和"奋斗"。

我看到这个纸条，匆忙去找班主任。虽然我不关心很多别人的私事，但是事关一个人的生死，我还是有点害怕。

她确实又回来了,没有任何的损伤。

我很好奇她到底是一个什么样的人。

那个时候,我都不知道她的名字。只知道她坐在教室后面的一个角落,没有人注意的地方。按照惯例,那是学习很差的人才去坐的位置。

她穿着一件绿色的褂子,头发扎起来,矮矮的。有时候会笑笑,有时候不会。

一天晚上,班会。班主任在班上说起一个女生在女生宿舍大院卖方便面,自力更生,精神可嘉。我不知道是谁,后来听同学说的时候才知道是她。

那一年是我生活最拮据的时候。我一周只花 12 元钱,天天吃方便面和馒头。

一天,我发现我的抽屉里多了两个鸡蛋,还有她留的字条,大意是说让我好好保重身体。我没有要,直接送了回去。也许是为了挽回自己的颜面,不想让她小看,也许是觉得她也是一个贫苦之人,挣钱不容易。

至于她的身世,我还是不清楚,也不关心。

班主任让我有时间去帮帮她学习,我没有犹豫地答应了。也许这是一个开始,纯粹的帮助,但是却以失败的结果而告终。

我很少光顾她坐的位置,有什么问题也是她写在纸上,我看完后给她讲。虽然,我不太相信人的智力有很大的区别,但是对于她的成绩,我总觉得没有提高多少。

也许是我没有尽心尽力。

她的名次总是徘徊在倒数,而我总是正数第一。

一个同学曾经不理解我为何对她那么好,那么愿意帮助她。我也不知道是为了完成班主任的任务,或者是对她有所同情。

她给了我一些教案本和草稿纸,说是别人给她的。她给那个人描述了我学习的用功和生活的辛苦,那个人就让她把一些学习用品转交给我。

我当时很开心,也很感动。

那一年的元旦晚会,作为班长,我是顶着压力办的。

在那个晚会上,我做了一个简短的工作总结。

她参加了晚会,穿着一件红色绸缎棉袄,唱了一段豫剧,还博得了一阵掌声。

举办晚会是在周六晚上，也是我高中三年唯一的一次周六晚上没有回家去睡，但是第二天中午我还是骑车回家待了四个小时。

父亲因为我没有回家，还特意从家里来看我。

只是我们一个走城北的路，一个走城南的路，错过了。

就这样一年过去了，她的成绩还是没有提高多少。

高三的时候，她已经和我分在了不同的班级。我帮她学习的方式也变了，她把自己的题写在本子上，一周给我一次。

我把答案写好再委托一个人转交给她或者叫她出来直接给她。

虽然我那时候受了不少的委屈，但没有和她分享过。

我一直觉得我和她是两个世界的人，更不用说感情。

我和她只是平平淡淡地交往。

一个雨天。

午饭后，我看到抽屉里多了一块白色的布料。

我知道那是她给我的。

我只有一个心思，那就是还给她。她不在班里，同学说她回家了。我就冲到学校门外，在最繁华的街道上，我把布料给她，她不要。

她径直往前走。

我生气地把布料朝她扔去。

白布飘在空中，长长的。

我头也不回地走回了教室。

我后悔我做得太过分，又匆匆跑到校门外。

她站在校门口，拿着那块沾满泥水的布，站在人群里，一脸泪水。

会考结束后，她的成绩让她失去了当年参加高考的机会。

就这样，她被分到了楼下的平房教室里。

她好像已经注定距离我的世界更遥远，虽然还会问问题，但是已经没有多大意义。

她说她会在毕业时候给我一个礼物。

高考前三天,她把我叫出去。给了我一个笔记本,还有我的一些错题档案记录本,代数的、英语的、几何的……

她把错题档案封皮做得很好看。

她告诉我说,只能在回家后才能看。

我答应了。

回家后,我看了之后很是吃惊。在信中,她表达了对我的感情,我也了解了她的身世。我没有想到我的行为会那么大地影响她,就赶快手写了一封信给她,虽然不知道她何时会收到。

那个暑假,她骑车到我家三次。

我和她住在两个不同的县城,距离60多里路,骑车需要3个小时。

她能找到我家,我很吃惊。

三次中,只有最后一次我让她去了我家几分钟。前面两次我都是在村后的路上和她说几分钟的话,她就走了。我知道她很委屈,我也恨我自己,为此被母亲骂了几次。当时,我只是觉得我家很穷,因此不欢迎人去。我也不想让邻居和家人觉得好像我不务正业,谈女朋友。

我上了大学,再也没有了她的踪影。

大二开学的那一年,班上一个同学说我"姐姐"来看我。

我很纳闷。

走到湖边的时候,我惊呆了,是她。

我从没有想到她会到我读书的大学,并且能够找到我。

午饭,我和她去了学校对面的一家拉面馆。她怕我吃不饱,就一个劲地往我碗里拨她的面条,结果面撒了一桌子。

我觉得别人会笑话,很生气。

她很尴尬。

我问她怎么来的。

她说是随着老家高中考取过来的新生来的。

我问她是否有地方住。

她说有,和新生住在一起。

我相信了。

下午,我和她在操场上坐着聊天。

她突然说有事，一阵风似的跑开了。

我一头雾水。

晚上我看着她走回了女生楼。

第二天，她要走。我送她去火车站。在 10 路公交车上，她坐在靠窗户的地方，望着窗外的海。我一句话也没有说。她好像累了，想把头靠在我的肩上，我推了推。后来，她哭了。她在一个纸条上写了几个字，问我就那么讨厌她吗？

在车站，她消失在来来往往的人群中。

临走前，她又给了我一封信，让我回去看。

回去的路上，我读了信。那个时候我才知道她已经在去天津当保姆的火车上了，才知道她在操场上突然跑开是因为她来了月经，才知道她那个晚上没有到女生宿舍睡，因为她并不认识谁，只好在女生宿舍楼的阁楼上坐了一夜，被蚊子咬了一个晚上。

看完信，我很是失落。

可是，一切都无法挽回。

转眼之间，十年都要过去了，我再也没有她的消息。

对于这样的一个女孩子，我不知道是一种什么感觉。尽管我是一个不轻易动感情的人，尽管自己那个时候也不懂得什么是感情，但还是能体会到那时的青春和苦涩。

也许，因为那个时候真的好单纯。

随着时间的流逝，很多事情没有记录就会慢慢地从记忆里消失。

不管她在哪个角落，我都希望她能幸福地活着，忘掉她悲伤的童年和冷酷的我。

偶　遇

2005 年，一个周末的中午，我突然决定一个人去香港。香港距离很近，因为它与深圳只隔一条河；香港距离又很远，因为它在制度上与内地有别。

第一次去香港，一切对我来说新鲜而又刺激。

我不知道该在哪个站下火车，只是听说过"红磡"体育场演唱会，就在红磡站下了车。

面对同样肤色的人，我一脸茫然。

站在路边，我看着站牌：一个义工走过来对我说了一番话，给了我一个小纪念章。

粤语，我听得一头雾水。

我只说了一个单词"sorry"。

尴尬而又好笑。

我抬头看着站牌，还没有深圳站牌好。突然，我看到了"中环"，凭借着感觉毅然决定到这个地方。

双层巴士上，我望着两边的街道，狭窄而拥挤。

这是我从小就听说过的香港吗？这是现实中的香港。

到了中环，我站在摩天大楼旁边，不知道该往哪个方向。如果说对于上海或者深圳我还有所知的话，对于香港，我的知识基本是一片空白。

站在天桥上，我拿着相机，请行人帮我照相。

独自旅行很自由，独自旅行很无奈。

我惊叹于香港出版的自由，各种声音的杂志书籍，应有尽有。

站在花花绿绿的站台前，我不知道下一个目的地在何方。脑子里闪过读书时候学习到的维多利亚女王，就想着去那个公园。

我用蹩脚的英语问公交司机是否可以到维多利亚公园。

他点头，我投币。

结果，车把我载到的不是公园，而是太平山顶。

啼笑皆非！

山顶的景色非常美，有一种仙境的感觉。

我趴在山边的栏杆上，欣赏着山下都市的繁华。

我看到一个女孩，让她帮我照个相留念。

我们用英语交谈，倚靠在栏杆上。

她是印尼女孩，在山顶的一户富人家当佣人，周末时候来散步。

她说到了自己家里的父亲、兄弟姐妹，说到自己未来的理想。

她还用一个"handsome"来形容我。

母语不是英语的一个男孩和一个女孩在一个曾经的英属殖民地用英语交流着彼此的心情。

女孩邀请我到她住的那一家去看看，我跟随她一路走去。

她的房间非常小，只有几平方米，在阁楼上，下面是另外一个佣人的房间。她说她的主人有四部车，说到这儿的时候她笑呵呵的。

音乐、杂志、衣服，摆放得井井有条。

她给我写下了地址，希望我能把一张合影邮给她。

我下山，她说陪我，可以当我导游，逛逛街。

我很开心，因为有一个人可以给我指路。

站在维多利亚公园，我们注视着来往的人群。下午的阳光，温暖而和煦。图书馆、教堂、草地、高楼……热闹而又宁静。

我们一起在水边看电动飞机，一起走上天桥眺望远处的街景，虽然对于她来说已经很熟悉。

我们去了商务印书馆书店。虽然我是一个爱书的书生，但香港的书籍实在贵，基本都是百元以上。

我买了一张香港明信片，因为那是最便宜的。

麦当劳里，我请她吃饭，表示谢意。

她建议我可以在香港留宿一晚，欣赏夜景。

我委婉地否定了她的提议，因为早已听说香港住宿的价格昂贵。

在铜锣湾，大屏幕上播放着世界新闻，我和她仰头看着。

她建议我到里面买一些香水，印尼的，她比较熟悉。

我说自己很少用。

地铁里，她为我送行。

她欢迎我再来的时候去找她，我也欢迎她到深圳。

她开心地笑了。

我知道，我们的见面只是一种缘分，以后怕永远没有机会再见。

地铁启动的那一刹那，她转身离去。

皮 鞋

每一个人,在每一个阶段都有一件最渴望得到的东西。

或许那件东西别人早已拥有,或者在别人眼里不屑一顾,但是自己却对它有着迷一般的狂热。

如果你问我曾经什么东西让我如此地渴望拥有,让我如此的印象深刻,我会毫不犹豫地回答:皮鞋。

如果你问我最讨厌穿的是什么鞋子,我也会毫不犹豫地回答:皮鞋。

说不出所以然,一个在我 18 岁时心里留下那么深刻印象的东西,现在我却一点都不再想拥有。或许是因为自己讨厌穿西装,或者就是因为那么渴望过拥有,所以才会现在不想多看一眼。

进入大学之前,我对鞋子没有过多的概念,一直穿着姐姐做的手工布鞋,没有觉得有任何不好。那个时候的我,对于美没有过多的追求,没有能力去追求,也没有意念去追求。一个连早饭都会掂量要不要少吃一个馒头的少年,怎么会去奢望对美的追求?

上大学的行李中,我拿了一双双星球鞋。对我来讲,那已经是够奢侈的了,而且也足够应付生活。之前那么多年,没有好的鞋子,不也是一样过来了吗?

18 岁的少年,一个没有去过 50 公里以外地方的少年,一个对外面的世界一片懵懂的少年,就这样踏上了距家千里之遥的城市,走入了另外一个不同的世界。

到了大学校园,才发现自己真的如同一个丑小鸭。在高中里不觉得自己的装扮有任何问题,到了大学校园里才发现自己是一个异类。穿布鞋的不多,穿着布鞋拿着布口袋书包的更少。虚荣战胜了理智,那时我的心里,对一双皮鞋是如此地渴望。

我一般低着头走路,不想也不敢看别人的脚。

我想拥有一双皮鞋,可是我无法拥有。因为,我家里没钱让我去买一双皮鞋。

一天,看到一个通知,说是招收兼职人员,发送传单。我立刻就去报了名。那是我第一次发传单,跑到了市里。一个个楼层往上爬,塞到每一户的门缝里。到中午的时候,饿得不行,花了一块钱吃了包子。一直跑到下午,大概爬了600多层楼,扣掉两块车费和一块包子钱,挣了18块钱。等到从市里回校的时候,累得都有点虚脱了。

18块钱,买皮鞋肯定不够。

一个老师帮我介绍了一份家教,去教一个成年人的英语。他住在烟台皮革厂,比火车站还要远。我坚持去了,忙着了两小时,挣了50块钱。

几天后,我拿着68块钱到了三站批发市场,一个人去买皮鞋。我好像对军用的大头皮鞋比较感兴趣,觉得质量也有保证。最终,花了73块钱买了一双皮鞋,试穿的时候心里很是激动。只是,我的裤子根本和皮鞋不搭配。那个时候的我,顾不了那么多。

穿上皮鞋后,心里得到了满足,或者说是一定程度的安慰。由于我没有穿过皮鞋,不适应,不到三天,脚后跟就被磨破了,出了血。我不好意思张扬,所以,只能慢慢走路,一改我快步走的风格。

皮鞋真的改变了别人对我的印象吗?答案是否定的,显而易见。但是,那个时候,无论如何,很多理性都无法说服一个少年的心。

回头望,皮鞋有什么好的呢?

可是,那个时候,它对我的诱惑力就是那么大。

欲望尽管是欲望,至少,我靠自己的努力挣来了我所想要的东西,尽管穿上它对脚来说是一种折磨。

一件曾经努力想拥有的东西,我不懂为何后来会如此的厌弃。后来,自己赚钱买了自己的第一台电脑、第一部手机、第一套房子,但我对这些东西都没有像对皮鞋那样如此地渴望过。

或许因为自己长大了,学会了更加理性地看问题。对很多东西都追求过,但是却没有了18岁时对皮鞋的那种情有独钟。

回　信

你好!

此时的你,不知道是否依然躲在那个空寂的房间里,舔舐着自己的孤独与无助? 想着曾经杀人的朋友,还是那个让自己耿耿于怀、想放下而又不舍得的他?

再次读到你的来信,言语比我的曾经更让人无助,让人感慨,让人觉得人生真的不是个什么玩意儿。可是,既然造化弄人,来到这个世界上,我们无法选择这个已经开始的旅程。失落也罢,开心也罢,总要去度过那么多的日日夜夜,直到这个旅程的结束。有时候,我们不用去感慨别人的人生,因为我们自己的人生也在被别人感慨。

整日的忙碌,让我也是疲惫不堪。每个晚上,躺在床上,我都可以一笔笔地说出以后七天之内每个小时的安排。我觉得很无味,很想愤怒一把,很想过一个没有预算和安排的一天,过一个不是精确到分钟的一天。可是,我就如一个愈加快速的陀螺,无法让自己停下来。这样的生活,是我自己选择的,我无法去埋怨谁。

你也是一样,你现在的状态是你自己选择的结果。你选择了一个影子,还想着为这个影子去弹奏古筝。或许,你在你的意念里已亲他千万次,抑或你在你的日记里已骂他千万次,这一切都是你自己曾经陷进去的。只是,到今天,他依然是他,你却不是当初的你。因为,你再也回不到过去。你只能想着以后的路该怎么走,怎么面对自己的父母,怎么面对同学的追问,怎么去掩饰自己。幸运的是,你没有歇斯底里,没有精神错乱,没有去用一个脏字来形容他。你对他依然满是幻想,幻想着那个不可能的梦会成真。

可是,梦依然是梦,至少对你而言是如此的。

理想渐行渐远,我却越来越接近死亡。

若是换成某些人的想法,人生苦短,享受为上。抛开一切的责任,整日的疯狂与放纵,也不失为一种生活的状态。那样的生活,我也曾经经历过,否则也不会现在如此地超脱于世外,走着让人匪夷所思的生活轨迹。

人生中,遇到一个能读懂自己的人难,能读懂自己而又和自己走下去的人更难,能走下去又能长久的人,难上加难。我们渴望着对方读懂我们,对方也在渴望着自己能被读懂。因此,很多时候,人与人就成了两条平行线,一辈子无法交叉。我也曾经做梦过:我的爱人能够静静地等候我的归来,到家后,分享一下一天的生活,或者读书,或者写字,或者照顾孩子,或者一起收拾家务。这些点滴点缀着生活,让生活无处不浪漫。可是,这样的事情,我一天也没有经历过。

所以,人一直渴望着什么,就会缺少什么。

你也是一样,一直渴望着与他的相处,可是你却没有得到过。哪怕你们同处一室那么久,依然没有任何让你值得回忆的地方。当然,那些在你的眼里依然是如此浪漫,让你久久无法忘却。可以看出,你是真心喜欢上了他,可是你知道他需要什么吗? 很多时候,不是我们想当然地认为别人需要什么,而是要知道他确实需要什么。只是,大多数情况下,我们按照自己的想法做了,结果适得其反。就如,你觉得弹奏一曲,送他一个你觉得珍贵的礼物。只是,如果他不需要,或者对古筝不感兴趣,你的弹奏只是增加他生活的噪声罢了,自己的良苦用心是不可能被肯定的。

很多时候,我们需要的是聆听者,而不愿意去成为一个聆听者。我们可以喋喋不休地诉说自己的生活,但是不愿意去听别人肝肠寸断的过往。如今,看看自己的周围,还有谁会聆听自己呢?

人都是会变的,若是你不变,只会生活在过去里。

一个朋友从北京来,一起吃了一顿饭。四年不见,我本来是开心相见的,为此还做了一些安排。只是,聊天的时候,觉得朋友变化太大。或许,对方也觉得我变化太大,觉得我生活在一个个的时间表里。结果,我没有给彼此第二次见面的机会。如果是曾经的我,或许会愤怒、会生气,但是那一天,我觉得很释然。

生活不过如此!

轮到你的生活,你不想接受这个改变,或者说在小心翼翼地维护着自己的心情,守候着过往,不想让它去改变。所以,若你再不整理一下自己的记忆,你未来的日子会给你更多的折磨。

喜欢一个人没有错，但是让它如此影响你的生活，我认为就是一个错。

你的人生经历，也充满了委屈、苦难。这么多年来，你觉得你走出了那些苦难，可是你没有，否则你不会叙述得如此详尽，就如我一样。我们只是把那时的苦难暂时放在某一个角落，不经意之间会重新捡起。

苦难是代表着过去，但它的后遗症我们无法抹去。

另一个朋友，他人生悲苦。我希望做一个聆听者，只是那个朋友总是用冰冷的态度拒人于千里之外，连最基本的礼貌都没有。若是放在几年前，我或许会暴跳如雷，但是如今的我依然释然。我的帮助既然你不接受，或者不尊重我的帮助，那我只能安静地走开。我不会像往常那样，苦口婆心地去劝说。

当然，我在一些朋友那里也留下了如此的印象。

你有点不同，因为你是一个我未曾谋面的人。所以，我无法去劝说什么。我只是希望你能够渐渐地洒脱一些，因为年头又过去了一个，你又大了一岁。

我们无法选择自己的家庭，但是我们可以选择自己的活法。你现在依然是一个人漂泊在外，依然可以改写你人生未来的几十年。

人生的大方向，你无法控制，但是你至少可以控制你暂时的思绪。

希望你一切安好！

月出西方

月出西方,东部的天空被照得白亮白亮。

一只白乌鸦蹲在枝头上,默不出声地盯着下方。

街道上的影子并不多,三三两两。梳着小辫子的女娃儿拉着留着沙壶盖儿头发的男娃儿,目无表情地走着。在白白的月光下,脸更是苍白得没有血色。

二狗娘搬起板凳,正要回去休息,二狗爹要出门。

"你干啥去,老头子?"二狗娘问了一句。

"不是没钱花了吗? 我去溜达溜达,看看有啥活儿干。"二狗爹一脸沧桑地回答,"说不定,还能捡到一些,你也知道,现在这个年景,还是可以捡到一些的。"

自从上次二狗给他们俩送钱,一年已经过去了。一年里,老两口省吃俭用地过来了,同时还得应付那一批批来乱收费的人。本来还雇了一个女娃儿和男娃儿照顾自己,可是后来嫌弃钱少又都跑掉了。所以,那些目无表情的小娃儿路过都不会朝他们俩多看一眼的。

曾经试着给二狗打过电话,可是没有信号;曾经试着给二狗写信,可是委托人写好之后又送不出去;曾经试着让熟人给二狗传话,可是那么远的距离传话可不是一件容易的事情。

就这样,等啊,等啊,二狗爹和二狗娘望眼欲穿也没有盼到二狗的信息。

"二狗爹,你说二狗就没一点心灵感应吗? 也不知道他过得好不好。"

二狗娘拉住了二狗爹,

"就这样把咱俩放在这儿,他就那么狠心!"

"唉,谁知道呢? 我啊,最担心的倒不是钱,而是二狗他的日子怎么过的。按照他那个脾气,那个性儿,肯定不知道会遇到多少麻烦。"

"谁说不是呢?也不知道二狗想不想咱俩。"二狗娘滴了几滴眼泪,"兴许是二狗跟咱们过了太多的苦日子,现在根本忘了爹娘了。"

月亮突然从西方掉了下去。

乌鸦也飞走了,还是没有响声。

街道上面无表情的男娃儿和女娃儿都看起来有点恐惧地想跑走,可是好像迈不开脚步。

二狗娘的脸色也突然暗了下来,身后拽住二狗爹的手,不让他走。

"二狗爹,别去了。天又要变了,你赶快回家把房子收拾一下。你看,咱那俩房子,外在虽好,可是都不顶用。你现在出去,我自己可是害怕。"

"不行,我一定得走,不赶快的话就更找不到机会了。守着有什么用,守着房子就好了吗?你再忍耐个几天,我就回来了。"二狗爹在黑夜里执拗地说着。

"唉,这么多年了,都是跟着你,有你在身边,踏踏实实。你这一走,哪怕是几天,我都不知道该怎么过。"

二狗爹就那样头也不回地走了,拿着他那一套干活儿的工具,轻飘飘地飘走了。

月出东方,又落下,躲在云彩之后。

二狗被一阵说话声吵醒,推开房门。夜色里,二狗娘的遗像发着亮光,盯着二狗;二狗爹的遗像成了灰烬。

诗人之死

余地,一个正好而立之年的男人,一个刚为人父的男人,一个生活在四季如春的昆明的男人,一个以写诗出名甚至谋生的男人,自杀了,用一把菜刀。

他博客的名字叫"幽暗的花园"。博客日志停留在 9 月 23 号,是他的双胞胎儿子"平平"和"安安"的照片,很可爱的孩子。

普通人看来,他应该是开心和充满希望地活着,可是他却选择了死亡,在家里。不知他在挥刀之时有没有再去抚慰一下孩子的脸蛋,不知道他在闭上眼睛的时候,脑海里想的是天堂还是人世。

每时每刻都有人在离开这个世界,每天都有人用各种方式选择自杀,不管成功与否。但是不知为何,看到"诗人""自杀"的字眼,立刻让我联想到了顾城和海子。

海子死于 1989 年,在河北卧轨。

对于他的诗,为人熟知的也许就是《面朝大海,春暖花开》。

从明天起,做一个幸福的人

喂马,劈柴,周游世界

从明天起,关心粮食和蔬菜

我有一所房子,面朝大海,春暖花开

从明天起,和每一个亲人通信

告诉他们我的幸福

那幸福的闪电告诉我的

我将告诉每一个人

给每一条河每一座山取一个温暖的名字

陌生人，我也为你祝福

愿你有一个灿烂的前程

愿你有情人终成眷属

愿你在尘世获得幸福

我只愿面朝大海，春暖花开

顾城死在 1993 年，在新西兰先杀妻，后自杀。他为人熟知的名言就是："黑夜给了我黑色的眼睛，我却用它寻找光明。"

在我们看来，海子没有找到他的幸福，顾城也没有找到自己的光明。

余地也是一样。

在这个年龄，诗来找他，像一个送葬的人。

面对敞开的坟墓，他醒悟，诗意像一道黑暗。

诗人，来自何方，去向何处？他写着遗嘱。

我想，这首《诗人》就是余地内心的真实写照吧。一个多月后，他就如他写的诗歌一样，离开了这个世界，只是没有写遗嘱。

在如今的社会里，活着对于普通的人，不容易。

对于脑子里有点生活幻想或者敏感神经质的诗人，更是不容易。因为，他们对周围的事物更多了一层感性的理解。

我们的年代里，理想和现实好像成了一对冤家。

追逐理想就要放弃现实的生活，否则很难容于周围的人，难容于这个用物质来衡量一切的社会。有车子吗、房子吗，有票子吗、位子吗……一切的一切好像都换算成了符号。所有一切再好的理想有时候在现实面前都要忍辱负重，被磨灭得向那几个"子"看齐。

每天都在忙碌，但是忙碌得连自己的理想是什么都忘记，或者距离自己的理想越来越远，直到看不见它的踪影，把它从自己仅有的记忆里驱除，不让它再来困扰自己。

等到偶尔再去想的时候，只是徒增几声苦笑或者叹息。

沉迷在现实中，理想会自动而去。此时的自己，已经深深地为物质的东西所困扰，不能自拔。只是，人不能搂着钞票睡觉。在偶尔想到自己人生之路的时候，发现每天是如此的空虚，重复着一遍又一遍的生活。

当再奋起想追逐理想的时候，时光已经溜走，容颜已经丧失，那颗追求理想的心已经不再有,而沉沦于浑浑噩噩的这个世界。

很多时候,我们都有理想,只是我们不敢问自己,害怕触动自己心中的那根让自己伤心的琴弦,撩拨得自己痛苦,甚至是痛哭。

深夜里,只有当独自一人的时候,我们才敢在自己的床头默想一下自己曾经的理想是什么,为何自己现在成了这个样子。我们也许会流泪,但是泪水不能阻碍我们一天天过着麻木的生活。我们也许会愤慨,但是我们还是不得不每天去伪装,把它藏在内心的最深处。

诗人用自己的神经诠释着他们的精神家园,但是自己的理想在现实面前一点点后退。房贷还上了吗? 车子什么牌子? 孩子吃的什么奶粉? 上的什么幼儿园? 读的什么高中? 会什么外语? ……

诗人的理想里,应该没有掺杂太多这样的物质。他们把世界理解成一个相对简单的世界,只是现实不是那么简单。对他们来讲,这个世界让他们看到的只是一些符号,而不是理想。

所以,真正的诗人,死了。

家和婚姻

每当走过灯火闪亮的住宅楼的时候,我都在想象每个家庭生活的模样。有多少人在举杯庆祝自己的家庭,又有多少人在独守空房,为自己的家庭而愁眉不展。

每次坐车在这个狭长城市穿梭的时候,看着光怪陆离的男男女女在街上晃荡,我都在想有多少人是急急匆匆奔向自己的家,又有多少人是在街边或别的地方逃避回家。

在某些人眼里,一个婚姻就是一个家;在某些人眼里,一个婚姻也是一个坟墓。它埋藏了多少人的青春和梦想,又埋藏了多少人的眼泪和悲伤。我目睹过男人的无奈,也见证过女人的眼泪;目睹过父母的心酸,也见证过儿女的辛苦。父母在抱怨父母的婚姻,儿女在抱怨儿女的婚姻。就像一个人问的那样,既然人人都说婚姻是一个坟墓,众人为何还会奋不顾身地跳进去?

人本来就是孤独的。上帝为了解决亚当的孤独,才给他造了夏娃。这就是婚姻的由来。不知道他们之间有没有恋爱过,有没有生死之约,有没有为对方献上一束玫瑰花。不管怎样,他们还是在一起了。上帝本来是要他们相互照顾,相互解闷,可是在受到蟒蛇的诱惑之后,他们又相互攻击。圣经没有说在被赶出伊甸园之后,他们二人有没有为此而争吵,但是我想他们可能是骂骂咧咧地走出伊甸园,可能还为此动了手脚。

朋友小敏要动手术了,虽然不是很大的,但心里还是害怕。她给我打来电话说自己太苦闷,想找个人聆听一下自己的苦闷。一想到自己在未来的半月里要一个人照顾自己,她伤心地流下了眼泪。她很想有个家,在自己需要帮助的时候不再孤独。我非常理解她的苦闷。当我一个人发着高烧躺在床上不能动弹的时候,我也希望有个人来陪我,给我端杯水;当我一个人在空寂的房子里感到孤独的时候,我也曾流过眼泪,想要一个家。

为了有家的感觉,我买来各种东西装饰自己的小屋。当忙碌完毕,坐下来欣赏的时候,那种孤寂又会袭上心头。装饰之后,我又能干什么? 婚姻又何尝不是如此? 它披着一层薄薄的面纱,让无数人向往。可是在揭去面纱之后,它又是那么的面目狰狞。

也许是学习外语的缘故,我认识的外教都没有步入婚姻。有一个漂亮的英国女老师二十几岁就去修道院做了修女。我感到诧异,因为我无法把她和修女联系在一起。人都是在潜意识里被改变,我的思维在自身基础上,加上他们的影响,慢慢地也在发生着变化。我总是笑着对我的老师讲:"I am your disciple."每次我问及到她婚姻的时候,她总是说上帝还没有为她准备好。

朋友给我说她父母婚姻的幸福,可是那好像改变不了我对婚姻的看法。因为,我所见到的不幸婚姻已经太多太多。我告诉她,我不是不会结婚,只是我还没有准备好。从小到大都是一个人在品味着人生,现在突然让我走入婚姻的世界,我不知该怎么去面对。我曾经信誓旦旦地说在读书结束时就结婚,可是已经结束两年,我的婚姻好像还没有看到影子。

每一个人都在幻想着一幅幸福的画面,幻想着二人世界的欣慰,幻想着三口之家的其乐融融。

现在又是灯火降临的时候,很多人又踏上了回家的路程。

谁人知晓,几人欢喜几人愁?

言青春

到了如今的年龄,青春二字对于我来说早已是一个过于文雅的词。

如果让我致已经逝去的青春,我很难用一个词语来形容。

都说青春无悔,即使有悔又能如何? 难道可以改变青春的路程和面貌吗?

对我而言,青春是奋斗。

夜以继日地去读书,去考取名次,来安慰自卑的心灵或者说是虚荣的心灵。走马灯式地做兼职,弥补家用,安慰自己是靠自己的双手劳动"发财致富",而不是依赖本来就无法依赖的家里。

对我而言,青春是羞辱。

忍受着一个人六年的实或虚的欺罔或者羞辱,自己却要卑微地活着,忍气吞声地活着。我犹如一个懦夫,只会用仅有的学习来告慰自己、麻痹自己,以弥补伤痛。忍受着冷言嘲讽,我却只能用眼泪或者逃避来面对。犹如《致青春》里的陈孝正一样,青春时的我就已经习惯了贫贱,忍受着贫贱带给我的耻辱感。

对我而言,青春是信仰。

在我濒临绝望的时候,是信仰让我慢慢走上了另外一条道路。从小树林,到房间、到食堂、到教堂、到湖边,我的青春,如火一样的青春献给了信仰。纵然在很多人眼里,上帝像一阵风一样没人看到,可是那时的我却宁愿相信风一样的上帝可以理解我。

对我而言,青春是青涩。

我也曾经向小我一级的师妹表达过感情,结果可想而知是拒绝。我也曾经在月光下、在海边,向被众人追求的女孩子示过爱意,可是依然得到的是"做朋友更好"的答复,害得我以后见她都心虚。

对我而言,青春是冷漠。

我冷漠地对待曾经追我到疯狂地步的女孩。无论她给我送药还是送吃的,我都无动于衷,甚至在宿舍的电话里骂她,我在电话里听到过她的哭泣,可是我依然冷若冰霜。就如陈孝正对待郑薇一样,可以当面羞辱一个女孩,不留任何情面。

对我而言,青春是疯狂。

我可以在海边肆无忌惮地用吼声宣泄我的情绪,在月光下用极端的方式来寻求快感;背个包就一个人独自去闯上海、下杭州,和陌生的女孩子一起围着西湖走半宿;我可以骑车在南京的大街小巷一路狂歌,旁若无人地飞驰而过;我可以一个人骑车去中山陵,黄昏时候在城墙下穿过;我可以骑车在深夜去朋友家里,在朋友家楼下喝着啤酒侃大山。

对我而言,青春是无奈。

望着自己的家庭境况,我无能为力。看着自己的母亲一次次遭受病苦,我近乎窒息。可是,这一切,我改变不了什么。我会不满于现实的 darkness 与 corruption,我会谈论国事,可是那么多年过去了,一切照旧。

岁月带走了我的青春,它却好像没有留下任何痕迹。

或许,我的青春与很多人的青春相比,有点出格,或者说得好听一点,更剧情化。幸好,我还用文字记下了一点青春,哪怕是暗喻或者隐喻。

不期望别人能懂,因为我也不懂别人的青春。

远 离

可以随处安放自己的肉体，却无处安放自己的灵魂。

在这个城市里，你还能找到自己吗？还是把自己遗落在了另外的某个角落？只是在孤单的时候，在风儿初起的时候才允许那过往的回忆一遍遍，一页页地翻起。

在这个城市里，你是否觉得孤单？尽管周围站满了人群，尽管楼下在凌晨还是车水马龙，尽管每个公交站台，每个地铁站台，站满了排队等候的人。

每天就是那样的来来往往，春去冬来，一年又一年。

在这个城市里，你是否觉得自己变得越来越沉默？除了和手机与电脑交流之外，整个世界好像与自己总是隔着那么一层距离。或许，手机里的新闻，ipad 里面的游戏，比现实更加给自己一种安全感。

在这个城市里，你是有一种根的感觉，还是有一种飘的感觉？无论每天是那种没有归属感的精神飘移，还是在这个城市里空间距离的飘移。

在这个城市里，你是否觉得就像身处一个赌场一样？想转身离去，但又不舍得输赢给自己带来的那种刺激感。

在这个城市里，你是否觉得有时候累得即将倒下，但是隔夜还要打起精神，满脸笑容地去应付着、附和着、虚假着；是否，翻了翻手机里的通信录，想打电话，但又不知道找谁，从何说起？

在这个城市里，你是否觉得自己处于城市中央，但又觉得边缘于城市之外，感觉到自己的渺小与无奈？每一天，就那样吃饭、上班、睡觉、电玩，偶尔也会去释放一下感情，或者称之为肉体的寂寞。

在这个城市里，你是否觉得自己的青春被稀释殆尽，但是又不知道哪里安放了曾经的青春？高昂的房价，快速的步伐，唯恐落后。再回头，青春的岁月已经在那些匆忙中远去。

在这个城市里，你是否把感情存放在某一个角落，无法顾及，待捡起的时候，已经物是人非，容颜已老？

人们无力抗争，却故作坚强地去奋争，用那自诩的名声来装扮自己，独自吮吸着辛酸，无法言说的滋味。

"在一个地方待的时间久了，就想换一个地方去流浪。或许那样，可以更好地怀念起初的地方，重新振作精神，继续自己的生活。"她平静地说着。

"那这一年多以来又给你了什么？我可没有你这么大的魄力和勇气，可以放弃或者敢于放弃。"他微笑，露出眉宇间的惆怅。

"那是因为你患得患失。其实，我也讨厌生活在有点让我窒息的巨无霸里，只是我必须要回归。因为，就如吸毒一样，已经上了瘾，暂时的逃避，最后还是要回归。人都是这样，摆脱不了宿命。结婚，生子，接着走完以后的路程。"她苦笑一下。

"那为何当初执意地去远离，头也不回地就离开了？"他疑问。

"因为，不远离，不知道自己是多么讨厌或者想念自己的曾经。"

爱上一个影子

"你当时的冷漠,我真的无法形容。当我一个人在异域他乡,明知你就在周围不远的地方,可是却好像比身处两个国度还要远。"她盯着他的眼睛,两年不见,他有点颓废。

"我知道,在感情里,你付出得比我多,我是对不起你。"他面露愧色。

"无所谓谁付出多和少,只要当时开心就好了。喜欢一个人的滋味很是痛苦,整天神魂颠倒地想一个人,而且可能那个人还不想自己,或者说不喜欢自己,更不要提爱。"她盯着窗外,高架桥上又塞满了车。

"我很喜欢你,只是当时回到国内,我就会离开所在的城市。明知道那是一种痛苦,我不想让自己陷得那么深。有的痛苦,正如俗语所说的那样,长痛不如短痛。"他依然如此平静、理性,在柔和的灯光下让人觉得有一种颓废美,"我说过很多次,如果和你在一个城市,我一定好好地和你在一起。"

"人生哪里有那么多如果呢?其实你是一个蛮有生活品位的男人,我一直喜欢的就是你的这种优雅、洒脱。我当时中毒了,爱情的毒,尽管我解释不清爱情是什么。"

"我有品位吗?优雅吗?你是第一个这样说我的。偌大的京城里,没有房子,没有车子,没有票子,天天来回挤地铁、公交,还谈什么洒脱和品位!"他诡笑了一下,点了一根烟。

"你现在抽烟很厉害吗?"她问,"原来的你不是这个样子。"

"还好吧,一天一包。偶尔也会一个人傻傻地喝红酒,在自己的房间里。"

"几年来你一直单身?我以为你来到这个城市就是为了寻找你曾追寻的那个

人,距离她近一点。"她有点悲哀地说。

"已经习惯了一个人的生活。至于那个人,或许和你当初对我的感觉一样,近在咫尺,却让我觉得不敢靠近。毕竟,人家已经是有家室的人了。喜欢,不一定要得到。这也许就是我的宿命。"他突然低沉了下来。

"也是我的宿命,好像很多人都这样转来转去,一个个的回合。现在不是流行一个新词,叫'爱无能'吗?你之于我,就如她之于你一样,只是一个挥之不去的影子。没有交集,却想当然地自己制造了那么多交集。挖了一个圈,天天欺骗自己跳进去,跳进去之后又没有人拉自己出去。喝酒啊、痛苦啊、流泪啊,只是给自己看,没有一点做作的成分。"她一口气说了那么多。

"或许对吧。对了,在你眼里,我真的那么理智吗?"他反问一句。

"你是理智,但是疯狂的时候也很疯狂。我喜欢你疯狂时候的样子,毫不掩饰的那种野性。按照术语说,你是一个'闷骚男'。哈哈!"她狂笑了起来。

"你……"

"你怎么打算的,继续在这里北漂……还是……"

"不知道,明天是我28岁的生日。将来,或许我会回到老家那个县城,继续唱着'苏三离了洪洞县,将身来在大街前',继续生活。"

窗外的人群已渐渐稀少,她站起来,伸出手。

"走吧,否则我就会错过最后一班飞机。或许,下次再次谋面,你我已不再是如此的光景,或许是你已为人夫,我呢,已为人母。这个世道,没有不可能的事,只有想不到的事。如果爱上的只是一个影子,还不如不爱;可是反过来,有的人在一起生活一辈子,还是没有给对方留下一个影子。"

感　觉

"在我们的一生中,遇到爱,遇到性,都不稀罕,稀罕的是遇到了解。"

这是孟京辉的《柔软》里的一句台词,是他在开幕之前致辞中的一句,也是整场话剧中让我记忆最深刻的一句台词。

一个非男非女的女医生,一个非男非女的男艺人,一个非男非女的帅哥。按照我的观后感,应该代表着三类人。

女医生表面高尚,其实淫荡,但是又不敢表露出来,天天就那么虚伪地活在众人面前。应该说,不少的人,尤其是那些外表光鲜的人属于这一类人。其实,女医生心里在哭,或者天天受着内心的煎熬。她在医治别人,其实每个孤独的夜晚,她都是一个人在品尝着卸下面具的滋味。

直到她遇到那个非男非女的帅哥。

帅哥身材好,思想好,关键是他敢于活在自己的想法里,而且是勇敢地说出来,就如他要拥有两个乳房,增加阴道等器官变成女人一样。像他这样的人,屈指可数。他有自己的思想,自己的活法,自己的态度。这不稀奇,因为每个人都是这样。只是,他不仅有,而且是付诸了实践,哪怕是前面有万丈深渊,遭到世人的唾弃。他对成为女人很好奇,所以就要成为女人,成为女人之后的那些痛苦他不在乎。

非男非女的男艺人,戏份不多,但是每次出场都是如此的精彩。他是一个或许堕落过的人,尝过人生百味的人,所以他把一切都看得如此平淡。他笑话众人的虚伪,也笑话帅哥变成女人的想法。因为他知道,变成女人之后,帅哥或许会失落的。这样的人,就是我们身边那些满脸写着沧桑,或者处变不惊,或者冷漠的人。

一个是不敢做自己。

一个是很想做自己。

一个是做了自己，又不喜欢自己。

女医生劝帅哥不要做自己，男艺人也劝帅哥不要做自己。

可是，帅哥还是坚持做了自己，而且和那个女医生走向了婚礼。

一个是女医生，一个是变成了女人的帅哥。

女医生爱的不是"女人"，她爱的是那个敢于做自己的帅哥的"本身"。

女医生经历过很多性，当然也经历过刻骨铭心的爱，可那只是肉体和肉体的碰撞，不是理解。她之所以能和那个"帅哥女人"披上婚纱，应该是找到了那种知音。

在这个城市里，谈爱不难，因为那些虚无缥缈的死去活来的漫天飞舞的话，可以天天说；在这个城市里，谈性，更不难，因为那些路边的、酒店的、会所的，可以说是脱之即来，穿之即去。

可是，在肉体和肉体的碰撞之后，精神和灵魂还会留下什么？若只是肉体的碰撞，之后只会是无尽的空虚和漫无边际的寂寞。

就如帅哥说的那样，他要变成女人不是为了下半身的做爱，而是眼睛都会做爱。不是说他色到无极限，而是说他喜欢那种感觉，哪怕是轻轻一碰的感觉。

我们很羡慕那些活出自我的人，可是轮到我们自己的时候，又往往缺乏了勇气。因为，我们有太多的顾虑，所以我们活在蚕茧里，一天天地用各种光环环绕着我们。

那样，我们只会更累，与真实的自我渐行渐远。

我们到底是该做自我，还是做别人眼中的"我"？

这，或许是孟京辉导演留给我们思考的问题之一吧。

附：

女医生："我以后不再使用'爱'这个字。爱？这几乎是这世界上最含糊不清的一个词，因为被使用得太多而丧失了全部意义。大家嘴边都挂着爱，却南辕北辙说得根本不是一件事。"

"可以跟你上床的人有很多，可以跟你交谈的人很少，而既能上床，又能交谈的人就少之又少了。"

流 泪

看着徐帆演的元妮跪在女儿面前的时候,我的泪水再也控制不住,唰唰地流了下来。

女儿的影子在元妮心里活了三十二年;为了自己曾经的痛苦而又无奈的抉择,她心里委屈了三十二年,守着自己的道德,过着朴素而不"花红柳绿"的生活。

心里有一个魔,而这个魔不是自己儿子和众人所能了解的。因此,在儿子眼里,她是一个生活在回忆里的老太太,是一个守旧的老太太,是一个固执的老太太,是一个心里一直碎着、没有随着房子的重建而恢复的老太太。

因为,儿子没有经历过那样的痛苦抉择,没有经历过那瞬间"没了"的感觉。

所以,尽管时间过了三十二年,周围都是现代高楼的时候,她依然生活在自己那个小平房里。

她在守着一个内心的承诺。

流泪,还是因为她死了丈夫,"丢"了女儿,走了儿子。

孩子长大就不是自己的人了,一个个离开自己。

最后,只剩下孤零零的一个人生活在这个世界上。

无论是元妮,还是陈道明饰演的父亲,无不诠释着这一让人压抑的心情。

"儿大不由娘",这是我的母亲一直在我耳边提起的土道理。

曾经,我的家里有四个女儿,一个儿子,一对父母,七口之家。

姐姐的衣服穿过之后,妹妹穿,当然其中也会免不了吵吵闹闹。

每一个家庭,都是一本故事书。吵吵闹闹,分分合合。

我六岁的时候,大姐结婚。

我十一岁的时候,二姐结婚。

我十三岁的时候,三姐结婚。

接着,是四姐。

1994 年之前,我还是每天回家,尽管每天见到的是家徒四壁,是那病在床头的母亲。可是,我想,母亲的心里依然会记得我每晚会在家睡觉。尽管有时候她会半夜起来,摇晃一下我住的东屋门,叫我关掉因为看书睡着而依然亮着的灯。

1994 年到 1997 年,三年里,我每周回家一次,睡一个晚上。

1997 年读大学之后,我只能每年回家两次,睡几个晚上。

2004 年工作之后,我依然每一年回家两次,只是在家睡的时间少了一些。

今年之后,或许,一年之内回去的日子会更少。

母亲一直给我说,一直担心我的生活,希望我有一个家,这样就不会再有所担心。

可是,我说,这么多年来,我一个人生活过来不是也蛮好的吗?

母亲说,那不一样。

母亲心里就是认为自己养了儿子,但是任务还没有完成,责任还没有尽到头。

如《唐山大地震》里所讲述的那样,我和母亲站在不同的出发点上。

其实,母亲知道我按照她说的那样走上生活的轨道,她就会失去我,或者慢慢地失去我。

有时候,这个世界真的很奇妙。本来好好地生活着,渐渐地非要离开一方而去和一个素昧平生的人去生活,抛弃原来的于不顾。

这个世界上,谁属于谁,谁又不属于谁。谁和谁,好像都变得不是固有的。

所以,当看到这一切的时候,又有什么可以让自己再伤心的?

很多东西,没了的时候才知道它没了。

孤　独

尼采说:"孤独有七层皮,任何东西都穿透不了它。"

一百多年前的这个哲学家,若不是经历过刻骨铭心的孤独,怕是不会说出如此沁入心骨的感受。

当然,你也许会说,孤独好像是哲学家身上的标签,因为这类人一般都是有点怪癖,或者神经质,在自己的世界里打圈圈,冥思苦想。

现如今的世界,好像没有孤独的理由,因为你周围不乏宣泄的渠道,不乏寻找刺激的方式,更不乏两只脚会走路的人。

你可以在微博或者微信上一呼百应,成为人气王;你可以在 QQ 上疯狂地加好友,把他当成你的忠实听众;你可以去交友网站,胡乱地加一些人聊天,追求言语的刺激;你还可以去夜场,艳遇一个可以带回家的人,激情地去温存。

只是,当你做这些的时候,你又何曾知道你也只不过是对方消除孤独的一个俘虏品罢了。

关上电脑,注销登录,送人出门之后,你依然没有脱去孤独的那最后一层皮。

若你不想在人的世界里打消孤独,你可以选择让电视或者电影与你为伴,可以选择让书籍成为你的朋友。

你或许会把电视开一个晚上,或许会在电影院里坐到只剩下你一个人存在,或许看一部大部头的书。

只是,天总有亮的时刻,书总有结束的那一页。此时,你依然穿着孤独的一层皮。

孤独,不在乎你拥有多少的粉丝,不在乎你拥有多少的好友,不在乎你拥有多少的金钱,不在乎你拥有多少的学识。

它就像一根刺一样,在你很小的时候就生根发芽,深深地嵌入骨中,难以拔出,随着你年龄增长而疯狂地生长。

最后,"一片壮丽的荒漠——半球形带有尖塔的荒境,陌生人孤独地存在于一百万他的同类之中。"

生活观

吾素悲观。

悲观之果,有悲观之因。果已成,然因未去,故悲观之态愈甚。

余不知悲观自何日始,为何因来。夫命中注定,余无法逃避尔。不然,奈何吾经历诸多,无有让余乐观开怀之事。

父祖家贫,无以为业;母祖家道中落,聊以谋生。

待母嫁于吾家,育有四女一男。今人或笑吾家人多,徒不知乡村人无男丁之苦,更不知彼时此社会风气之盛。

自吾生,母病越二十载。余自幼睹姊姊与父东奔西走,哀号痛苦于人生之无常,流泪无助于家贫之困。

悲观之芽,恐彼时已渐发。

犹如久在医院,渐染污浊病灶之气,强健之躯易病;自幼至今,家中之客独医生为多。久处医生往来之家,余厌去之处唯治病之场所为最。然,天意不可违。自记事之日起,无一载无医生亲临家门,无一载无大病缠父母之身。

母请一算命先生为余说道,曰吾命硬,故母病,解决之途乃为吾找一义母。

母从命,义母得;然不越二载,义父故去,徒留义母颠沛流离在人间至今。

家中之事日繁,多事之秋纷至。余孤独于斗室之内,埋头于书本之中。古人言,"书中自有颜如玉,书中自有黄金屋。"余不信,然彼时皆不言语之书为吾友,故书愈读,余锁内心愈紧。心中之锁渐沉,然开锁之匙无处觅。况众人查果而不视途,故余辛苦努力于一果。果成,而吾心已变。

单薄之身往来于熙攘人间,孤独之心渐离人群,愈行愈远。回头之时,已无药可救。

肉体之身乃一皮囊,心智之育乃一中枢。无心智康健之育,谈何皮囊乐观之感?

待考取功名之时,一切已定型,徒压抑,而无治本之法。偶遇上帝,轰轰烈烈数年,然内心之锁依然未开,悲观之事徒增。

余二十三之时,母病渐愈,家人皆乐。然父病接踵而来,手术两次,药针无算。至今日,依然如此。

生老病死乃人生之常态,缘何吾父母遭诸多苦难,余受诸多内心之煎熬。肉体之痛可治,内心之病如何?

余悲观日甚一日,不知何解。求助于上帝,恐余罪孽深重,不容于圣洁之神。

余不惧苦难,然不知何时尽头。

困苦于无知,悲观于无绪。

生命之舟

凌晨四点,我的眼睛还在睁着。我又想到了顾城的那句诗,"黑夜给了我黑色的眼睛,我却用它寻找光明。"

透过窗帘,我看到的不是光明,是黑夜,只是多了很多机器的轰鸣声。

这是我来到这个城市之后,唯一一次在自己的房子里那么晚还在睁着眼睛。

前一整天的伙食,我只用四个香蕉打发了一下。坐公交车在这个城市穿梭的时候,我又一次在车上睡着了,又一次坐过了站,又一次因为迟到而给人道歉。我背着包,匆匆地走到洗手间,把脸上的睡意洗掉。

不管是否真脏,我不想给他们留下疲惫的模样。

摔碎的西瓜的味道还弥漫在房间的地板砖上。经历了出奇的愤怒和痛苦的宣泄之后,我已经不知道还能做什么来让自己平静下来。

絮絮叨叨的话语,一遍遍地叙说,好像在说给自己听。

每天早晨,看着镜子里的黑眼圈,就如同朋友一直说的,我在慢慢变老。半年里,我的心态在一天天老化,脾气在一天天变差。很多时候,我都不敢相信现在的我怎么会是这个样子。半年里学会的东西远远超过我原来所经历的,如果说量变到质变的话,这次我终于意识到了"质"的飞跃。

不知道该感谢这半年,还是该憎恨这半年。

人都在一天天长大,我却好像在这半年里一下子从童年走到了成年。朋友说我成熟了许多,这不是我想要听到的。

可事实上好像我已经成了这个样子。在不知不觉当中,我已经改变了自己。

回忆已经没有意义,只会徒增生活的苦楚。

到这个城市马上就要 24 个月了,我所收获的又有什么? 除了个人账户上的数字在往上增长之外,其他的一切好像都在下降。一个朋友说,刚开始看我写的文字,觉得我是在"无病呻吟"。因为她觉得我有稳定的工作,工资也不低,为何还会写出那么多让人看起来忧郁的文字。我告诉她,如果一个人的心情会因为这些而有所改变的话,人活着也就没有多大意义了。她说我一切的不开心好像是因为我知道得太多了。知道得多,就会想得多,想得多就会痛苦得多。

又一个朋友说,她以为我只是生活在故纸堆里的一个"学究"。对此我又无法辩驳。当我在黑板上讲述顺治和董小宛的爱情,讲述康熙和雍正的故事,讲述乾隆皇后之死,讲述明代皇帝的荒唐,讲述慈禧和光绪的纠葛,讲述同治是否死于梅毒的时候,我不就是一个"学究"吗? 当我在公交车上背英文单词,在地铁里看高阳的历史著作,我不就是生活在"故纸堆"里吗? 我一直想着怎么再次地把书抛弃掉,可是又舍不得。每次抬头看到书柜里蓝英年编写的《被现实撞碎的生命之舟》,我就好像回到了那个国度,回到了那个年代。

个人的生命在茫茫人海里就是一叶扁舟,有多少人的"舟"已经被撞碎,而粉身碎骨在这个汪洋的大海里,又有多少人的"舟"是在一路颠簸,迎风抵抗。我的舟也在抵抗,只是我已看不到航行的方向。圣经上说:"上帝就是我脚前的灯,路上的光。"可是,在周围都是黑暗的时候,一盏孤灯也会在黑夜里慢慢地熬尽灯油而熄灭。

只有从书里,我才能找到我的乐趣,才能找到我的影子,才能找到我在现实中失去的东西。

我不止一次地想:没有了书,我还能干什么? 就如同一个很要好的朋友给我的留言一样,"书,会给我们带来痛苦;摩罗说那是人类所有关于痛苦永恒的积累。但没有书,我们都没有办法生活在这个世界。"

三周年

今天是来这个城市三周年的日子。

三年前的今天，自己一意孤行来到这个地方。也许是为了靠近某个人，也许是为了逃避，也许是上天对我的命运安排。不管怎样，当时的我还是满怀激情和梦想，想在这个据说是中国最有活力的城市留下自己的痕迹。

在这个城市里，虽然没有多少收获，但是很多事情慢慢地让自己学会长大。三年里，搬了四次家，写过两次辞职信，丢过五部手机，还有不止一次地放纵自己，或者是让自己刻意去忘掉一些生活。

三年里，一些人就这样在我面前来来回回，匆匆而去，好像没有留下一丝痕迹。虽然也有过刻骨铭心的伤害和无奈，但是慢慢地在意识里也都烟消云散。

天空下着雨，三年前的那个日子是晴空万里。

想想过去的那么多个三年，唯独这三年是最不如意的三年。三年的高中生活可以让自己考上大学，三年的大学生活奉献给了上帝和英语角，三年的读研生活奉献给了兼职和读书，都有所收获。唯独这三年，我不知道给予我了什么。如果只是从金钱上来看，自己的收获远远多于从前，可是那又给自己带来了多少的快乐或者满足？

三年，或者是过去的一年让我在生活里迷失了自己，让我脾气变得暴躁，让我学会了轻浮，让我学会了更加物质化，让我的信仰和心灵一点点地退却，慢慢失去自己想保持的那片属于自己的天空。

有时候，很感谢"博客"。如果没有它，过去的这一年最难熬的日子，不知道该怎么走过来。

如果这也算一点收获的话，它是这三年里我在这里最大的收获。换在别的城市，我也许没有机会经历那么多，没有机会让自己走那么多的弯路。

可是，一个人也只有"经历"才是自己最大的财富，无论是现在还是将来，那是别的所不可比拟的。

因此，有时候，我又是刻意地去经历。

在这个城市里，和我有着同样体会的人不止一个。他们每天都在这个有点浮华的城市里来回穿梭，逃避着孤独和寂寞，追求着梦想。每天忙着工作和学习，只是工作总有下班，课程总有下课。在夜灯初上的时候，每个人又会回到属于自己的那一片空间里，数算着自己的过去和将来。

孤单在自己关上门的那一刻已经袭上心头，不在乎是自己一个人住或者和别人一起。

每个人都有着各自的原因来到这个城市，可是有几许人不是伤心着等待或者离开这个地方？

本 色

已经有六个月没有体会过本色(True Color)的感觉了,当再次坐在里面的时候有点不太适应。虽然招牌还是那个招牌,桌椅还是那个桌椅,布置还是那个布置,但是对我来说一切还是新的一样。

面前放着一瓶喜力啤酒和一盘爆米花,一盏蜡烛在桌子上发着微弱的白光。

一进去,就好像撕去了外面的伪装。坐在大屏幕前,画面上播放的是我也听不清楚的英语音乐。尽管如此,我还是目不转睛,津津有味地看着。

歌词可以听不懂,但旋律我喜欢得很。每次听到中文唱的时候,总觉得自己就是那歌词里面的主人公。可是到了英文歌的时候,感觉有了很大的变化。我追求的不是歌词内容,而是里面的旋律。我喜欢他们的那种休闲和自在,喜欢他们的那种放纵,喜欢他们的那种舞动节拍。在外面的世界里找不到的东西,在这里我可以一点点地找回。在外面渴望的东西,在这里我可以一点点地得到。

不知道酒吧老板为何会用 True Color 这个名字。他也许了解人们的心理或许有过亲身的经历。在外面的世界里,每个人都会慢慢地失掉本色。就是因为失掉了本色,人又有追求真实自我的欲望,所以这个名字才会为那么多人接受,才会在人们心中留下那么深刻的印象。

至少,对我来说,印象刻骨铭心。对于这个酒吧,我更喜欢的是乐队表演。当我第一次来的时候,就为这里的表演所震撼。这一次,乐队已经换掉。可是,震撼力并没有减少。我喜欢跟着我喜欢的歌挥舞双手,我喜欢跟着我喜欢的旋律摇动身体,也会在听到动情处的时候想起很多往事,暗自伤神。周围的颜色是黯淡的,我又何必害怕别人。就如同在大海边高歌时候的我一样,在这个地方,我又好像找回了一点自己。

我望望周围，女性居多。是她们压抑了自己太多，还是真正喜欢这种环境，我也说不清楚。

无论在酒吧里我怎么疯狂，怎么找回自己，走出门的时候，我还是要把自己的某些方面掩藏起来。

朋友说，她很开心我没有写那么多政治性的东西。我说害怕那样写下去，我自己会变得越来越极端，直到自己活不下去。如果明明知道那只会更让自己痛苦，又何必再去给自己增加更多的负担。

走出酒吧，耳朵好像失去了功能。外面的人还是在来回攒动，有一群人在打架。对那些人来说，打架也许是一种最好的发泄方式。一个朋友说，有的人来到这个城市是为了挣钱，有的人是为了寻找另一半，她自己不知道在寻找什么？

看到这个信息的时候，我也在问自己，我在这个城市寻找什么。

我是不是也把自己逼进了死胡同？

很想把一个朋友请来，因为他说心里有一个魔，生活中有太多的"自我"，不知道哪一个是真正的"我"。来到这个地方，他也许能找到和我类似的感觉。他没有来，自己反而要去找心理医生。他说自己要离开这个地方，回去考研。如果一个城市让自己连自己都认不清楚的话，离开它也许不是一个很坏的选择。

一个人走在马路边，不想打车，只想一个人静静地轧马路。街上的行人很少，到处是出租车，偶尔会看见一辆没有歇班的巴士。我想到了刚到这个城市时候的我，刚上大学时候的我。那个时候，我也是一个人站在一个陌生的城市。

站在昏黄的路灯下，我突然不知道自己该找谁说说话，尽管已经习惯了一个人，可还是觉得有点可怕。

路过另一个酒吧密集的地方时，有种再次冲进去狂饮一番的欲望。

可是，我没有。

我跳上了一辆开向回家方向的巴士。

深 夜

深夜,我站在楼与楼之间,仰望透过缝隙露出的那片天空。

深夜,我站在马路的交会点,抬头看着安静而美丽的月亮,薄薄的白云在它面前飘过。在这样一个嘈杂的城市里,只有在这样的深夜才能体会此时的风景,就如同小时候坐在院子里一个人看着天空一样,看看是云在走,还是月亮在动。

深夜,我站在马路边,想到了昨天母亲生日时候在电话里的笑语,想到了姐姐给我说自己的辛苦,说她看到儿子给自己在门上写了一封信时的心酸。

深夜,我站在天桥上,降温之后的冷风迎面吹来,吹乱了我的头发,吹得我打了几个颤。

深夜,我想到了一个朋友给我说他刚来这个城市时候,花光了所有的钱,两天没有吃喝,就窝在房子里,喝自来水。他一次次地去衣袋里和箱子里寻找也许被遗忘的金钱,可是没有找到一个硬币。现在回忆起来,他说就是去做违法的事情,也不再想过那种生活。

深夜,我想到了远在云南的小妹。她有一个出来看看的梦想,可是到现在还在她所熟悉的城市生活。虽然有过一次机会出来,只是"蜻蜓点水",来了又走了。我想到了她在机场送给我家乡特产时候的眼神,想到了她连夜抄写给我的点点滴滴的日记,想到了她质朴的笑容和真诚。五年见一次,不知道下一次见面又是几年之后。

深夜,我想到了曾经在新疆的生活,想到了我在雪地里喝酒和狂奔,在舞池里狂跳,想到了那里的朋友和老师。时间也是过去了五年,当时说的见面到现在还没有兑现。

140

很多时候,曾经拥有的时候没有想到过珍惜,失去的时候才知道失去是如此的让人叹息。

很多时候,我也不知道自己性格里到底有多少元素。喜欢静静生活的我,有时候又是如此的狂野。给人柔弱外表的背后,又有那么多的疯狂。

深夜,我一遍又一遍听着《囚鸟》,一次次在白色的灯光下静静地揉着睡意蒙眬的眼睛。尽力不再去想什么,可还是会想。尽量地不去回忆什么,可是还在回忆。

深夜,我想到了朋友帆给我说的一句话。帆说,每次躺在床上的时候,知道还会有人没有休息,还会有人在游荡。此时,脑海里第一个想到的是我,想到我还在一个遥远的城市经历着不同一般的生活。听了那句话之后,我心里有点酸酸的。我没有想到平时嘻嘻哈哈的帆,会说出这样的话。

深夜,我知道很多人已经进入了梦乡,可是还有很多人无法入睡。

我很喜欢白色,白色的墙壁,白色的床单,白色的被子,更喜欢自己的世界是一片白色。当看到一幅新的白色为主格调的博客模板的时候,我一次次地去更改,一次次地去删减,只想让它在我心里变得更纯洁。也许就是因为我有污点,我才特别地喜欢白色。

深夜,我想到了一年之中经历的点点滴滴。很多事情,如同历史一样,越是发生在近代的事情,我们越不能去清楚了解和总结。过去一年的生活也是如此,也许五年之后,十年之后,回过头来看看,彼此都会笑话当初的傻,虽然其中的滋味不同。

深夜,我想到了不知道真实姓名的"冰雪女孩"问我的一句话,说我的心情是否会随着天气的变化而变化。我的答案是否定的,因为我喜欢阴雨的天气。那时,我会一个人躺在床上,开着灯,不用注意外面时间的变化,尽情地享受着没有界限的时间。

深夜,我想到了有的人说谎的样子,放肆的样子,疯狂的样子,演戏的样子。

浪　漫

一个朋友给我信息说，留恋一座城市往往和一个人有关。

看到这句话的时候，有点陌生，但是又似曾在哪里听说过。

一个城市会因为一个人的存在而让人觉得温暖。在千万人口中认识一个人是缘分，因为那个人而感受到冷漠的城市中还有家的温暖更是一种缘分。只是，当那个人消失的时候，城市也就变得陌生起来。虽然走在同样的街道上，但总会觉得其中缺少了什么。虽然还会遇到所谓的"知己"，但总会留恋与回忆往昔的岁月。

在喧嚣的都市里，华灯初上之时，不缺少内心孤寂的灵魂；在酒足饭饱之后，不缺少躁动不安的心；在需要宣泄的时候，不缺少一些人为了肉体的欲望而蠢蠢欲动，主动上门；在自己的欲望得到满足之后，不缺少一些骂别人是"贱人"的人。

凌晨的车来车往里，有多少孤寂的灵魂，在麻醉自己肉体的欲望中呼啸而过；有多少孤寂的灵魂，在视频镜头面前搔首弄姿地卖弄着自己的青春；有多少人还会把"感情"二字放在心里不抹去。

在那个时候，"感情"二字早已被抛到了九霄云外。

在这个年代里，要谁为一份刻骨铭心的"感情"去独守空房，已经近乎是天方夜谭；要谁为自己心爱的人保留心中的那份不受玷污的纯真，更是水中月、雾中花；要谁为了一份精神之恋而耗费时日，更是可遇而不可求。

在这个年代里，不掺杂金钱和欲望的感情真是少之又少。

有人形容现在这个年代的感情是：聊了、视了、见了、脱了、睡了、醒了、走了、散了。

什么是浪漫的感情,我不知道,因为我觉得"浪漫"都是水做的,看不到任何影子。我眼中的浪漫就是两个人在一起做饭,擦地板,包饺子,就是在一起平平和和地过日子,在一起真诚地交流彼此的思想。

人可以去幻想很多的浪漫,但那毕竟不是生活,浪漫隐藏在生活的点点滴滴之中。

就因为我喜欢的是比较"土气"的浪漫,所以给不了别人那种幻觉的浪漫。因为在我的世界里,生活都是实实在在的,都是现实主义。虽然也会如同孩子一样天真地去想象,但是从来没有期待过哪天可以去实现。因此朋友会说看我手机发的信息内容会把人给冻僵,让她不由想到我的表情。

我的脸本身就不是一张浪漫的脸,言行也不是浪漫的言行。我只是把自己的关注默默放在心里,让它一直待在那里,也许永远不会有所表现。

因为所谓的浪漫都会在最后归于平实。

即使每一次当我想去浪漫一把的时候,一切也都已经到了无可挽回的地步。

一份真正的爱可以让人久久不能忘怀,想起对方都是一种幸福。只是,爱是把杀人不见血的双刃剑,可以让自己闻名于世,也可以见血封喉。

世　界

据说,小孩子在未说话之前,有一种通灵能力,可以看到游走在白天或者黑夜里的鬼魂或其他灵界的东西。

他们看得到,但是无法表达出来,只能用哭泣或者怪异的表情来表现。

待到他们能说话的时候,这种能力已经消失了。那个时候,他们已经融入了这个世界,变得与众人一样。

因此,小孩子是最真实的。

他开心就会笑,不开心就会哭;喜欢一个人,就会依偎在这个人的怀里不肯离去;不喜欢一个人,他就会用挣脱的动作来拒绝。

因此,耶稣在《圣经·新约》里说到,每个人在上帝面前都应该像小孩子那样,保持一颗单纯的心灵。

小孩子只是单纯的小孩子,在没有步入尘世的时候,可以无忧无虑地看这个世界。

不知何时,他学会了伪装自己,不再把自己的喜怒哀乐说出来,而是让别人猜。

不知何时,他开始用一种怀疑的心态去理解周围的人情世故,哪怕别人对他付出的是真心。

不知何时,他学会了叛逆,因为他很想回到意识里最初的那个世界。

不知何时,他觉得他要和周围的人一样,老练、豁达、做作。他知道,不如此,就无法在这个世界上,或者说在众人的眼里生存下去。

或许,通灵的能力没有丧失,只是上帝把整个世界隐藏了起来。

他想努力去寻找,可是他已经没有了物理上的眼睛,只是多了一个成熟的心灵,来梦回唐朝般地追寻自己的"阿凡达"世界。

然而,并不是每个人都如此。很多人,只是用成熟的心灵来理解这个成熟的世界,懒得再去寻找那个曾经的纯真世界,哪怕是有鬼魂飘浮的世界。

有人说,艺术青年,尤其是诗人,善于用自己的眼睛发现这个世界的纯真和善美。其实,他们用的不是眼睛,而是心灵。

只是,找到了纯真和善美又能如何。有的人真的如孩子般那样,努力活在自己信仰的世界里,到最后路越走越窄,直到他的灵魂过早地离开这个世界,回到未说话之前所认知的那个世界。

我们笑话他傻,笑话他没有追求,笑话他虚无缥缈。

岂不知,他也许正在笑话我们。

完全用成人的心智来活,也许不是那么痛苦;完全孩子般地生活,是更快乐的事。

最痛苦的莫过于那些有着成人的模样,却想用孩子般的心灵来生活的人。他们用幼稚的心灵看着周围的人和事,还要像众人一样模仿着那些动作和语言。

世故的人说他幼稚,幼稚的人说他世故。

多少个夜晚,他梦里哭着回到那个无忧无虑的飘着灵魂的世界。哪怕不说话,就那样静静地看着。不再去辛苦地劳作,不再去刻意奉承,不再去看人的脸色,可以自由自在地表达他的情绪。

只是,他已不可能。

越 夜

和 Aunt Li 坐在超市外，我一口口喘着气。

一直说要见她一面，可一直没有勇气。其中的原因被 Aunt Li 一眼看透，也一语说中。她毕竟是一个经历过风雨的人，什么话也不会给我留情面。每次当我摇头或者冷笑的时候，她都说不用去否认，因为没有那个必要。

她说得都很对。

这是我第二次和 Aunt Li 见面，她说第一次没有仔细看过我的眼睛。这次见面，看到我的眼睛里是忧郁、孤独和一种莫名其妙的东西。

我看了看周围，灯光并不明亮。

这句话她说了两次。

我说我真的很不愿意出来见人，只是当我又要觉得自己承受不了的时候，才鼓足了勇气找她说话。

她给我说了两个字，"去死"。

我无语，也知道她话语的意思。

我很感激她，一个本来与自己素不相识的人，能够劈头盖脸地骂自己，是希望我清醒一点。因为，在这样一个人情淡漠的城市里，能够指出自己缺点的人是很难得的，能够给自己一点点刺激的人是值得感谢的。

趴在床上，一直睡到十一点。直到学生给我电话说和我谈毕业论文的事情，我才打起精神。为了不让她们等我很久，我不想费时去吃东西。想想一天几乎没有吃东西，我还是走到了 KFC，买了外卖，坐在公交车上吃了起来。

就这样，我还是让她们等了接近一个小时。

我很是惭愧。

她们三个我都不认识，可是都愿意主动让我指导毕业论文。

和她们坐在办公楼下，开心地侃着，仿佛变了一个人。我把自己刚买的报纸给她们坐下，觉得特别亲切。和她们聊工作，聊人生，聊学习，虽然我不能把她们各自的名字对上号，可还是那么尽兴地说着。

办公楼下，四面通风，凉爽得很。

很久没有看喜剧的东西，放映 *Friends* 的时候，我开心地笑了好几次，在没有灯光的情况下。没有任何的负担和修饰，开心地为了肥皂剧的镜头笑着。

有时候，开心地笑是很简单的事情。

走在地铁站里，流浪歌手在各自的地盘弹着吉他，旁若无人地唱着。他们在追求属于自己的自由，或者是养活自己的钱，或者是二者都要？

从 KFC 里走出来，我提着没有吃完的东西，有点恶心。一天两顿吃这个快餐。

电话里，大姐给我说着家里的事情。

我在公交车上，有意无意地听着。

两周没有和大姐说话了，好像亏欠了什么。

打开电视，看到了一个心理访谈，名字是《持续了十七年的无休止的家庭战争》。男的 37 岁，是一个大学讲师。他从小就是一个弱者：家庭不幸福，被人欺负。后来到了单位，由于自己的社交能力差，也没有得到领导的重视，自己的抱负也没有实现。他说希望在家里能够找到属于自己的那一点点自由，为自己一直的"弱势"找一点平衡，所以他在妻子面前故意显得有点高傲。他希望妻子能够理解他，安慰他，给他一点在外体会不到的温暖。可是妻子没有，她觉得如果自己那样就会比他低下。因此，两个人总是争吵不断。但是，男子说，每次的争吵，最后都是妻子说了算。

就这样，他的路越来越窄。

心理专家说，他俩都在用自己的东西各自保护着自己。就像刺猬一样，都有温暖，但是一到一起就会刺伤对方。

我很同情那个丈夫。他自认"弱势"，只想找到一点平衡，可是没有找到。他说，他就想一个人在家找到属于自己那一片自由的天空，能够活得像一个男人。可是十七年来，都没有。因此，双方都生活在痛苦之中。

故事都是如此，只是主人公变成了不同的人。

一个从小就在脆弱环境里长大的人，最需要的就是用所能抓到的一点点东西来保护自己，不让别人伤害到。

因此，他会越发显得脆弱，尽管表现得很坚强。

雨 中

每一出戏都有大幕合上的那一刻,尽管我们可以选择逃避看结尾,让自己停留在幸福的情节里。

但是,当自己是戏里主人公的时候,又能到哪里去逃避?

服务生拿过来啤酒。

我要来十一个杯子,一字排开,一杯杯地倒上。如同一个游戏,但是要比玩骰子有趣。

魔术一样地调换着酒杯,从冰凉的感觉到温温的感觉。

音乐响起,唱得让人心里更加压抑和难受。望着镜子里的我,突然想一个人在喧嚣的场合里流泪。

只是酒是苦的,无论什么时候喝在嘴里都是。泪是咸的,无论什么时候流在嘴里都是。

我无意于玩深沉,只是忙忙碌碌的每一天,好久没有给自己一次放松的机会。

记不清楚上次一个人到吧台是什么时候。

我不想向谁汇报什么,虽然会让某个人或者某些人失望、痛哭、怨恨,甚至是仇恨我。

打着被我摔坏的雨伞,我走在狂风暴雨里,闪电和惊雷一个个在我头顶扫过。我站在路边的树下,很恐惧,恐惧得在寒风里发抖。

一辆辆出租车从我身边呼啸而过,没有一个停下。

就这样,我站在树下十五分钟。

衣服、鞋子全是水,鞋带散着,我无暇去系上。

我没有跑,一个人就站在那里,任凭雨水流下。

当有一辆车停下的时候,我已经成了一个雨人。

司机吓了一跳,他说本来要开过去回家,因为太害怕了。可是转念觉得我这样的一个人可能会更害怕,所以还是停了下来。

车一步步地往前靠,雨水像瀑布一样垂下来。

司机说还是不要停在路边,那样惊雷击中的可能性更高。

很多车抛锚了在水里。

有很多人说我的世界里都是昏暗的,让人窒息,但是每个人心里都有那一点点相同的地方。

多少时候,我们想呐喊,可是我们约束了自己。

多少时候,我们想哭泣,可是我们控制了自己。

多少时候,我们想放纵自己的思绪和情感,可是没有那个勇气而锁紧了自己。

多少时候,我们生活在一个壳子里,过着心理扭曲的生活而不敢声张自己。

多少时候,我们总是在做着言不由衷的自己,麻木地生活着。

多少时候我们都是在委屈着自己。当我们想张开翅膀的时候,才发现已经载负了太多的东西,卸也卸不下来。

就这样,我们走完了自己。

走出"自我"

朋友问我为何就不能换一种风格去写东西,因为人们会有"审文疲劳"的。我也在问自己这个问题,为何非要写下那么多灰色的东西,非要把自己搞得像一个朋友留言所说的"男版林黛玉"一样。

在这个城市里,每天基本上都是阳光明媚。纵使是阴雨天,那也是我所喜欢的。为何在自己喜欢的日子里就不能写点让别人也开心喜欢的文字呢?我曾反反复复地尝试,可每次都是以失败而告终。包括写小说,每次设计的结尾都是悲剧,以至于到最后不想也不敢再写下去。

我和一个朋友坐在食堂的外面,完成一个说了很久的约定。我希望她能有所改变,摆脱家里的环境,希望她能租个房子出来,这样就会"眼不见,心不烦"。可是,纵使她能摆脱那个环境,心里就真的会开心快乐起来吗?十几年的生活环境怎么可能通过在外居住而脱离呢?她可以在忙的时候不去思考,可在闲暇的时候,她是摆脱不了内心那个结的。

每个人心里都有一个归宿,在平时是看不出来的。只有在自己最痛苦、最伤心、最失望的时候才会回到那个归宿。那是自己的起点,也是自己的终点。男人也好,女人也罢,都是如此。我看过女人的伤心,也遇到过男人的流泪,一切的一切都可以在各自以往的经历中找到种子。儿时的巴掌会活在一个人以后的一生之中,儿时的不幸家庭更注定一个人一生的不幸。如同弗洛伊德所说的那样,人在儿时的经历就已经注定了他以后的痛苦与欢乐。只是,人总是在无意或有意地隐藏着那些,只是在有了导火索之后的爆发时才可以从中找到根源。

我不仅不会写让人开心的文字,更不会哄人,特别是女孩子。我总是用理性的思维来对待女孩子，因此也注定了我不会受到女孩子的"垂青"。即使受到了垂青，也不会长久，因为我不会说什么"甜蜜的话"，说所谓的"花言巧语"。我相信没有多少女孩子会忍受得了一个男孩这样子对自己。女孩子所喜欢男生的那些优点，我好像都没有。因此，当我给一个人说好话的时候，我已经迈出了很大的勇气。只是别人不是这样认为，他们会觉得我清高，会觉得我自傲，会觉得我自恋。我的经历很难让我说出退步或者哄人的话。因此，看到哭的女孩，我真的不知所措。

当初在教会受洗的时候，牧师说那是代表着新生命的开始。如果真是那样的话，我到现在才 8 岁，正是一个新人的童年期。不过，我的新生，好像没有童年期，直接进入了成年期。

听着伍佰那首《突然的自我》，"突然间的自我，挥挥洒洒，将自然看通透""如果仅有此生，又何用待从头。"

一个人认识到"自我"已属不易，走出"自我"更是难上加难。

论"言"

历史的长河中因"言"获罪的人不胜枚举。按照道理说,一般在王朝更替之时,或者新的王朝成立初期,散播的言论比较多。为了政治的稳定,政府一般都是出重拳打击,不惜杀人来威慑。然而,究竟何谓危险言论,何谓"不实"言论,可以说是仁者见仁,智者见智。

事实止于澄清,不实言论不攻自破。但是,在没有事实可言的情况下,一味地靠贴标签来打击,不仅不能服众于人,反而会让更多的真相被隐藏和淹没,以至于永远没有真相。

任何一个统治者对言论都有一定的容忍性,只不过是程度不同罢了。比如,在有的国家可以开政府首脑的玩笑,首脑一笑了之。有的国家,对于开政府首脑玩笑的人绝对是铁腕政策,甚至是取了对方的性命。常人来看,所谓的清明领导,不会胆怯于一些所谓的"谣言",可是在中国历史上,哪怕是创造过康雍乾盛世的几位皇帝也是一样,对于这些言论无法忍受,形成了我们后来所知的"文字狱"。

"文字狱"中最著名的即是戴名世的《南山集》案。

其实,在此之前,朱三太子案在康熙时已经闹得沸沸扬扬。明亡之后,有人自称是从皇宫逃出的崇祯皇帝的儿子,自称朱三太子。据史书记载,冒充人叫杨起隆,建立了年号"广德",还在北京建立了根据地,大封臣子。结果,事败,冒充人被杀。另外,在江南有一个金姓和尚,称拥立的朱三太子为崇祯皇帝的儿子永王,聚集在太湖,合谋要杀害康熙于南巡之时。结果,那个据说是冒充的70多岁的老者被押解到北京斩了。

朱三太子案可以说是轰动一时的案件,但是真相却不再容易被厘清。不管是不是真的朱三太子,结果是必须杀死。只有杀死,才可以破除明朝在当时某些人心中的余热。

接着,康熙时的左都御史赵申乔弹劾戴名世的《南山集》和《孑遗录》,并且附带弹劾往任阁老方孝标的《滇黔录》。他说,《南山集》里把南明的皇帝比喻成汉昭烈帝在四川,比喻成南宋的最后两个小皇帝下海逃亡。《孑遗录》把南明的福王逃奔芜湖时候称之为"圣安帝遁",满是狂悖语。他说,《滇黔录》里,方孝标记载吴三桂僭立之事。这份弹劾的重量可想而知,一是已亡的王朝,一是造反的王朝,结果戴名世被处决,方孝标被戮尸。

康熙年间,有位湖州的盲人叫庄廷鑨。这个人深受左丘明的鼓舞而写书。正好,当时他家的邻居是在明朝当过大官的朱国桢家。朱国桢也想过著书,但不成而死。庄廷鑨就召集他的宾客编辑《明书》。好景不长,庄廷鑨死了,没有后代。他的父亲庄允城为其刊书。当时有一个县令叫吴之荣,因为贪赃而坐牢,后来被大赦而出。出狱后,有人告诉他可以挟书向庄家要钱,因为庄家比较富有。但是,庄家不给,吴之荣就告诉当地的大官,没人受理。之后,他就进入京师,摘书里的话上报辅政大臣。朝廷随后派人到湖州,庄允城家共 18 人皆被处死。

戴名世死了后,又出了一个钱名世。后者字亮工,江苏武进人,是康熙时的探花,与年羹尧乡试同年。那时,钱名世赠诗给年羹尧,"鼎钟名勒山河誓,番藏宜刊第二碑。"他的意思是说年羹尧军功甚大,应该在康熙之后,排第二。结果,雍正年间,年羹尧被雍正收拾,钱名世也被罢免。雍正厌恶钱名世,亲自写了"明教罪人"四个字挂在钱家,让世人讽刺。其中,晋江的陈万第写道,"名世已同名世(戴)罪,亮工不异亮工(周)奸。"

雍正在位时,比较出名的言论案是曾静案。为此,美国的一位学者还写了一本书叫《秀才与皇帝》专门论述此事。曾静是湖南人,写了《知己录》或者叫《知新录》。曾静这个人比较推崇吕留良,派他的门生张熙即张倬与张勘(宝安)去陕西,诱惑大将军岳钟琪。张勘中途退出。事情暴露后,岳钟琪逮捕了曾静和张熙,并且把提审记录上报给雍正。然而,雍正并没有处死曾静和张熙,而是让当时的兵部尚书带张熙到陕西去表达对皇帝的感恩。当然,雍正认为这些事情都是他的政敌诸如太子党、八阿哥和九阿哥集团,还有自己一母同胞的十四弟集团捏造谣言,所以不杀他们,而是——和他们辩论,最后把这些辩论编辑成册命名为《大义觉迷录》,颁发全国。应该来说,雍正表现得不错。可是乾隆上台后,推翻了雍正的审判结果,再次提审张熙,并判处其死刑,理由是张熙他们的言论对不起雍正,有损圣躬。

同样是在雍正时期,雍正命令浙江巡抚李卫继续访探吕留良家中孤儿之说,认为他家不能有任何人存于人间。结果,查得吕留良儿子2名,长孙3名,孙17名,没到一岁的孩子2名,曾孙年10岁以上者4名,襁褓之中的15名,过继给别人者3名,妻妾24名,未许字的女孩4名。吕留良的大儿子吕葆中是康熙四十五年榜眼,妻子出家在外,没有计算在内,其时已经68岁。

另一著名案件为汪景祺案。汪景祺,原名汪日祺,浙江钱塘人,曾跟随年羹尧作《读书堂西征随笔》。朝廷说他乱议论康熙谥法以及雍正的年号,说他认为功臣不可为,为年羹尧叫屈。结果是汪景祺斩首,妻子发配黑龙江为奴,亲兄弟叔侄发宁古塔为奴。

可以说,康熙年间的文字狱一般与社会的安稳有关,而雍正年间所谓的"文字狱"很大程度上与雍正的政敌或者功高震主的宠臣有关。这与康熙和雍正所处的年代有关。康熙所处年代,新朝不稳,需要从社会安定的方面考虑。雍正所处年代,由于自己登基的过程不明,所以需要用铁腕的政策对待某些言论。

乾隆继位之后,对待言论的打击依然如故。但是理由上却既不是出于维护社会稳定,也不是为了打击政敌的影响。

乾隆二十年,杀进士胡中藻,因为他刊书《坚磨生诗》,彭家屏因为收藏明末野史而获罪,被判死缓。

乾隆三十二年,举人蔡显写的书中提到戴名世是因为著《南山集》而被杀。而且,他还写诗"风雨从所好,南北杳难分""莫教行化乌肠国,风雨龙王行怒嗔"。结果蔡显被拟凌迟处死,后改处斩。他的儿子蔡必照被判死缓,为书作序之人被发配到伊犁。

若说康熙有国忧,雍正有政敌忧,而乾隆时的因"言"治罪,是最不讲理的。

乾隆时期的沈德潜,老而入翰林,乾隆怜悯他,一直提拔。即便在沈德潜退休后,乾隆仍然赐他尚书官衔,在老家吃俸禄。只是,死后,沈德潜陷入《一柱楼》之狱。书的作者是徐述夔,他儿子徐怀祖为他刊书,沈德潜为其作序。结果,乾隆大发雷霆,命令夺去沈德潜的官爵,推倒其碑,撤掉其在乡贤祠堂的位置。

按照时髦的话说,沈德潜可以说是晚节不保,而且是死后算账。

都说读史可以明智,只是要看明谁的智。就如圣经里提到的那样,世间无鲜事,只是一个个轮回罢了。可是,历史的车轮把很多的曾经的鲜事都湮没了,所以我们总是认为我们这个时代出现的"言"论问题是新的。

历史的车轮碾碎了很多人的头颅,可最终也没有让人长记性。

命中有时终须有

在阜城的那个旅店里,当他把绳索抛上梁头,头颅套进去之后,不知他想得最多的是什么。

曾经的耻辱,曾经的飞黄腾达,抑或是什么都没有想?

他是谁?

曾经的九千岁,现在的阶下囚。曾经的一人之下,万人之上,如今的丧家狗。

他原名李进忠,只是一名市井无赖,但幸运的是,他身材高大,长相不俗。虽然目不识丁,但是却伶牙俐齿,一脸的小聪明。他有胆有识,讲义气,但是却有赌博的恶习。尽管如此,他还能唱歌弹琴,连蹴鞠的水平都高人一筹。尽管也曾成家立业,但是却迷恋青楼,酗酒成性,不问家事。

在正人君子看来,他只是一个混混的模样,符合所有混混的特征。可是,很多时候,混混反而能出人头地,把一个个正人君子打得落花流水,而且置之于死地。

斯文人固然顾及脸面,所以往往斗不过那些不知脸面为何物的人。不能说斯文人不好,也不能说混混就必然差于斯文人。因为,斯文人肚子里也许丑陋得比混混多。

游手好闲之余,他到了一个小衙门当差,由于他的灵活,还当了一个小队长,人缘很好。每天白天挣钱,晚上则是围在赌桌之旁。不赌不工作的时候,则是邀人豪饮,不醉不归。因此,"月光族"非他莫属。可是,他并不因此而有所顾虑。

太有心有肺的人,往往成不了大事,因为他太重感情;太没心没肺的人,吃饱今天的,不管明天的,反而能活得潇洒。

后来,他患病了,结果体无完肤,因此就割掉了自己的下体,成了一个净身之人。只是,净身之后,由于身上时不时流出小便的味道,人都躲得远远的,不想靠近他。

净身之后,他也羞于见家人。白天躲在隐蔽的地方要饭,晚上在寺庙里休息。一个晚上,他正在一个寺庙里睡觉,梦见了土地爷。醒来后,他就想,如果一个人没有后福的话,怎么会惊动鬼神呢?可是,看看自己的处境,真不知后福在哪里!

他挨着旅店乞讨,可是店主却呼斥他。即使这样,他却依然不生气。此时,他遇到一个算命的先生,说他过 50 岁之后,就会大富大贵。

他说,"你这不是笑话我吗?我现在吃饭都成问题,还谈什么富贵?恨不得早早死了算了。"

其实,人的命运自己又怎能决定得了呢!很多时候,一个不起眼的人,骤然成了大富大贵之人。如果说那是命运的捉弄,不如说是命运的恩赐。就如李进忠这样,一个人人都鄙视的人,又有谁会想到他会成为以后的九千岁呢!

天方夜谭!

可这却成了真的!

算命先生看他可怜,安排店主给他吃饭。然而,狗眼看人低的店主却不从。算命先生就给李进忠钱,让其买药、买吃的。

身体一天天好转了起来,李进忠和算命先生到曾经居住的寺庙里结为死友,对神八拜为盟。

"今日残生是公所赐也,岂比异乡骨肉,当时再生父母。他日苟富贵,唯公是命。苟相忘,唯神是殛。"

算命先生则把钱财赠送给李进忠,叮嘱他名字里要带"忠"字,否则命运不会那么顺利。

人在跌倒的时候,最需要的就是人的肯定,最难忘的就是当时相救。按照常理,李进忠得到了两者,应该有所抱负。

可是,事与愿违。他拿到钱后,依旧乱花钱,没几天就身无分文了。

为了生活,他又担水街头,乞身于权贵,成为了一名太监的家佣。一次,在被接见的时候,这名太监喜欢上了他的聪明伶俐。随后,他就进入了内廷。

这即是他富贵的开始。可是,师父领进门,修行在个人。皇宫里太监实在太多,尤其是在明朝,要想大富大贵,可不是一般的难。可是,李进忠却受到每个人的喜欢。

督管御厨之时,他依然受到大家的拥护。明光宗听说之后,命其服侍太子,就是后来的熹宗。

按《明史》记载,李进忠是万历中选入宫,归太监孙星,后来入内库,后来又为明熹宗母亲王才人典膳。

当时的熹宗,还是个年幼的孩子,他与李进忠打得一片火热。

按照常理,李进忠是看不到小太子登基的那一天。毕竟,他已经年老了。可是,命中有时终须有。明光宗在位一月就驾崩了,小太子登基。

从此之后,李进忠就真正地飞黄腾达了起来。

而且,一腾达就是几年。

此时的他早已经不是当初要饭街头的李进忠了,而是那个马上人人都要知道的"魏忠贤"。

落一叶而知深秋

清朝嘉庆年间,淮扬大水成灾。灾后,朝廷从国库拨出巨款去赈灾。此处的灾,是指灾民。

每次灾难,对于一些人来说是灾难,而对于一些人来说,却是升官发财的机会。所以,我们每次看到各地不管是天灾,或者是人祸,关注的大部分是灾难的当时场面,很少关注灾难的后续场面。

灾民能得到多少实惠,除了大书特书的个例之外,大多数都消失在了众人视线中。

当时山阳县有个叫王申汉的人,冒充灾民领救济,领到的银子自然归自己。放在当下,冒充贫困户领国家救济金的有多少?冒充穷人分配房子的又有多少?冒充失业者领失业补助的又有多少?

只是,他冒领之事被有关部门知道之后,就开始调查此事。上级委派还在试用期的知县——来自山东即墨的李毓昌去查放赈实情。

众所周知,新上任的官员都会放那三把火,何况还是处在试用期的一个官员呢。可以说,这个初生牛犊,还没有熟悉官场的规则,决心非要查个水落石出。所以,他仔细走访村落,察访民情。结果是,他查出冒领国家救济的不止一个,是很多个。

看到这个试用期的知县如此较真,王申汉害怕了,想着或许按照潜规则贿赂一下就好了。可是,试用期的知县清白在身,不接受贿赂。也就是说,试用期的知县还是一个体制外之人。

如果大多数人都是体制内的,熟悉潜规则,你个人搞特殊非要来一个体制外,非要违背丛林规则去办事，那么你的结果就会只有两种：要么是排除一切干扰，直达天庭，得到最高层的支持；要么是彻底被排除出去，甚至是被灭口。

此时，王申汉也只能自认倒霉，遇到这样一个不懂规矩的年轻人。但是他可不想就此打住而认输。待事情表面办完之后，他置办饭菜慰劳试用期的李毓昌，就算告别。但是，就在此晚，饭后，试用期知县李毓昌竟然死于公馆寓所之中。

事情闹大了。当时的人如果有网络的话，此事上网后，绝对会成为热门帖子。标题是："试用期知县清白赈灾，然却毙命于公馆！谋杀？情杀？自杀？"广大网民就会猜，到底是怎么死的呢？死于小姐之手？或是死于被调查对象的谋杀？

无论怎么猜，绝对没人会认为他会自杀。试想，一个试用期的，事业刚刚起步的知县怎么会自杀呢？于情于理都说不过去。

然而，事实还确实是超出众人所料。

一个县令死了，上级不可能不过问。因此，淮安知府来检验。此时，尸体的口中还在流血。可是这位知府，不知拿了多少好处，竟然不问原因。看到他脖子上有个绳子的痕迹，就说试用期知县是自缢身亡。

这个死亡原因的总结，在如今社会中倒也不新鲜：比如"躲猫猫死""粉刺死""洗脸死""做梦死"……死亡方法和理由比那时多，但都是一个套路。

事情到此处，上级都定论了，也只好把可怜的试用期知县收殓一下，下葬。收殓他的正是他自己所带的仆人李祥、顾详、马连升，还有一个王申汉派来听差的人叫包汉。

人死了，家人总会悲痛的，尤其是这样一个前途一片光明的年轻人的死去，更是让人惋惜。李毓昌的叔叔叫李泰清，不远千里来看自己侄子的遗物，发现衣服上有血迹，觉得侄子之死肯定有冤情，所以就自己密访，听到了一些事情的蛛丝马迹。但是自己一个普通百姓，怎么可以轻易改得了上司的定论。就如同今天，你再怎么厉害，也改不了有关部门所请医院的司法鉴定结果，翻转案情。

但是李泰清和侄子一样，性格偏强。他一股脑跑到了京城，告到了都察院，说自己的侄子死因不明。案子到了这个阶段，一般都会得到重视。都察院的相关官员良心没有泯灭，也不敢怠慢，就如实禀奏。嘉庆皇帝就命令山东巡抚提取尸体到济宁严查。到了这个地步，代价已经是极大。但是，我们中国自古就有个逻辑，好像很多昭雪不到最高一层的批示，一般洗不了。但是，最高层那么忙，能够真正批示的又有几个呢？

此时，李毓昌的尸体，口内还有血迹，骨头呈现青黑色，检验结果是中毒而亡。

到此，真相大白。试用期知县是被自己的随从毒死的。王申汉给了他们好处，嘱咐他们让主人喝酒，当然喝的是毒酒，然后又用绳子勒，装作自缢的，换成当下的语言叫"被自杀"。

嘉庆帝龙颜大怒，随从们都被凌迟处死，王申汉斩立决，淮安知府也被查出收取了贿赂而被斩。李毓昌还没有孩子，他的继子被赐为举人，叔叔李泰清也被赐为武举人，朝廷还编制诗歌表扬李毓昌的事迹。

落一叶而知深秋，我们在一次次的麻木中，又知道了什么呢？

锦衣卫

锦衣卫是明朝特有的一个机构,初由仪銮司改设,后又改为拱卫司,后又改为亲军指挥使司,是朝廷的十二禁军之首,不归属于都督府。

明洪武二十二年,太祖朱元璋听说锦衣卫拷刑过于残酷,下令焚烧掉刑具,将事务归属于刑部,废其官。

永乐年间,该机构得到复设,不过这个时候也只是设立一个司而已,后又设北镇抚司,管理讼狱,军将之类的事情归属南镇抚司。于是,北司的名气仅仅亚于东厂。

明英宗和景宗皇帝之时,该机构得到重用,甚至于在审理案件的时候,锦衣卫的官员可以和三法司与各部大臣会商。

明世宗嘉靖皇帝南巡老家江汉之时,一切护卫随从皆是来自于锦衣卫。

看电影《锦衣卫》之时,锦衣卫奉命捉拿御史,然后押入大牢。然而,事实是:开始之时,重大事情,在锦衣卫审讯之后,送交三法司定罪。直到成化年间,锦衣卫官员才开始和三法司官员相掣肘,干涉司法。此时,锦衣卫还没有印,无印也就是说一切命令都无效。成化中期之时,锦衣卫新铸北司印,有时案件的审理不再经过三法司而直接请旨。此时,锦衣卫和东厂互为表里衙门。东厂设有旗校,和锦衣卫一样是机密机关,而且人员大都是从锦衣卫之处派去。因此他们彼此侦查,二者之间未有不同心者。东厂可以得事于内廷,至于外廷之事,锦衣卫东西两司查访,北司拷问,之后,案件才入司寇之目。有时,即使东厂所获得的不法之人,也直接送入北司。

锦衣卫就如今天的警察一样,可以抓人,而且要有驾贴,类似今天的逮捕令。

明朝祖制,驾贴须由刑科批定,锦衣卫方敢行事,若刑科长官不同意,即使锦衣卫首要人物也没有办法。如英宗正统时期的王振,宪宗成化年间的汪直,纵使缇骑满天下,也不敢违背此制。明万历元年,王大臣案子的时候,太监冯保密差锦衣卫到河南新郑去捉拿前首辅高拱,威胁他自杀。高拱家人痛哭,高拱却向锦衣卫索看驾贴。锦衣卫感觉为难,就改口说是来安慰首辅的。

明嘉靖四十五年,海瑞上疏骂皇帝,被下锦衣卫狱拷问。刑部拟定的罪刑是绞死,但是此疏一直被留没得到批准。此时,户部尚书上疏请求宽宥海瑞,嘉靖大怒,杖之百下,下锦衣卫抚司狱,命昼夜用刑。此时的刑罚是一个木笼,四面有钉子,内向。囚犯站在其中,稍微一转向,钉子就扎进肉里,如木偶一样,动弹不得。

一般士大夫被判极刑,只是刑部来判。锦衣卫与东厂只是纠察不法事,但凡是锦衣卫和东厂所认为的反弑逆等重罪,始下锦衣卫的北司拷问。

寻常的刑罚只是说:"打着问。"

重的刑罚说:"好生打着问。"

最重大的刑罚说:"好生着实打着问。"

打的时候必用刑一套,共十八种刑具。

开始之时,刑具并不用在士大夫身上,后不知何时开始用于其身,再后来就成了一种习惯,严重打击了明朝的士气。

锦衣卫的镇抚司牢狱不比法司牢狱,牢房设在地面以下,墙厚数尺,就是隔壁有人大呼小叫,也听不见动静。想买一个物品入内,要经过数关检查,吃的东西十不能得一;牢房内又不能生火,再冷也只能忍受而已。家属不但不能入内,即使见面也不允许。只能在拷问之时,在堂下远远张望。

锦衣卫拷问人的刑罚之惨,在诸多史书上已有详细记载,有的刑罚应该是达到了登峰造极的地步。

命中注定

公元 1644 年，农历甲申之年，对于登基十七年的崇祯而言，是在世上度过的最后一个年份。

关内的张献忠，李自成之乱，已经到了如火如荼的地步。

张献忠偏安四川，在天府之国过起了小朝廷的生活。当然，他的生活是以牺牲四川人的幸福为代价的，史书记载四川人遭受了前所未有的屠杀。

李自成则不然，在谋士的帮助之下，定下了先取关中，后进入山西，再入京师的路线。一路上势如破竹，直接打到京师的周围。

这一年，从元旦朝贺文臣武将连位置都站错的那一刻起，就注定了皇帝即将面对的结局。崇祯问卜于人，说的是"帝问天下事，官贪吏要钱，八方七处乱，十炊九无烟，黎民苦中苦，乾坤颠倒颠，干戈从此起，休想太平年"。

正月初一，关外的满族，建立了国号"大清"，年号"顺治"。

正月初三，李自成在西安建立"大顺"政权，年号"永昌"。这个时候，大臣又提出皇帝应该南迁，崇祯也有此意。只是，作为皇上，他毕竟要有所掩饰，否则不到南迁时，京城就已经乱作一锅粥。

正月十五，元宵节。在明朝，元宵节是从初八到十八，这段时间内城门终日开启。利用这个机会，李自成的人改头换面之后，装作普通百姓混入城中。

正月二十六，崇祯命李建泰出师，亲自到正阳门送行。其中情景不可谓不动人，不可谓不重视，但是当时的天空阴沉可怕，黄沙漫天，兆头并不好，连李建泰坐的轿子都断了杆。

正月三十，远在山西的晋王告急。

二月初一,李自成派人给崇祯送了一封信,要坐下来谈判,而且定好了入城之后要封崇祯的差事。这时,山西已经处在岌岌可危之时,但是臣子还是一味地隐瞒事实,不让崇祯知道。

二月初六,李自成的军队包围了太原,两天之后,太原沦陷。

二月十六,山西全部沦陷。

二月二十三,河北真定沦陷,这时李自成的军队到北京距离只有三百里。

此前,崇祯的命可以用月来计算。从这一天开始,他的生命只能用日来计算了。

李自成尽管是出身不好,但是他手下不乏能人,制定了进攻路线,同时在占领西安之后,又急忙发军到陕西西北的榆次,占领宁夏卫、甘州卫、肃州卫,解决了后顾之忧。

此时,崇祯只有一个选择:南迁。但是碍于情面,又加上个别臣子义愤填膺的劝说,一再延误好的南迁时机。可笑的是,那个义愤填膺的臣子最后却投降了李自成。

三月初一,李自成进入了畿辅范围之内。但是,此时的北京城内依然上下相瞒。

三月初二,崇祯又召集大臣问策,大臣们是空话套话一大堆。有人提议说最好武装民兵,但是又遭到否决,理由是民兵害怕李自成的军队,一害怕就会逃跑,之后就是军心大乱。

三月初三,朝廷又议南迁。崇祯说:"国君死社稷,朕将何往?"有人提出让太子南迁监国就可以,但是被否。结果,崇祯说了一句:"朕非亡国之君,诸者皆亡国之臣尔。"

三月初四,天空的帝星下移,崇祯命百官修省。从这一点看,今人比古人差得很远。我们现代有的官员可说是不要脸不要皮,别人指到脸上都不承认自己错,更别提修省。出了灾难,先说是客观原因,从不反思自己是不是有所做错。

三月初五,崇祯命令百官捐钱,连妓女都得捐。

三月初六,朝廷决定放弃关外的宁远,召吴三桂入关,但是吴三桂并不奉召,拖拖拉拉半个月,等到北京陷落,他还没有到京城周围。

三月初七,大同陷落,当然这是到朝廷时候的日期。

三月初八,宣府陷落。

三月初九,阳合陷落。

三月初十，崇祯又号召外戚和内臣捐钱。对此号召，很多臣子却找各种理由塞责，更有大臣直接在自己的房子前写上"此房出售"以证明自己的贫穷。结果是，太监捐的钱都比大臣多。崇祯也是一个想不通之人，号召臣子捐钱，自己却把私房钱藏在皇宫里，结果被李自成掠走。

三月十一，崇祯颁布罪己诏，里面言辞切切，一切罪责都揽在自己身上。可是为时已晚。他问大臣对策，没有得到回复，哭着回了后宫。遥想 17 年前，登基的时候，自己可是对内阁成员一口一个"老师"来称呼的。为何 17 年后，国家到了这个地步？

三月十二，昌平陷落。

三月十三，京城的十三个城门上都安装好大炮，准备保城，可是此时不少军士已经被收买，故意搞鬼，或者朝天放炮。

三月十四，十三陵里传出了哭的声音。

三月十五，居庸关陷落。

三月十六，李自成焚烧十三陵。李自成这样做，很大程度上是出于报复的心理，因为自己在陕西米脂的祖坟早被政府给扒了，并且把骨头暴露出来。中国人好像尤其爱拿死人说事，尤其是通过挖别人的祖坟来羞辱别人。

三月十七，京城被包围。此时，崇祯哭，大臣也哭。崇祯哭的是自己怎么到了这个地步，大臣哭的是自己站错了队。崇祯此时又说了一句，"文官个个可杀，百姓不可杀"，又说"诸臣误我至此"，然后又哭着回宫。此时的军队已经不听使唤，他就命令太监守城。可是，祖制有规定，内城不能操练。由此可知，这帮太监能起的作用有多大。

三月十八，外城陷落，太监曹化淳主动开城门。这一日晚上，崇祯的皇后自杀。

三月十九日，崇祯吊死在煤山。

三月二十日，李自成入内宫。

三月二十一日，崇祯的尸体被发现，和皇后的尸体一并用木板抬出。他的头发盖住脸，穿的白短蓝衣，镶着玄色的边，白棉袖背心，白袖裤。左脚跣，右脚穿着绫袜。衣服前有一个血书，写着"朕自登基十七年，致虏叩内地四次，逆贼直逼京师。虽朕薄德匪躬，上干天咎，然皆诸臣之误也。朕死无面目见祖宗于地下，去朕冠冕，以发覆面，任贼分裂朕尸，勿伤百姓一人。百官俱赴东宫行在。"

崇祯的尸体和皇后的尸体被用柳木棺材收殓，头下枕着土块，放在一个棚子之下,还有两僧诵经,老太监四五人。只是,来祭奠的人实在是少。后经过太子的请求,李自成派人送了两个梓宫,皇帝的涂红漆,皇后的黑漆,又给崇祯戴上帽子,穿上靴子,皇后也是如此。李自成派出几个人抬着棺材草草地掩埋在崇祯的田贵妃的墓穴里。大臣之中,哭的三十人,拜而不哭的六十九人,其余的只是站着看。

　　崇祯就这样死掉了,凄惨得不得了。但是,李自成也没有在京城多久就仓皇而逃了。

　　历史就这样又进入了下一个章节。

02

|诗歌篇|

生　活

生活
如同一片夹在书本里的树叶
发黄的时刻
才看清它的每一根脉络
清晰得让人心痛
因为
青春的颜色
已耗尽在似真实的虚空中

生活
如同一块布满灰尘的玻璃
水洗了之后
才发现它如此晶莹清透
清透得让人心痛
因为
青春的颜色
没有在灰尘上留下任何影子

生活
如同一块铅笔画过的画布
擦拭之后

才发现它依然如此洁白
洁白得让人心痛
因为
青春的颜色
已在纹理中留下挥之不去的痕迹

生活
如同一根打了无数结的绳索
解开之后
才发现它依然如此笔直
笔直得让人心痛
因为
青春的颜色
已在绳里留下了它所有的力量

生活
如同布满星辰的夜空
轻轻抬头
才发现它依然如此瑰丽
瑰丽得让人心痛
因为
青春的颜色
早已被斗转星移偷偷地掠去

生活
是一把由日夜琐事编织成的利剑
一点点插进承载利剑的肉体
待鲜红的血液流尽
它已沾满了深红色的锈迹
肉体
早已化成一缕尘烟飞向不知名的
世界

黑夜里的白

黑夜里

思绪一片空白

隐去了过往、现在和未来

飘过的只有那风吹摇摆

独自在雨中徘徊

水一滴一滴落下来

鞭打着尘埃

远离自己的世界之外

林里一夕即是梦

夕依旧

白桦林已不在

青春为了谁而等

岁月为了谁而待

一切都不会再归来

关上门

是那一宿的主宰

打开门

是梦结束的时代

笑非心所笑
哀自其中来

冬 日

冬日
阳光下
湖边
他
放肆地舞着
和湖中的影子

光线穿透他的皮肤
却照不过内心的深处

冬日
夜色下
路边
他
快步地走着
和树下的影子

寒风穿透他的皮肤
驱散了内心处的暖意

冬日
烟雾下

床边
他
大口地吸着
和虚幻的影子

麻痹滑过他的喉管
赶走了意识里的困意

冬日
白炽灯下
窗前
他
尽情地画着
和孤独的影子

激情溜出他的头顶
偷走了生活里的乐意

孤独里的狂欢
狂欢里的孤独

静静地

静静地
我站在树下
春天的寒风扫过我的脸
我微低头
没有停下那已练就如跑的脚步

不愿
片刻的回忆塞进我
早已空白的大脑
扼杀那早已冬眠的细胞

孤寂地
我站在站台
春天的冻雨滴答在我脸上
我站直了身躯
尽情地呼吸着那久违的鲜汁般的空气

灯光太亮的城市
很难看到月亮
因为眼睛已被厚厚的灰尘蒙上

尘世里
陷得愈来愈深
没有了思想的光芒
怪异的空间里
早已充斥着物质的欲望

走走停停
留恋人世的喧嚣与精彩

只是一副皮囊
当一切归于无有
又岂能带走半点云彩

你与我
都是孤独地来到这个世界
没有同伴
就如你离去的那个时刻
孤独地离开这个世界
依然没有同伴

呆呆地
我诧异地盯着窗外
声音渐渐在我耳边响起
又在我睡梦里逐渐远去

望不到

雨中
望不到云层之上的日光
夜里
看不到另一半球的太阳
汗一滴一滴往下淌
留在胸膛
冷气
吹不进内心的凉爽
喘着气
积蓄心中的力量
哭里
念不到笑容所在的方向
笑里
意难料哭泣在背后的隐藏
累了何必伪装坚强
失望无须点缀上向往
当一切都成为过去
徒回忆
徒添惆怅

追逐自由的翅膀

努力向上

呼喊着

疯狂的背后是悲伤

悲伤的尽头是疯狂

车站边

吸着夏风的气息
踩着霓虹的足迹
穿过熙攘的人群
丢失了自己

品着啤酒的味道
扭着疲倦的身躯
舞着湿透的衬衣
找不到自己

青春已渐行远去
化成咀嚼无味的回忆
犹如一只受伤的雄鹰
试图挣脱地球的引力
而在低空里
盘旋
落下泪滴凄凄而去

当喧嚣归于沉寂
拥有成为失去
有期蜕变至无期
谁懂自己
上帝还是你

走过橱窗

走过橱窗
折射的光里
我
变了模样

繁华浮动的
世界
夺不去内心享受那片刻的徜徉

掠过音乐
轻缓的旋律中
我
如痴如狂
游走在幻想与现实
肉体与精神的边缘
无人同伤

如梦一样
如醉一场
忘记了白天与黑夜的碰撞
曲终人散时

回头望

总是一个游戏场

拂过回冬风

冰冷的爽

走过颓废

越过惆怅

拥抱希望

梦想在

会依然飞翔

拍打着

受伤的翅膀

这个世界有谁知道你曾经来过

这个世界有谁知道你曾经来过
我思索

自从出生的那天起
你的命
如同落在贫瘠土壤里的种子
吮吸着稀薄的露水
好奇地
望着天空的蓝色

这个世界有谁知道你曾经来过
我思索

自从懵懂人事的那天起
你的命
如同背负双轭的黄牛
品尝着生活的苦涩
无奈地
望着天空的蓝色

这个世界有谁知道你曾经来过
我思索

自从长大成人的那天起
你的命
如同织布机上飞驰的梭
穿越密密麻麻的日子
麻木地
望着天空的灰色

这个世界有谁知道你曾经来过
我思索

自从蜷缩在某个角落的那天起
你的命
如同自由落体的秤砣
回应着地球的引力
望着大地的黄色

这个世界有谁知道你曾经来过
我思索

自从闭上眼睛的那刻起
你的命
如同曲终人散之后的主角
褪去缤纷灿烂的妆色
静静地
化成那四周的黑色

这个世界有谁知道你曾经来过
我思索

一米阳光

冬日里
一米阳光
刺得眼睛里只剩下了黑暗

灯笼
一排排
在风中摇晃
绿色里闪着血腥的红

温暖
让人慢慢忘记了这个城市的寒意

路上
行驶着鱼贯般的公交
三车门
铁皮一般
曾经沙丁鱼罐头一般塞满了
胸怀梦想和希望的
形形色色的年轻人

今天
空空的

把一眼望不到头的城市柏油路当成了赛车跑道
他乡
或许有爱
只是没有根的感觉

人
都像飘在空中的气球一样
努力地
拼命地
找到那根曾经属于自己的风筝线

在他乡
想着故乡的好
梦里也会露出笑容

只是
故乡
没有了故乡的模样
只能残留在儿时的记忆里

影 子

灯
闪亮着
微黄的光
照着
一只孤单的
影子
高高的
瘦瘦的
昂首向前

灯
闪亮着
白炽的光
照着
两只孤单的
影子
依偎着
拉着手
低头前驱

灯

闪亮着

白炽的光

照着

三只孤单的

影子

快乐着

说笑着

轻松向前

灯

闪亮着

微黄的光

照着

两只孤单的

影子

佝偻着

落寞着

缓步前驱

灯

闪亮着

微黄的光

照着一只孤单的

影子

摇晃着

张望着

踯躅前驱

灯

闪亮着

微黄的光

照着空旷的
街道
没有
一只影子

七 夕

时间
记录着回忆的一点一滴

时间
侵蚀着回忆的一点一滴

回忆
感谢着时间
让自己有了身体
丰满羽翼

回忆
憎恨着时间
让自己死去
了无踪迹

黑暗的孤单里
你舔舐着回忆

闭上眼睛的那刻
它没有远去
依然活跃在没有知觉的灵魂里

黎明的喧嚣里
你忙乱着爬起

睁开眼睛的那刻
它没有远去
依然活跃在早已麻木的肉体里

尘埃渐渐落定
堆成堆
再也没有了它的痕迹

风吹来
光进来
它依然静静地待在那里

低头观
泪已滴

抬头望
泪已去

散去了
去散了
勉成欢喜强成席

淡淡的

淡淡的哀愁,总是锁住我的眉头
风儿可以穿透雨儿的密
哀愁,却一直在那里停留

淡淡的乡愁,总是勾住我的思绪
炎热可以穿透冰凉的冷
乡愁,却一直在那里停留

淡淡的情愁,总是刻在我的心头
忘却可以穿透记忆的恨
情愁,却一直在那里停留

一道道闪电,划破夜色
一声声惊雷,击垮夜空
我蜷缩在被子里
梦到了你死去时候的模样
凄惨,超过我眼见的真实
电停了
汗水湿透了我的 T 恤
泪水也滑过了我的脸颊

梦
梦是虚假的真实

生
生是真实的虚假

何处是真实
何处是虚假

或许
在这个夜晚
我也走进了你那虚假的真实里

同是一次旅程
只能一往无前
可以回忆
但不可重复

残酷
残酷也是一种遗憾

遗憾
遗憾也是一种残酷

哪里是残酷
哪里是遗憾

站在十字路口

站在昏黄路灯下的十字路口
停车驻足的行人窒息着我的忧愁
顾盼着人为设定的红绿灯
急切前行
却失去了各自天性的自由

你我皆在奔走
背负着彼此寻求的梦想与追求
金钱、物质、欲望
理由与借口
放逐走哭泣与欢笑
一天天，一点点靠近无法选择的尽头
哭与笑
哀与乐
只是飞在尘世间的风筝随风而走的表情
苦苦寻觅
找不到线的那一头

你是否
透支着放荡不羁的青春岁月

低下头
埋没在虚拟的世界里
犹如在另一个世界里梦游
回头望
青春不可重走

你是否
站在城市最高的天际线上
尽力望着毫无表情的水泥森林
把这一切风景都看透
回头望
青春不可重走

Flying（飞）

命运不知走过了多少个轮回

让我来到这个世界

抛却了前生的过往

带着没有任何感情色彩的第一次啼哭

因为,我惶恐

不知道

以后的路会有多长

孤单已离我远去

我又披上了伪装

忘记了前世的模样

悲欢离合

如影随形于人生的跌跌宕宕

如梦一样

如戏一场

希望的尽头是绝望

开心的结尾是忧伤

五颜六色的背后

是寂寞深邃的黑

无声无息隐藏在远方

向我嘲笑和猖狂

时钟不知走了多少圈
又把我放在了那个指针上
抛却了多少个白天与黑夜
回到了原点上
日子如散落的珍珠
消失在各自的方向
曲尽人散后
孤孤单单一个人踏上
无法回头望的行程
依然会带着泪水
恐惧与不安
任飞去
那熟悉又陌生的路上

昏黄的路灯

昏黄的路灯
隐藏在葱绿的树叶下
闪烁着斑驳的影子
在炽热渐渐退去的柏油路上

公交车里
依然
坐满了晚归的人
站立或睡意蒙眬
如同晨时一样
脸贴着玻璃窗
透出焦黄的疲倦

不知
早出的梦想
临近深夜
是否又靠近了一步

车窗的内与外
就如围城一般
欣赏着彼此的世界

忙于追逐
丧失了疑问的能力
甚至是求知的欲望

忙于盯着前方
丧失了低头的能力
甚至是瞥一眼的欲望

你与我
从呱呱坠地的那刻起
就开始了人生的奔波
努力与否
都在奔向同一个终点站
纵然曲线迥异

你与我
都曾幻想过广阔的天空
去到自由的世界里翱翔

天空渐渐地开阔
属于自己的空间
渐渐在萎缩
狭小到可以听到自己的呼吸
以及怦怦心跳

轻狂总会远去
徒留下现实的年纪
述说着对往日的追忆

轰鸣的马达声
消失在寂静的夜色里
结束了又一天的时光
等待着又一个黎明

孤独的夜色

风温柔地吹着无声的夜色
你
孤独伴随着咖啡
冲淡着寂寞

纷繁嘈杂的都市里
霓虹在闪烁
你
穿梭于汹涌的人潮中
扭曲着扮演的角色
失去了本色

收获了什么
又失去了什么
在收获与失去的交错中
你
就这样悄悄地活着

哭也哭过
笑也笑过
哭哭笑笑地交替中

你
就这样默默地活着

光残忍地掠去无声的夜色
你
苦涩伴随着 Martini
品尝着寂寞

漫无边际的思绪里
往事在唱歌
你
流连在如画的遐想中
扭曲着扮演的角色
追寻着本色

收获了什么
又失去了什么
在收获与失去的交错中
你
就这样悄悄地活着

爱也爱过
恨也恨过
爱恨编织的空隙里
你就这样默默地活着

黑 夜

黑夜，如雪一片一片落下
覆盖着白天曾经转过的痕迹
寂寞，如丝一根一根抽出
缠绕着喜乐曾经走过的年华
思念，如水一滴一滴穿过
洗刷着精神曾经有过的期盼
绝望，如癌一点一点扩散
吞噬着脑海曾经闪过的憧憬
欲望，如灯一盏一盏亮起
毁灭着意识曾经溜过的淡定
现实，如云一阵一阵飘浮
嘲笑着儿时曾经划过的梦想
虚伪，如纱一层一层裹紧
掩饰着外表曾经展现的坚强
轻狂，如苗一棵一棵成长
摧毁着内心曾经拥有的含蓄

灯光下

灰蒙蒙的天空
春天的风扫过院落
夹杂着冬天的寒意

狗儿蹲在墙边
望着我
一个来去匆匆的主人

明天的明天
我又要踏上离家的路程
如同一片秋天的树叶
在固定的时节落下
在广阔的空中飘啊飘

家人的思念
如同拴着我的一根无形缰绳
纵使我飘浮在何处
都让我想起而心生暖意

灯光下
母亲又在数算着我离家的时日

述说着已经重复了千次的语言

父亲
一口又一口地抽着闷烟

侄女儿
燃着闹元宵的烟火
开心地跑着,挥舞着

我
默默地坐在床边
聆听着

喧嚣终要归于平静
浪漫总要回到现实
雨轻声打在窗外的屋檐上

灯

四处一片黑暗的房子里
只有电脑的光在这 power off 的夜晚陪伴我
窗外是嘈杂的人群
逃避着暗淡
在欣赏十六的月亮

我想到了儿时家里桌子上的柴油灯
黑色的烟一缕缕升起
我趴在灯下写作业
嗅着烟的味道
母亲躺在床头

偶尔
我和伙伴围坐在灯前
打扑克
以纸张为赌注

我想到了村里唱戏时候高高挑起的煤气灯
说书人一板一眼地比划着
灯的周围是黑压压的父老乡亲
现在

说书人没有了
听书人也渐渐地老去,死去了

我想到了小学晚自习时高悬在教室梁头的汽灯
屋子后头是说笑的
前头的趴在光下默默地学习
人的命运区别好像从那时已经定格

放学归来
我拿着手电筒
走过一个多年未修的坟墓
棺材已经裸露出来

走过一个年久又深邃的胡同
一边是玉米秆的墙
一边是空洞洞的房子
我一路小跑
唤着家里黑狗的名字

逝去的已经逝去
将来的没有到来
只有现在
我坐在电脑面前
power 也要 off
黑色要彻底地来临

03

小说篇

信缘

（纯属虚构）

第一章

静萱的信

文轩：

你好！我不知道这样称呼你合适不合适，或者是过于亲密。

窗外还在下着雪，不知道你现在是在听着下雪的声音还是在端着一杯热咖啡静静地看书。

第一次和你相遇是在学校组织的人文大讲堂上。

那一天，你正在报告厅里准备。看着你忙碌的样子，让我有一种异样的感觉，也许是一种暂时的冲动，或者是一种莫名其妙的缘分。我没有想到年纪轻轻的你就可以登上讲坛，在众目睽睽之下从容淡定，让我着实佩服你的勇气。可是我也知道，没有一定的知识储备，一般人是没有那个胆量的。

那天你讲述的是张居正的人生起伏。其实，对于历史，我了解得很少，也许是因为过去的事情和自己相距太远，或者是太多枯燥的年代和人名，让我这样一个笨笨的女孩有点招架不了。所以，对历史，我好像有一种天然的恐惧。

你说伟大的人物一般都是孤独的，尽管他们身边并不缺少普通人看来应有的乐趣。

我只是一个小人物，可也在体会着自己的孤独。一个人独自散步的时候，我

211

不知道自己在想什么。我不想回到自己的宿舍,也不想回那个让我有点失望的家。

每个人都有每个人的无奈,无法言说的苦衷。

我看得出来,你是一个有思想或者是说有抱负的人,也许这就是你我之间的距离,或者叫差距。我常常沉溺于幻想,但是幻想并不等于现实。当我再次面对现实的时候,又觉得那是一件很辛苦的事情。因此,我活在幻想的影子里,也活在现实的残酷里。

我特别喜欢看余杰写的一本小说,名字叫作《香草山》。里面的男主人公叫廷生,和你有点像。女主人公叫宁萱,和我的名字有点像。我一直觉得他俩的信件如同心灵的会通,有了一种精神的升华。我欣赏廷生的才华,也欣赏宁萱的文秀。也许那是余杰心目中的乌托邦,或者是他现实的折射,或者在现实中也许根本不存在。

那天,从朋友那里得知你所在的办公室。我曾经悄悄地走近,只看到低头读书的你。本想给你打一个招呼,只是不知道该说什么才好。为此,我还特意又多走了一个来回,两次你都没有抬头给我一个眼神。

下雪了。我不知道你喜欢不喜欢雪。下雪,虽然可以增添浪漫的气氛,却也只是寒冷的讯息。

我喜欢在结冰的窗户上,吹着寒气,看着寒气再凝结成冰。

我也喜欢雪落在脖子里的那种凉凉的感觉。

祝你在下雪的日子里快乐!

静萱

文轩的信

静萱:

你好!

很高兴收到你的来信!在这个网络信息那么发达的时代里,能够再收到用手写的信,确实让我有点欣喜。

来到这个城市已经有一年的光景,也是我第一次见到下雪。就如你所说,下雪会让人觉得浪漫,也会让人觉得苦恼。

那次的讲座着实让我忙碌了一阵子。由于是单位的安排,我没有选择的权利和自由。因为学校里有规定,每个老师都要在一个学期准备一场讲座,不管是什么方面的内容。

　　小时候，我就喜欢看各种演义，比如《呼家将》《杨家将》《呼延庆打擂》，等等。那些书让我从小就喜欢上了历史。我还记得，教我高中历史的老师一个是年长的，一个是年轻的。前者知识渊博，有点陈旧，后者思想新颖。从他们两者身上，我都学到了不少的东西。那个时候，不管是为了高考也好，或者是自己喜欢也好，整天拿着历史书看，记得有一次连续看了26遍。每看一次，我都会做一个记号。

　　说大一点，张居正是一个宰辅；说小一点，他是一位有着六个儿子的父亲。历史的使然，或者他性格的使然，把他推到了当时的舞台中央十年。那十年里，他可以说是兢兢业业，呕心沥血。只是，他死后，命运的悲惨，我并没有提到。他自己患痔疮死去，被抄家，儿子死的死，充军的充军。一个为国家呕心沥血的人，生前可以说是何等辉煌，死后又是何等凄凉！

　　历史是很公正的，尽管可以在某个时期人们可以篡改，但是浪沙淘尽，真相总会浮出水面。当然，有时候也许会永远找不到真相。我们都是小人物，但是我们也有我们自己的历史。每个人的一生都是一本书，书的扉页上写着自己的名字。原著者只能是自己，自己可以写序言，也可以写跋。唯一不同的是，书的序言一般都是在书写完之后，而人生历史的序言只能是计划。至于跋，很多人更是没有机会或者时间来写的。

　　伟大人物是孤独的，但是我们小人物也孤独。究其原因，我也不知道所以。很多时候，我一直想，是不是源于我们没有信仰的缘故。只是，在有了信仰之后就不孤独了吗？寂寞或者孤独如同幽灵一般，会陪伴一个人一辈子，直到自己走进坟墓。

　　生命有多久，孤独就会陪伴自己多久。

　　余杰的书，我很喜欢看。对于他本人，我也比较欣赏。在当下的时代里，能够出现一两个这样的作家或者文人确实是难得的事情。只是，据说他在北大并没有得到多少的认同，我指的是在领导眼里。因为，没有领导喜欢爱说话的人，特别是爱讲真话的人。

　　余杰其貌不扬、思想激进，但是又着实是一个骨子里有点浪漫细胞的人。也许，懂得一点文字的所谓"文人"，都有这样的一个通病。这是一件幸事，抑或是不幸？廷生和宁萱的通信，我看过。那是一段凄惨而浪漫的感情，里面有历史的陈述，也有现实的无奈，有廷生儿时的经历，也有宁萱对爱情的渴望。也许只有书信，而不是面对面的语言才会表达得如此淋漓尽致。

　　在爱做梦的年代里，就应该做梦。我在小的时候，就渴望着有一天能够长袖当舞，尽管没有实现那时的梦想，但是想想我在家甩袖的时候，回忆起来也是一件乐事。

我喜欢看书,只有书才能给我其他东西给予不了的慰藉。不管是读书时代,抑或是工作后,读书已经成了我的一种嗜好。读大学的时候,我尽量地站在人多的地方看书,锻炼自己的一种耐力。一个人如果在嘈杂的环境里还能专心致志地把书看进去的话,那么做别的事情,他也会做得很好。

只是,"百无一用是书生"。除了安慰我自己之外,看书并没有给别人带来多少的乐趣,反而会让别人觉得自己沉默。我最喜欢的事情,就是在下雨的时候,拉上窗帘,坐在床上,开着台灯,读一本书。有时候,我也幻想过,和自己所爱的人,在静静的晚上,我念书给她听,给她讲故事。

那应该是一件浪漫的事。

下雪的日子,可以做很多浪漫的事情,你所说的看着寒气结冰应该是其中之一。

也祝你快乐!

文轩

第二章

静萱的信

文轩:

你好!

收到你的来信,我很开心。开心的我,吻了窗户几下,并因此在寒气中留下了几个嘴唇印。

雪还在下个不停,不知道什么时候才能停止。那样我就可以跑到楼下和朋友一起堆雪人、打雪仗了。

儿时的嬉戏,在长大之后已经慢慢地丢弃了。小时候,可以无忧无虑地做自己喜欢的事情。现在,看到孩子那种天真的表情,觉得好可爱,很想搂住他们亲一下。可惜的是,父母没有给我留下任何小时候的影像资料,因此我无从得知我小时候是怎样的调皮或者文静。所有的情形,只能从妈妈或者邻居的口里得知一二。

长大了,慢慢地学会把自己的内心隐藏起来,就如上了一把锁。很多时候,很多人,我想告诉他们那不是我真实的想法,可是我却不得不把自己的"本我"放在内心的最底处。

外面的天气很寒冷,可是家里的气温比外面还要低。

爸爸是支援建设的工程兵,从南方来到这个冰天雪地的城市,一住就是二十年,把最好的青春献给了他心目中的祖国。等到解决自己终身大事的时候,已经错过了最好的年龄。就这样,经过老家人的介绍,他娶了住在老家的一个女孩,也就是我的妈妈。那个时候,乡下人,如果能找上一个城市里的人,而且还是当兵的,应该是一件幸运的事。

日子就这样过来了,后来就有了我,再后来就有了我的弟弟。一家人本来其乐融融,只是命运有时候很捉弄人。爸爸所在的部队转业,他被分到了一个纺织厂开车。在后来的改革浪潮中,爸爸又被迫买断工龄,失业。后来,爸爸就有了喝酒的习惯。那些原来的事情,我都是听我姥姥说的。

因此,从我记事的时候起,爸爸就喝酒,而且几乎每天必醉。妈妈也是觉得委屈,因此就免不了有点唠叨。结果就是,家里的争吵不断!

很多人在谈感情,可感情是什么? 我不知道! 我只知道爸妈的这一辈子也就这样过去了! 我相信爸爸活得憋屈,妈妈也委屈。

文轩,父辈毕竟有他们的苦衷和追求吧,只是有时我们不理解。我的父母只是芸芸众生中的一员,默默无闻地活着,然后又默默无闻地死去。

对于人生,我理解得很少,也很有限,尽管我也喜欢看一些书籍。或许是因为阅历和经验有限,所以我还不能理解其中的酸甜苦辣。我想你应该对其中有更多的体会或者心得。

每个家庭有每个家庭的困难。我向你诉说,也许是源于对你的那种信任吧!

你知道我最喜欢什么花吗? 我最喜欢百合! 我喜欢它的那种大方和朴素,它的那种素洁。因此,我的家里,总是放着一束百合,只不过是我买给自己的。

此时的你,又在做什么呢? 是在读书或者是伏案写作? 或者是一个人散步,头顶簌簌的雪花?

我希望今晚的你是开心和快乐的。

静萱

文轩的信

静萱:

展信好!

雪还在窗外簌簌地下着,我泡上了一杯热咖啡,香味飘满了我整个小屋。狗儿卧在床头,眯缝着眼,望着我,好像是在问我为何还不睡觉,因为它已经困了。看着它那可爱的样子,我都想乐,一种发自心底的开心。有时候,动物给我们的快乐好像比人还要多。在停下来的时候,看着小狗在地上撕咬东西的神态,憨态可掬。它就那样无忧无虑地活着,好像什么也不在乎。

难怪庄子会羡慕游在水里的鱼儿。

童年是什么?每个人都有自己的定义。也许是痛苦,也许是心酸,也许是幸福,也许是流泪,也许是欢笑,也许是无奈,也许是贫穷,也许是富足,也许是孤单……不管哪样的童年,至少在我们懵懂的时候,一切都过得无忧无虑,不管吃的是棒子面、窝窝头,还是喝的是牛奶,吃的是面包。小的时候,我住在奶奶家,和堂哥他们几个在农村的玉米地里烤地瓜、捉迷藏。有时候玩到大半夜还不回家,奶奶就一个胡同一个胡同地挨着叫我的名字。我就躲在玉米秆的后面,不说话。我不想让奶奶发现我的踪迹,否则只有乖乖地跟她回家。冬天冷的时候,我会和堂哥他们一起在后面的空地里找上一些枯树枝烤火。我们围着火光又跑又跳,高兴得要命。夏天,我和堂哥一起去河里捉鱼。只是,我害怕被河里的蚂蟥咬,所以,我往往一下水就出来,美其名曰帮他们捡鱼。我和堂哥一起用泥巴制成拖拉机,后面拉上泥巴石磙,嘟嘟嘟嘟……我们用嘴巴当发动机,一溜烟地跑去了。长大后,一切都离我远去了。童年给我留下的印象很是深刻,但也经不起时间的洗刷,已经渐渐地模糊。儿时的伙伴,已经成家立业。不知道他们还是否记得?

是的,我们慢慢学会了给自己的心门上一把锁。渐渐地,锁生锈了,我们无法再打开,新鲜空气也进不去。我们就这样苟延残喘地活着。

我的母亲是一个老三届学生。在毛主席接见红卫兵的时候,她还到北京去了。据她说,看到了我们伟大的领袖挥了一下手,感动得她落泪了。听她回忆起那个时候的场景,不亚于现在的选秀节目粉丝与明星"互动"。只是,那个时候,母亲那一代人,是发自心底的、真诚的"一颗红心",现在的这些"粉丝"已经是有人组织作战了。四十年不到,翻天覆地的变化不仅仅是看得见的,看不见的变化更是惊人。

我的姥爷曾经是一个做过小生意的商人,成分不好。母亲为了表达自己的决心,在那场运动中毅然割断了和自己父亲的亲缘关系,还说要彻底决裂,再踩上一脚。母亲还把姥爷曾经珍藏的元宝拿出来缴公。母亲得到了学校的表扬,姥爷却被迫戴上了"高帽子"去挨批斗。那个年代里,母亲的斗志是昂扬的。现在的我,不好评论母亲的行为。后来,响应国家号召,知识青年要"上山下乡"。母亲更是毫不犹豫地参加了,到了我奶奶家所在的地方去进行现在称之为"支边"的活动。

在那里一住就是十年！如同你父亲一样，把自己的最漂亮的青春岁月奉献给了自己的祖国，而且还在那里安家落户、落地生根。恢复高考的时候，母亲也许是看清楚了自己以往行为的错误，又毅然决然地参加了高考。由于国家的照顾，尽管有政治身份的问题，母亲还是如愿以偿地上了大学，离开了那个她"奉献"了十年的农村，回到了城里。那个时候我才四岁。母亲读书读了四年，我就一直住在奶奶家。母亲只是在放假的时候才会回来看我一次。母亲是一个性格要强的人，到现在还是如此。父亲是一个老实巴交的农民，据说曾经是生产队里的拖拉机手。以母亲的积极性，在那个年代看上父亲应该是很正常的。在母亲不在我身边的时候，父亲给我尽可能多的疼爱，可是我从小还是和父亲觉得有些生疏。有时候，连他抱我我都会挣脱开来。还好，奶奶一直看着我，给我讲故事，讲戏曲，讲评书，讲爷爷的故事……

后来，母亲留在了城里，给父亲找了一个看管仓库的差事。我也跟着到了城里，住在母亲单位的宿舍里。父母上班的时候，我就隔着窗户往外看，看大街上的人和车。我非常怀念奶奶家的山山水水，只是我从此之后回去的次数很少很少。

随着"改革"的深入，父亲也是下岗回家。家里就成了母亲一个人在外忙碌挣钱，养活全家。我记得，那个时候父亲特别爱抽烟。一个人抽烟，无非是消遣和解压。父亲爱上抽烟也许是因为他觉得自己太窝囊了吧！他想不通为何从积极能手沦落成了一个下岗工人，从自食其力沦落到了吃闲饭。其实，他自己一个小人物，怎么能有那么长远的目光，看得到国家宏观政策的变化。因此，他也成了沧海中随风飘落的一粟。

母亲和父亲很少说话。我知道母亲看不起父亲，虽然这是后来的事情。

母亲是一个大美人，在单位里不乏有人追，但是母亲还是没有和父亲提出分开。也许是因为我，或者是她自己觉得一生中犯下的错误太多太多，或者是觉得说不定哪一天国家又会回到过去，再一次地上山下乡。父母那一辈经历的要比我们多得多，可是在风雨飘摇的年代，他们已经不能自己做主。就这样，他们的一辈子也是在混混沌沌中过去。

静萱，你说你喜欢百合。百合的雍容大方，我也喜欢。赞美诗中还有一首关于"百合花"的诗歌。我希望你也能像百合一样圣洁无瑕。

我很少去散步。读书累的时候，会在半夜三更里跑到城墙根下，做一个夜游者，聆听历史的回响。

希望今晚天使伴你入眠！

文轩

第三章

静萱的信

文轩：

你好！

雪终于停了，再次感受到阳光的温暖，让人觉得还是那样的舒服。我现在坐在窗户旁边，雪融化的水从房顶滴下来。我一边聆听着它的声音，一边给你写信。

那次，在路上，我又遇见了你。你穿着一件羊毛大衣，低着头。我默默地看着你从我身边走过，很想向你打一个招呼。可是，如果我那么冒昧，你会觉得奇怪，一个陌生的女孩子怎么会向你打招呼。或者，你会认为，我只不过是你众多"听众"中的一个。

就那样，我看着你在我的视线里消失。我当时蛮恨自己的，恨自己没有勇气。因此，那天回来之后，我躲在房子里，一直听梁静茹的《勇气》。

终于做了这个决定

别人怎么说我不理

只要你也一样地肯定

我愿意天涯海角都随你去

我知道一切不容易

我的心一直温习说服自己

最怕你忽然说要放弃

听着听着，我哭了，不知道为何而哭。为了一个连一次话都没有讲过的男人吗？我知道你是真真切切存在的，可是又感觉像和一个影子或者空气在说话。即便如此，我也感到很幸福，毕竟你给我回信了。我在孤独的时候读起你的信，让我能够知道你的思维、你的生活、你的心思。爱情是什么呢，也许就是这种感觉。或者，我对你的感觉还不能称之为"爱"，只能是好感。

你父母的经历，就如我看的电视剧一样。只是，那个年代距离我太遥远，让我觉得触不可及。所以，我只能在电视上了解那些。其实，事情的真相到底是什么，我也不知道，不清楚。我想，你的性格也许是有点孤僻吧，至少是一个不爱与人说话的人。我曾经从朋友那里得知一些你的信息，知道你是一个很有思想的人。然而，有思想的人，如果不能从中得到快乐的话，只能永远活在它的痛苦里。

你的童年,在我的思维里,是多彩的。不像我一样,整天只是几点一线地生活着。纵使有几次去公园,那也是被圈起来的景色,并不是大自然的风景。

快要过圣诞节了,一个西方的节日。周围的朋友都准备在圣诞节去教堂或者去外面狂欢,我还没有想好。对于西方的节日,我不是很感兴趣,但是我们的节日,又确实没有气氛,无非吃喝。我周围的很多同学都不知道这个节日到底代表着什么意思,但他们还是乐此不疲地去快活。我不是一个盲目的民族主义者,但是看到那么多西方的东西进来,充斥着我们的生活,我心里还是有点不舒服。我们的娱乐、饮食、建筑……好像彻底地击倒了我们一直以来为之骄傲的东西。每次听到朋友在我面前炫耀他们的东西是进口的时候,我心里就有点不舒服。

只是,我对此做不了什么。文轩,你不要说我思想狭隘。其实,一个女孩子,对这些不该有任何的想法,更不该做一个愤青。毕竟,愤青并不能解决什么问题,只能成为别人的笑料,还会让事情更乱。或者说,我只是杞人忧天罢了。人活一世,在乎那么多干什么。想得多也是过一天,不思考也是过一天,与其让自己痛苦,还不如彻底地解放。

文轩,我在学习给你编织一条围巾。如果哪天你的桌子上放了一条,那就是我送给你的。我的手比较笨拙,只能把实验品给你了。我希望,在寒冷的冬季里,它能给你带去暖意。

我也幻想着有一天,拉着你的手,一起在深夜到城墙根下,贴着墙根,聆听历史的回响。

静萱

文轩的信

静萱:

展信好!

阳光照着窗外,小狗望着外面,静静地发呆,只是太阳的温暖让它已经昏昏欲睡。

你的文字,让我很感动,一种久违的感动。

你是一个站在暗处的人,我站在明处。你可以看到我,而我却看不到你。应该说,我才是真正地对着一个影子写信,如同对着空荡的山谷一样。纵然我觉得有点"不公平",但也许这对你我都好。我已经很久没有了写信的习惯,是你让我觉得写信是一件乐事,让自己的心灵彻底放松,让我和你进行心灵和思想的交流。

梁静茹的《勇气》,我听过,是大学时代一个女孩让我听的。那个女孩,我追了好久，还天天在她楼下等她，找各种理由。我和她一起散步，一起上自习，一起去教堂，一起去看雪，只是最后她还是离我远去。离开的时候，她对我说，说我没有勇气，连"我爱你"这三个字都没有说，说我是一个"窝囊废""小气鬼"。我并没有生气，因为我知道我心里是爱她的。每个人都有自己爱的方式，我选择的是我的方式。也许女孩子都喜欢听一些让自己感动的话，感动得自己像幸福的花儿一样。可是，我还是没有在最后说出那三个字，因此我的第一次恋爱就以失败而告终。

对于感情，我如同行走在边缘的一个陌生人，渴望走进去，可是又害怕走进去，或者是不知道该如何才能走进去。如你所说，爱就是一种感觉，其他的一切都是感觉的延伸。在我的脑海里，你应该是一个文静的女孩，谈吐温雅的女孩，而且家教不错的女孩。也许，这一切，都只有在我们见面的那一刻揭开，或者永远没有那个时刻。纵然没有那个时候，你我会留下遗憾，但是，遗憾有时又何尝不是一种美和幸福？

你能把第一条围巾织给我，我很幸福。

谢谢你带给我的浪漫。

文轩

第四章

静萱的信

文轩：

你好！

围巾我给你放在了办公桌上，不知道你是否拿到。走到你办公地方的时候，我一直在想着你坐在那里的样子。傻傻的有点书呆子气，然而是可爱的那种。

看到你桌子上的灰尘，我知道你可能有几天没有到了。看到你那一片凌乱的办公桌，我突然特别地怜惜你，虽然那也许是多余的。我能感觉出来，你是那种比较自立的男人，而且是个性比较强的男人。

我坐在你的座位上，看着你文件柜上的那盆兰花，温暖的阳光照在我的身上，特别的惬意和舒服。那个时候，我突然想和你在一起，拉着手，到外面的空地上，放肆地喊几声。我想看看你开心的样子。因为，你总是很严肃，严肃得让人不敢接近。也许是你的压力，或者是你的学识，或者是你的抱负，让你看起来有点冷酷,因此你成了很多人谈论的"对象",但是却很少有人敢走近你。

我也许是比较特殊的一个。也许,这只是一个美丽的梦,但是就如你所说的,做梦的年龄,我们就要有梦幻的世界。

我最近看了一本龙应台和她在德国儿子的通信集。龙应台是一位我比较欣赏的作家,可是她却与在德国读书的儿子安德烈没有很多共同语言。当她试图再和安德烈交流的时候,才发现已经不知从何谈起。因此,她就试图用书信和安德烈交流。她给安德烈说,安德烈写的信她都会发表,而且会给他稿费。就这样,在台北和德国,他们母子二人就用文字进行着心与心的交流。十八封信后,她和儿子几乎是无话不谈,母子之间的那种隔阂好像远去了。看着她们之间那种亲切而又朴实的语言,我特别的感动。

我没有像龙应台那样的母亲,但是我却有了你,一个用信来交流的男人。现在,每天去看信箱成了我的选修课,而写信成了我的必修课。文轩,你知道吗? 和你通信,让我觉得你距离我是如此的近,几乎可以听得见你的呼吸。

元旦那天晚上,很多朋友叫我到广场去守夜倒数,我犹豫了很久。因为我想着和你去守夜。也许是因为心里有了一个人,虽然是模糊的对象,但是我却好像愿意为你而等待。后来,我一个人去了广场。在地铁站里,我幻想着电影里的情节,遇到了你,看着你围着我送给你的围巾,然后我们一起去倒数。可是,列车一辆辆地驶过,我并没有看到你的影子。

我自己也在怀疑自己,我是不是太不现实了,生活在真空里面,把一切想得那么浪漫和美好。可是,人不正是渴望着美好的东西才去奋力追吗? 也许我的幻想只是一个肥皂泡,但至少我曾经经历过,有过美好的梦,为自己生活过。

我特别喜欢看台湾导演侯孝贤的电影,他的电影里有一种不可言说的意境,比如《悲情城市》。还有一部描写他从小经历的电影,看得我泪流满面。我相信,他的成功绝对和他小时候的经历有关。

看着父母的生活,我真的想让他们离婚。与其看着他们每天生活在痛苦之中,还不如彼此都解脱,轻轻松松地为自己活几年。作为家中的老大,我很想奋争,可是我却无力去冲破任何,看似没有墙,但是总有被弹回来的感觉。

文轩,现在的你,又在干什么呢?

我喜欢你!

静萱

文轩的信

静萱：

展信好！

我喜欢你给我编织的围巾,喜欢那种天蓝的颜色。当我在寒风中走过的时候,我能感受到你带给我的温暖。

我一直在猜想着你的样子,长发或是短发,高矮或者是胖瘦。你的一切在我脑海里成了一个谜。电影《向左走,向右走》里,男女主人公直到最后才发现彼此是邻居。他们在一个公园里见面,男的帮助女的捡东西,竟然都不知道对方是彼此要寻找的对象。坐在电影院里看时,我觉得他们很浪漫,可是也觉得他们很凄凉。很多时候,我们都渴望一种美,完好的美,可是得到的总是残缺的。

让人开心的是,最终,他们还是走到了一起。

错过一时,彼此可以去等待,但是不要错过一世。

龙应台的那本书,我看过。当面对面的沟通有了不可跨越的障碍时,书信就成了最好的方式。龙应台这个女人确实不简单,有政客的那种犀利,有文人的那种洒脱,更有女性的温柔。在台湾那么多当代在大陆有名的文人中,如李敖、陈文茜等,我还是比较欣赏她的。还是在大学的时候,我读过她的《上海人啊,上海人》,文字的功夫确实入木三分,因此她也得到了很多上海人的不喜欢。如你所说,我也和母亲交流有障碍,可是我却不能学习龙应台那样去给母亲写信,尽管我的母亲有文化。也许,这是我们文化造成的结果。在很多文化里看来正常的一个亲吻、拥抱或者心与心的交流,对我们很多人来说,都是一件可想而不可及的事。其中的原因不能仅仅用保守来概括。我可以在你面前提我母亲的事情,可是让我去真正地坐下来和她好好谈谈,真是一件奢侈的事情。

第一次接触侯孝贤是在大学剧院里看他的《童年往事》,看得我也是泪流两行。特别是演到父亲去世的时候,一家大小那种无助的神情,尤其让我印象深刻。没有童年的经历,我相信他也拍不出那样的作品。一部作品,能给人印象永久的不是豪华的场面,或者是华丽的包装,而是每个人都能在其中找到自己的影子,或者是一句话,或者是一个镜头,或者是一段经历。反观我们的电影:《无极》《神话》《投名状》,一个比一个壮观,可是真的会在我们的心里引起触动吗? 恐怕很多人都会摇头。我们的电影文化已经走入了一个误区,远远脱离了我们的生活,而去跑到万里之外迎合异域人的口味,追逐所谓的"奥斯卡"。

任何一个为了获奖而制作的文化作品,无论是小说或者电影,都不会按照制作者的初衷那样去获奖。没有哪个作家为了获得诺贝尔文学奖而写出获奖的作品，也没有哪个电影为了获得奥斯卡去拍摄而最后获得奥斯卡的。

任何东西，掺杂了功利之后，结果往往适得其反。

元旦这几天，我在广州出差。一个让我觉得很陌生但是又很熟悉的城市。广州，多了一些生活气息，但是没有大都市的气派。纵使有交错的立交桥，还是让人觉得憋屈。

走在这样的城市里，和中国任何别的城市一样，只有世界的特色，而失去了自己的光芒。纵使它有着悠久的历史，也已经被"现代化"所掩盖。唯一让我感到欣慰的是，走在中山大学里，我看到了一直在书中出现的国学大师陈寅恪的故居。想想他在两层小楼里接待学生，口述三卷本的《柳如是别传》，想想"造反派"的学生在小楼旁边的树上绑着喇叭批斗他，真是感慨历史的匆忙。一切看似依旧在，只是早已经是物是人非。一个为了坚持自己的史学观而不折腰、坚决不去北京的倔强老头，一个被周恩来点名重点保护的对象，一个被广东省委重点保护的对象，还是在凄凉的环境中，在眼瞎腿瘸的境况下离开了这片他因为留恋而没有离开的土地。

历史，给我们了什么，又教给我们了什么？对于芸芸众生而言，它只不过是时间的积累和流逝罢了。

父母之间的事情，有的我们是理解不了的。就如电视剧《金婚》里的那对老夫妻一样，磕磕碰碰一辈子，还是照样过来了。对于有的人来讲，吵架也许是组成生活的一部分。

在我们看来是痛苦的，也许别人觉得是幸福的。在我们看来是幸福的，别人也许认为是痛苦的。

静萱，我只希望你能好好地 *listen to your heart*，好好地为自己活着。人这一辈子，能够为自己活的时间实在太少了。五岁入学之前，我们天真烂漫地为自己活着，但是我们又偏偏不懂事；然后，我们读书、为了父母、为了老师，辛辛苦苦、提心吊胆、如履薄冰；毕业了，成家了，我们又要为两个家庭而活。想想这一辈子，真正属于自己的，为自己而活的时间屈指可数。

静萱，我不希望自己的生活留下太多的遗憾，也不希望你在以后的岁月里回头看时"一生叹息"。

你是一个好女孩，也许是上天赐给我的礼物吧！

愿天使伴你入眠。

文轩

第五章

静萱的信

文轩：

你好！

不知不觉，几个月的时间已经从我们的身边溜走。这一百多天里，我觉得无比幸福，一种从没有过的幸福。

我想，我不知不觉地爱上了你。

当一个人想到另一个人就有一种幸福和快乐的感觉时，那也许只有爱才能解释得清楚。只是，我知道我的爱过于狭窄和单纯，单纯得没有添加任何色彩。也许，你会觉得我年轻，觉得我说话只是一时的冲动或者没有边际的漫谈。然而，我明白，我的心里在想什么。我会为你守候，一直守候到你结婚的那一天，守候到你穿上新郎的衣服，走进婚姻殿堂。那也许是一年，也许是五年，也许是十年。

我有我爱你的自由，你有你拒绝我的权利。

也许，你会说我傻，毕竟我有我的大好青春，为何要为了一段看不到结果的感情而守候。只是，我不想留下遗憾。

一生，心里爱一个人就足够了。

既然选择了坚持，我就不会放弃，直到没有希望的那一天。

气温一直骤降，我的心情却异常的温暖。我会静静地看着窗外的雪花飘，静静地看着路上的行人，静静地看着车来车往，静静地看着每天看似不变但又无时无刻不在变化的风景。每个人都在艰难地生存着。在寒冷中冒着严寒生活的人，除了求生的本能之外，是什么在鼓励着他们每天的生活呢？是希望吧！对孩子的希望，对父母的希望，对未来的希望，对自己爱人的希望。看到他们，想想自己，我也觉得有了希望，我也要像他们一样，坚强地生活下去。

我也要找工作了，今年的行情并不比往年好多少，或者说是更差。为了生活，不管怎样，还是要去找一份工作。现在每次和朋友聊天的时候，他们不再有往日的轻松和欢笑，更多的是忧愁。每个人，只要他有正常的思维，都会对毕业后的生活充满种种的幻想。只是，在越来越靠近现实的那一天，我们越来越失望。然而，生活还要继续，失望并不能挂在脸上。很多人并没有好的家庭关系，没有美丽的外表，只能老实本分地做着一份工作。

文轩,有时候想想蛮害怕的。突然之间对未来充满了恐惧。难道我的生活就是这样吗? 一辈子就这样渐渐地老去,孤零零地来到这个世界,又孤零零地死去。如果和自己相爱的人在一起还算幸福;如果不是,那岂不是一辈子就这样窝囊地生活下去,直到离开世界的那一天。我多么希望你能站在我的身边,伸出你有力的手,支持我、帮扶我。我不是一个柔弱的女子,只是,我有时候也害怕自己倒下去。

也许你觉得我在说梦话,可这是我现在真真切切所想的。

我是一个爱追梦的女孩。我知道,梦始终不是现实。现实的生活始终是吃喝拉撒睡,也许过不了多久,我就会成为一个彻头彻尾的市井小人。什么文学、什么感情、什么浪漫、什么电影,一切都会距离自己远去。

当现实和理想之间有争斗的时候,理想总是被击打得粉碎。你我的父母,众多人,众多人的父母,又有多少人不是抱着遗憾离开这个世界?

宿舍的女孩子一直在谈论着出路。

路在何方? 路在脚下。只是迈出去那一步是如此的难。

文轩,在我眼里你是一个很了不起的男人。因为,你有着自己的追求和梦想,同时也在这个现实的世界中顽强地生活着。你是一个经历过风雨的人,可是你还在奋力地挣扎,努力地使得自己不在这个环境中沉下去。有多少需要抵抗的压力,只有你自己清楚。

文轩,我希望能有一天在你回家的时候,给你泡一杯暖心的热咖啡,让你躺在椅子上,为你捶背,看着你疲倦的脸上露出笑容。我希望有一天,我能和你一起手牵手地欣赏日落日出,开开心心地生活着。我,和你一样,希望做一个会顽强生活又在思想上自由的人。

如你所说,我会"listen to my heart"。

我爱你!

静萱

文轩的信

静萱:

展信好!

小狗在窗户上蹲着,不知道在沉思什么,也许是累了,看一看我们人的处境。看着它那可爱的样子,我几次都忍不住笑出声来。

当我拆开你的信,看完你的文字后,心中多了一份幸福的沉重。

爱是什么？爱是一种牵挂，有时候不需要说出来的牵挂。今天，地铁里，一个农民工兄弟也许在和网友打电话，大声地说着"现在的女孩子都喜欢听甜言蜜语，不管真假。"看着他那有点狡诈和幸福的表情，我很佩服，毕竟他说的是实话。只是，我不是一个爱把话说出来的人。你付出了很大的勇气才向我表白，虽然只是在信上，但是你已经做得很了不起了。此时此刻，我在问自己，我是否有能力接受你给我的这份"爱"。你的将来有很多的变数，你还有很多的青春。

时间也许是考验彼此最好的工具。

我围着你给我的围巾，穿着风衣，走过一个又一个的街头。我注视着来来往往的人的生活，如你所说，静静地发呆。我走过熙熙攘攘的人群，走过一个又一个地铁站，看到不同的面孔，不同的表情。

一个人坚持自己，真的很不容易。不容于朋友，不容于领导，不容于周围大大小小的人。我们每个人就如石头一样，周围都是水，来来回回地洗刷，一定会把我们抹平。当我们失去棱角的时候，我们连伤心和留恋的勇气都没有了，我们只会暗自地高兴，终于和众人一样了，然后接着去洗刷别人。

这么多年来，我一直在做着我自己。尽管其中的滋味很是无奈，只是，当我发现自己还是那么"倔强"的时候，我却为自己高兴。如你所说，坚持下去，不放弃。我挨过听众的指责，挨过领导的训斥，挨过朋友的背叛，挨过亲人的远离。世间的百态，丑陋或者美好，我都经历过。幸运的是，我还在做着我自己。我并不是叛逆，并不是没有爱，并不是没有爱的勇气，只是我把很多很多都藏在了心里，在夜深人静的时候，我也会一个人为了自己的孤单而流泪。很多人劝我按照大众的生活方式去生活。也许哪一天，我会缴械投降，彻底地服输。静萱，你能支持我吗？你和我在一起，愿意陪我走过孤单，走过这也许是索然无味的生活吗？

我感冒了，咳嗽得厉害。小狗也听话了不少，有时候还跳来跳去地逗我开心。

工作的事情，我想这是我们这个时代的事情。你的心情，我能理解。那又何尝不是千家万户的心情？我们又能如何？反抗吗？不能！甘心吗？不愿意！最后，我们就这样心有不甘，但是又不能不去生活，大好的时间和光阴浪费在了换工作、找工作之上，等自己有了一点稳定的时候，已经是而立之年，青春已经匆匆走过了。因此，有人说，我们这个政策可以让国家更稳定，青春时候关在学校里，毕业后让学生为了生计四处奔波，没有心思去胡思乱想。毕竟，生存权第一，没有东西填饱肚子，一切都是空谈。

我觉得很可悲！可是，又能如何？

我不是一个悲观的人，可是，有的东西想起来真的很让我难受。我只是一个普通人,多想又有何用?

等车的时候,我望着周围矗立的高楼大厦,很是壮观。夜景的美丽,掩盖了太多的不幸福。

静萱,我渴望着幸福,一种没有太多束缚的幸福。我也希望有一天能够携手自己的爱人,坐看花开花落,谈论人生和生活,欣赏人生中的风景。

那个人会是你吗?

文轩

第六章

静萱的信

文轩:

你好!

很久没有给你写信了,也许是忙于过年,或者有的东西想去忘记。今年的春节,着实让人痛心。看着南国在寒冬雪雨里飘摇,有时候会感动得掉下泪水。不知道为什么,就是想落泪,也许是很久没有感动的感觉了,当然也有对你的想念。

我从朋友那里打听到了你的电话号码,但是一直没有敢拨打,就这样让它静静地躺在手机里。很多时候,我把信息编写好,但是又把一个个字删掉,那真的是一种折磨。我幻想着有一天,我和你在一起面对面地喝着咖啡,看着你说天文、地理、历史,侃侃而谈……我做你真实的听众。

只是,文轩,我能等到那一天吗?我们有那花儿一样的日子吗?

有时候,我也问自己,我能给你一个未来吗?我能给你一个温暖的家吗?不管如何,我在家里,还是和父母在一起,而你只是一个人孤单地守望着你的小狗,守望着你的书本,守望着你心灵里那一片属于你自己的天空。

我生活在遐想的天空里!我知道现实不是这样,可是,我却像鸵鸟一样,不愿意抬起头来。我很想拉住你的手,和你一起去看夕阳,一起去旅行,和你一起去逛街,和你一起去爬山……

一个下午,我在书店的角落里,看了一下午的许广平和鲁迅的爱情。我不知道鲁迅爱上了许广平什么,他们是不是有差距。第一次相逢是她到鲁迅家探讨"学潮";后来,鲁迅到厦门,她要去,但是为了避嫌,改去上海;后来,他们飞鸽传书,互通往来;后来,他们就成了名副其实的夫妻,养着孩子。我蛮佩服她的勇气,和一个备受争议和著名的人士交往，应该需要一定的毅力和勇气。可是她坚持了下来，也是在备受争议之中，因为毕竟原配朱安还活着，虽然后者只是鲁迅名义上的妻子。我也看过一些资料说鲁迅是一个性格有点古怪的男人：爱发火，爱生气，爱思想，爱"斗"，可是许广平无怨无悔，跟着他、等着他，虽然名分迟到了很久。什么是经典的爱情？我想这也许算是一个吧。

人最怕什么？最怕漫无目的地等待！那会让人有种痛不欲生的感觉，让人生不如死。如果知道结果，自己可以选择放弃或者继续；但是在没有结果的情况下，何去何从，机会都是稍纵即逝，不会再来。

我不是许广平，你也不是鲁迅。我只想静静地陪你走过一段路程，品味人生中的酸甜苦辣。只是，我不知道，我这样复杂或者矛盾的心态，会有什么样的结果。有一天，我给你写的信，让弟弟邮寄出去，他问我"文轩"是谁，我没有回答，只是骗他说是我的一个死党。他开着玩笑说，我是不是爱上自己的死党了。

我冲他撇了一下嘴！

也许，我是爱上了你；可是，你爱我吗？

爸妈的矛盾还是那样子。很多时候，我都不想回家，即便回家也是戴着耳机听歌曲，或者看你的来信。事实是，我毕竟属于这个家庭，这一点我是无法改变的。现在，你是我的一个幸福赌注，我不知道自己压的注对不对。

幸福是什么？看了电影《当幸福来敲门》之后，我发现，过程本身就是一种幸福，尽管也许有痛苦夹杂其中。只是，幸福不是建立在空中楼阁之上，不是建立在一无所有之上。男主人公没有钱，老婆离开了自己，朋友不理他，房东把他赶出来。看到他领着儿子在地铁站里的厕所睡觉，外面有人敲门，他顶住门一个人哭泣的时候，我流泪了。幸福是什么？只有经历过患难之后，才能知道幸福的滋味是何等甜美。他领着儿子去教堂等候住宿；为了生活，他去给朋友要 14 块的欠债。最后，当他拿到工作 offer 的时候，他笑了，也哭了。其中的滋味，如果不是电影描述出来，又有谁知道呢？

文轩，农历新年的钟声即将敲响，我不知道你是否感受到了幸福，还是在期待着幸福？

我爱你！我想你！

静萱

文轩的信

静萱：

你好！

打开你的来信，已经是子夜时分！读你的信，只有在夜深人静的时候，因为我也想从信里听到你心跳的声音。你的文字，朴实无华，但是却让我感动，因为你的文字里满是温暖和温馨，让我这样一个漂泊在外的人知道还有人在牵挂我。

今年的节日确实非同寻常。一场天灾，把无数人的梦打断，有的人还付出了生命。作为一个小人物，我们又能做什么？我跑到救灾捐助的地方，把一些食品拿过去，可是服务人员说只要钱，不要物。我很失落地回来了，没有捐钱，因为我不知道钱最终会发到谁的手里。

我一个人骑车去了紫禁城！我记不得这是第几次了。我特别喜欢一个人走在大内，穿过曲折幽深的后庭，走在三大殿的广场上。小巷曲折得让人迷失，广场又开阔得让人禁不住放声歌唱。走在紫禁城里，就如走在历史里。虽然这里是皇家的历史，但是又何尝不在很长时间内决定着中国大历史的走向？我想到了朱棣营建北京；想到了仁宗和宣宗的"任宣之治"；想到了英宗的"土木堡之变"，景帝的"北京保卫战"；想到了武宗偷跑出大内出去玩耍；想到了世宗皇帝炼丹；想到了神宗皇帝几十年不上朝；想到了"移宫案"；想到了熹宗在大内摆地摊；想到了思宗吊死煤山；想到了顺治为自己喜欢的董鄂妃出殡；想到了康熙擒住鳌拜；想到了雍正勤于政事；想到了乾隆钟爱香妃；想到了嘉庆的柔弱；想到了道光的无能；想到了咸丰的窝囊；想到了同治的"怕娘"和"花柳病"；想到了光绪的无奈；想到了慈禧的"霸道和无情"；想到了溥仪的没落；想到了"红卫兵"的声势浩大。

历史，让我悲叹，也让我感动！我喜欢聆听历史的声音，纵使它的真相早已消失得无影无踪。

静萱，我也期待着有一天能够拉着你的手一起在紫禁城的红墙下聆听，静静地。我们一起穿过那曲折的小道，寻找历史的痕迹。

你说的鲁许的故事让我想到了苏轼。他有过三个妻子，第三个是第一任夫人给他挑选的，是个侍女，叫朝云。苏轼是一个名人，也是一个有点个性的人，否则也不至于几起几落。从四川、到开封、到杭州、到常州、到黄州、到密州、到登州、到徐州、到扬州、到惠州、到儋州，一辈子迁徙不断，起起伏伏。朝云没有多少才华，但是对苏轼却是无微不至。朝云死在惠州时，苏轼悲恸欲绝。苏轼是一个很有抱负的人，只是很多时候他只能把抱负和思想放在文字里，并为此带来了牢狱之灾。幸运的是，他几个妻子都对他特别理解，理解他的抱负和思想，同甘苦，共患难，陪着他走过一程又一程。正是有了这样的内助,苏轼才可以在文化和政治舞台上有了那场时断时续的角色表演。

人生一知己难求! 就如你所说的许广平和鲁迅,他们也许就是心灵上的知己吧。朱安不了解鲁迅,但是许广平了解,因此,鲁迅最终还是选择了和她生活在一起。纵观很多婚姻,又有多少是幸福的? 幸福的知己,很多人都在渴望,只是人海两茫茫,即使遇上,也是可遇而不可求。我非常赞同你所说的"Happiness is the process."我想,幸福也许就在苏轼的颠沛流离之中吧。

节日我不想回家,不想看到妈妈对爸爸的那种冷淡。我觉得现在再说什么已经没有意义,因为他们一辈子就是这样过来的。我又能改变什么? 过节的时候,我会给他们送上我的祝福。我也希望你在有空的时候走出来呼吸一下新鲜的空气。

静萱,我不想你做鸵鸟。我愿意为你撑起一片天空,给你温暖,让你我共同经历幸福。知道吗? 我有个打算,在我们写到第十封信的时候,我们就在一个地铁站的出口见面。那是我期待已久的浪漫,牵着你的手,趾高气扬地走着,走过春夏秋冬。

小狗睡着了,有它在身边,我还是很开心的。我会隔一段时间把它带出去,我不想让它感到孤独,因为我理解孤独的味道。

静萱,有了你,我很温暖! 我也爱你!

文轩

第七章

静萱的信

文轩:

你好吗? 我很想你!

看到你的信,让我看到了希望,幸福的希望。我抱着弟弟狠狠地亲了两下,把他亲得莫名其妙,说我有点"神经"。可是,我很开心,开心得在被子下面笑了一会儿,然后故作镇静地去吃饭,去看书。

文轩,你是我的支柱,既是爱情上的,也是精神上的。我期待着第十封信之后我们在地铁站的相遇。那肯定是浪漫的一幕。也许很多人都不会看懂,不知道我们两个经历了什么样的爱情。

你是一个骨子里浪漫的人,我知道,只是你表面显得那么冷酷。

你的知识让我佩服,也惊叹。读你的信,犹如在听你做讲座。一串串的故事,一个个人物,如剧情安排好的一样,挨个儿出场。我有时候想着,躺在你怀里,听着你讲历史故事会是多么开心和快乐的一件事。台灯下,我偎依在你怀里,闭着眼睛,聆听着你不温不火的嗓音,在你的怀里入睡,进入梦乡。

2月14号那天,我一个人走在街上,看着橱窗里的风景,开心地跳了起来。这个情人节,与往年都不一样,因为我的心里有了你——我唯一的情人。纵使没有牵着你的手,与你一起走过浪漫的时光,但是我的心里依然开心,因为我知道以后的情人节都会与众不同。

我悄悄地在你的办公桌上放了三枝玫瑰,那代表着我对你的爱。

我看了个电影,名字叫《蜗牛也是牛》。我很少安静地坐下看完一部电影,但是这一部却从头到尾。我静静地坐在那里,和妈妈一起看完。故事讲的是一对恋人,丁伟和冯川的爱情故事。丁伟很穷,川儿的妈妈为了自己女儿着想,不想让她嫁给丁伟。但是,川儿爱丁伟,一心一意地爱。为了堵住川儿妈妈的嘴,丁伟借钱买了房子。虽然有了房子,但是因为经济紧张,他俩爱情的方式都变了。丁伟兼职五份工作,算计着吃饭和打电话。川儿哭了,生气了,气得要分手。有个男人叫罗杰,很有钱,追川儿。最后,川儿还是选择了丁伟。川儿哭着对丁伟说:"我们这样的心态,在一起不会幸福的。"看到此处,我蛮痛心的。他们相爱,但是现实的残酷却压得他俩喘不过气。他俩都没有做错,只是爱情不是仅仅靠浪漫来维持。我在想,如果我是川儿,会做得到吗?可是,我坚信,靠着我和你的双手,我们一定会幸福的。我会用我所有的能力来维持我们的浪漫和幸福。

浪漫和幸福,我一个都不想失去。文轩,相信我好吗?

我的工作,已经有了一些眉目。说句真心话,我很想一个人去外面租房子,过安安静静地生活。在一个人的房子里,静静地给你写信,想着你的样子。

一天,我到办公室楼上的时候,看到了贴在橱窗里的你的工作照片,帅帅的模样,冷酷的表情。我冲照片笑了笑,然后拿手机拍了下来,储存在我的手机里。也许你会说我是一个有点花痴的小姑娘,但是我觉得喜欢一个人,为他做什么都没有错,只要不伤害到他。后来,有几次,我经过那个橱窗的时候,都会过去看几眼,当然是故作镇静地去看。

北京的冬天快要过去了。当寒冷即将离开的时候,对它还是有点恋恋不舍。我看着在护城河里滑冰的人,觉得他们好释放。我很想到上面去耍一下,可惜我不会滑冰。在北海公园里,我看着站在白塔下,换上古装照相的男孩女孩摆一个又一个造型。在中关村大街上,我望着川流不息的人群和车辆,胡思乱想了很久。我都不知自己在想什么!

文轩,这几天,我哭了一次。那个晚上,我的一个闺蜜约我出去玩,到一家夜总会。那是我第一次去,没有想到会是那个场面。人人都在美色和金钱中间穿梭,我一个人坐在那里看着游戏人生的男女,特别想逃。朋友给我说起里面小姐和男人坐台的价位,开台的价位……我跑了出来,坐在台阶上。我一直等着好友,她出来后告诉我,那晚她不回去了,让我一个人先走。她转身进去之后,我哭了,哭得好伤心。不知道为什么哭,为了她还是为了我,或者是毫无理由的发泄。

文轩,这个世界纵使有千般好的幸福生活,或者更好的男人,但是我只珍惜和你的这一份感情。

我爱你!

静萱

文轩的信

亲爱的静萱:

展信好!

看到你信的开头,我笑了。你的文字里,又让我看到你很可爱和调皮的一面。在开心的同时,我也很感动,感动我在你心里的位置,感动你对我的重视和珍惜。

你的玫瑰,我看到了。我非常喜欢,把它们插在了我书桌上的花瓶里。我很想送给你一份礼物,只是我不知道该往哪里送,因为你的行踪,除了信之外,还是如风一样。在地铁站见面的时刻,我会抱着一大束玫瑰给你,让你在玫瑰里开心地笑;我会在你吃饭的时候,把一块巧克力放进你的嘴里,静静地看着你吃的样子。

一个人很久了!一直都是这样过。这是我第一次在情人节收到玫瑰,你可以想象我当时的心情。

作为一个书生,我最大的爱好就是看看书。其实,看书太多有时候不见得是一件好事,因为自己慢慢就会受到它们的影响。纵使我没有《武林外传》里的书生那么傻得可爱,但也会给人一副呆呆的样子。至于看什么书,没有人给我限制过什么,只要是我喜欢的我就会看。我不喜欢的,纵使别人说得再多我也不会,比如四大名著,我从来没有看过。很多人以为看了四大名著就是一种学问的象征,而我恰恰不那样认为。所以,我是一个看书多而不精的人,因此我给你的感觉或许是聊得海阔天空,但不是一个专家。正是因为没有人给我限制,我才会摆脱思想的缰绳,学会自己去思考,然后得出类似愤青才有的观点。

我始终认为,一个人不管他看多少书,如果不能学会思考,那么一切只能是为了炫耀或者浪费时间。

看到你写得那么浪漫,我回头看看小狗,冲它笑笑,在想是不是它也想我给它一边讲历史故事,一边在灯光下睡觉。

它也冲我笑了笑。

这两天,我逛了地坛的庙会,里面热闹非凡。我一个人在里面晃晃悠悠,挺乐的。我吃了很多小时候在农村才吃到的小吃,看了很多几乎已经失传的民间艺术,听了各地的方言。

也许是巧合吧。你说的那个电影,我也看了,也是从头到尾地看完了。只是,我觉得结尾很假。按照正常的思维,现实的思维,最后丁伟和川儿是不会结婚的。也许是导演为了给人一个团圆的结局吧。在这个社会里,很多人讲,房子比老婆重要,因为有了房子才有老婆,但是有了老婆不一定有房子。虽然只是一种极端的说法,但是说这话的人,应该是深深体会到了这话所包含的意思。丁伟是一个好男人,一个要强的男人。看着他为了一个家,那么拼命地去挣钱,一周打五份工,我也感动得流泪了。其中的辛苦和无奈,只有他自己知道。即使是深爱自己的川儿也不能体会到。也许,到哪一天,我和你在一起之后,我也会像丁伟一样,拼命地去干活、谋生。丁伟为了现实的房子放弃了当设计师的梦想,我也许会为了养家糊口而放弃你认为我有的那一点点个性。毕竟,现在的我不知道以后的生活会怎样。很多人也告诉我,我只能去适应这个社会,而不是要这个社会来适应我。如果反其道而行之,痛苦的只有自己。

我当然相信你会为了幸福和浪漫而努力,因为我也一样。

痛苦和幸福的感觉,每个人只有在体会到了之后才会有所意识。

静萱,每个人在来到这个世界之后都有自己的一条人生轨迹。我不想你我都沿着别人给我们设定好的路线去走,那样,我们的生活会是灰色的。我们要做自己,即使是爱,也要爱得有个性,爱得洒脱,爱得张狂,爱得自由,就如我们现在正在经历的让人匪夷所思的爱情一样。

即使匪夷所思,我也对未来充满希望。

因为你的存在,我的世界从此不同。

我们一起努力!

文轩

第八章

静萱的信

文轩：

你好！

又是一个寂静的夜晚，我趴在这里给你写信。

这是我们见面之前的倒数第三封信。窗外的花朵已经含苞待放，我们走过了严寒，明媚的日子距离你我已经不远。

渐渐地，我也学会了一个人在安静的时候沉思，默默地去想一些问题，虽然都是一些支离破碎的小事。你的话对我来说是一个安慰，莫大的安慰。我知道我的流泪并不能改变我那个朋友的生活，因为我和她生活在彼此不同的世界里。其实，生活中的她不是这个样子，是一个规规矩矩的女孩。如果不是亲身经历，我不会相信自己的眼睛。就如你所说，每个人的生活，只要他选择了，就是社会色彩的一部分，我改变不了什么。我现在无能为力的心态，我想，你比我体会得更为深刻。

我一个人到了电影院。当灯光关掉，影院里只有我一个观众的时候，我很害怕。看着屏幕上的人物，我笑也笑不出来。本来是一部喜剧，我却哭了。我一会儿走进电影，一会儿又回到现实。在现实和虚幻之间，我走过了一个又一个轮回。文轩，如果拍一部爱情剧的话，我们的素材应该是一个很好的素材。只是，现在我们都还不知道结尾。我不喜欢看韩剧，虽然很多女孩子都喜欢。我觉得你很像韩剧里的演员。我的一个朋友说她喜欢韩剧的一切，如痴如醉。她的穿戴是韩式风格，说话也是韩式风格，结果我们都敬而远之。她的模仿也许很像韩国人，但如你所说，自己就是自己，为何要去刻意地模仿别人，失去了自己。

我们每个人的生活又何尝不是一部电视剧？就如一个朋友说的那样，写出来的是小说，写不出来的才是最痛。如果有机会，我们也可以把自己的爱情拍成一部电视剧，不管结尾如何。只是，电视剧的结尾，导演可以随意修改，而生活这场戏，我们不知道导演是谁。

是上帝吗？

我在镜子里傻傻地问自己，是不是受你的影响太重，或者已经成了你的"徒弟"。你说让我去做自己，但是我却在无形中成为了你的一个影子。我很想去避免成为别人的影子,那也不是你所希望看到的,但是我好像摆脱不了。就如黄梅戏的一位名角一样,被一个男人追到手之后,尽管后者已经结过婚,她还是受到了他的影响,染上了一些不该有的习惯,或者说是文人的气息。因此,那位名角的戏还是停留在原来几个剧目上,如《红楼梦》。尽管她一直在奔波、获奖,但并没有出什么新作品。

成为一个人的影子,也许是爱的一种表现吧。

文轩,你是一个有思想有抱负的人,可是这样的人应该是痛苦的。在生活上,我理解你,不会给你增添一些不必要的负担和麻烦。我不想成为一个滔滔不绝的言辞家,不想成为一个女强人,只想成为一个小女人,成为一个会关心你、疼爱你的小女人。对于女孩来讲,青春只有几年,我心甘情愿地和你在一起,共同营造属于你我的空间。有一个安稳的家,或者有一个自己所爱和爱自己的男人,何尝不是女孩最大的奢望。我和你之间进行的也许是一场轰轰烈烈的爱情,也许是一幕悲剧。

爱情总是在讲有没有共同语言。没有共同语言的恋人,不见得很痛苦;有共同语言的人,也不见得多么幸福。

文轩,距离我们见面的时间越来越短,我却是那么地害怕失去你。也许,我们见面之后,你会觉得没有共同语言,你会觉得我不是你所喜欢的类型,你会觉得我是那么的幼稚和单纯……

太多也许,也许没有也许。

一段感情中,我不想去打动别人的心。如果只是为了打动别人,那岂不是一种虚伪和做作,岂不是真的成了有导演的电视剧。我和你的信,不期望着让别人有心跳的感觉,只要你我心跳就够了。

文轩,我爱你,真的爱你!

静萱

文轩的信

静萱:

你好!

你的第八封信,让我看到你思想丰富的又一面。一个人做任何一件事情都有他的理由,不管他做时多么的极端或冲动。我们很少去观察他行为背后的原因,只是看到了结果。就如你那个朋友一样,也许她有她的难言之隐,或者是感情,或者是生活,或者是家庭。当你在为她难过、满是疑问的时候,也可以问一下自己是否真的了解她。

很多时候，我们每个人都在笑话别人的感情愚蠢、肤浅，或者浅薄，其实我们自己经历的生活或者感情又何尝不是如此。然而，我们已经习惯了成为看客，恰恰忽略了自己。我和你的这段看似不着边际的感情，真是单纯得如水如冰，没有一丝的污染。因此，也许会有人笑话我们的肤浅和无知。在这个社会里，感情已经被各种乌烟瘴气的东西涂抹得过于潦草，因此，当看到一段浪漫感情的时候，有的人会摇头，有的人会流泪，有的人会无视。其实，每个人本来喜欢的就不一样，又何必强求。

大学时代，《粉红女郎》和《流星花园》正在热播。很多人，尤其是女孩子，都憧憬着那样的感情会降临在自己身边，在篮球场或者电影院或者图书馆，遇到自己心仪的公主或王子。只是，电视剧毕竟是电视剧，虽然源于生活，但高出生活已经不止一个档次。我的一个师妹对我讲，她们宿舍八个人一直在看电视剧里四个大帅哥。我当时没有明白她在说什么，后来才恍然大悟。我的师妹并不是一个杉菜那样的女孩，但是她也在渴望着杉菜的经历。那个时候，在留学生宿舍的前台，服务员都没心思上班，要看《粉红女郎》里的帅哥，结果是每次访客去签到的时候，她们都会与其谈论一阵子。她们也许在幻想着哪个留学生帅哥和她们发生一段意想不到的恋情，然后漂洋过海，过上自己所梦想的生活。

每个人都有做梦的权利，尽管梦距离现实很遥远。我不能苛求我的师妹和那些如花似玉的服务员，因为梦想毕竟可以给她们力量和勇气。但是，她们看完每一集的时候，可能也会觉得那毕竟是虚构，不属于自己。青春年少的人为何喜欢看那些电视剧？因为他们可以从中找到慰藉。就如韩剧，一部《冬日恋歌》赚取了多少女人的眼泪，打动了多少妇人的心。一个女孩告诉我，她妈妈每日必然会守候在电视机旁看裴勇俊的演出，而且还要拿出几块手绢准备擦眼泪。

为何有的人对一部电视剧或者电影会情有独钟？因为他们可以从中找到自己所缺少的或者幻想得到的东西。当然，过于现实的人是不屑于看的，因为他们认为那一切都是骗人的。人如果只是活在现实的世界里，也许会哀莫大于心死；如果只是活在幻想的世界里，幻想破灭之后，痛苦更是大于快乐。

我有时候也喜欢一个人去看电影，因为一个人的时候可以让自己思考一些问题。影终人散，我一个人走出影院的时候，也会觉得孤独。静萱，有了我，我不希望再听到你说你一个人坐在电影院里流泪，也不忍心看到你流泪的样子。我会好好地陪着你，一起欣赏剧情里的喜怒哀乐。

静萱，我不想你成为我的影子，那样你会很不快乐。我只想你是静萱，你有你的精神,你有你的自由,你有你的爱好,你有你的理想和追求。我爱你,但是不会让你因为爱我而失去自己。

我和你是浪漫的,但是我不会让我们生活在浪漫的真空里。我和你是现实的,但是我也不允许你我的感情里只有油盐酱醋茶。

我爱你!

文轩

第九章

静萱的信

文轩:

你好!这是我们见面之前的倒数第二封信,距离我们的浪漫之约又近了一步。

这些天我四处奔波去找工作,身体的疲惫加上心里的憔悴,让我有点力不从心。父母的唠叨让我更是觉得周围一片灰暗。父母在我面前经常说,我上小学的时候大学不交钱,上大学的时候小学又不交钱。那个年代的大学生找工作不用愁,而今天即使是硕士都在一筹莫展。走过那么多的求职场所,感觉那些单位不是在招人,而是在选美。遇到女面试官,她妒你;遇到男面试官,他色你;看看薪水,它晕你。作为一个没有关系的女孩,我觉得面前都是一座座大山。读了那么多年的书,寄托着父母的厚望,到最后花光了父母的积蓄,落的一个月那点微薄的收入,总是觉得不甘心。可是,不甘心,又能如何?

文轩,作为一个80后,在一些物质生活上我还算幸福的,但是觉得精神生活是那么的匮乏。在我的周围,放眼望去,和我同龄的人,每个人都在追求着所谓的新颖和变化,追求着物质。每个人的世界,除了物质还是物质,好像物质的东西丰富了,就什么都拥有了。可是,那并不是一种幸福。有的人说,这样说的人是站着说话不腰疼。事实上,有了物质的人,又有几个人会去追求所谓的精神,大部分都只会挥霍着物质,过着所谓的"小资生活",喝酒、赌博、逛酒吧、抽烟、吃饭……日子就这样在众多消遣活动中打发了过去。

回头望去,一片空白。

没有物质的时候,我们想拥有精神,但我们没有能力追求精神的富有;等有了物质的时候,我们又没有了心态。

我现在也是站着说话，毕竟我还没有体会到工作的辛苦，没有体会到社会真正的残酷。一个实习的朋友打电话给我，哭了，说是老板如何如何地刻薄，一个劲地说自己办事不行，动不动就说要辞退她。其实，她已经很优秀了。她说她想辞工，问我会不会笑话她。我怎么会笑话呢！我没有笑话她的资本。

我给她说起了我喜欢你。

她说我傻了。

我说傻就傻吧。就如看文字一样，每个人都有自己的喜好。你喜欢看历史，他喜欢看武侠；你喜欢看言情，他喜欢看报告文学；你喜欢豫剧，他喜欢黄梅戏；你喜欢写诗歌，他喜欢写散文。

萝卜咸菜，各有所爱。

你就是我喜欢的那种咸菜！

文轩，今天好像对你发了很多牢骚。

此时的你，是否又去哪里品味历史了呢？

我爱你！

静萱

文轩的信

静萱：

展信好！如你所说，距离我们相见的日子越来越近，我也在期待着那一天的到来。

看到你说的心酸，我很理解，也很心疼。可是，我又不知道该从哪里去帮助你。我就如一个拳击手一样，周围都是海绵，不知道该往哪里用力。

你是80年代（20世纪）的人，应该说是赶上了很好的时代。然而，正如狄更斯的《双城记》里所说的那样，这是一个很好的时代，也是一个很差的时代。和你父母说的一样，我父母也是在回忆他们所生活的那个年代。父亲在回忆着他的那个拖拉机，母亲在回忆着她激情燃烧的岁月。可是，时光是不会倒流的。要想再经历一次，只能等到下一个轮回。那对我们来说是不可能实现的幻想。

80年代（20世纪）的毕业生，物质上是贫穷的，但是感觉他们的精神比我们丰富得多。如今的学生和小孩，睁开眼就是物质。如果去追寻精神世界，那会被人骂成傻子。这个时代，钱是衡量人的唯一标准。别人不管你快乐不快乐，幸福不幸福，唯一关心的是看你钱的多少。80年代（20世纪）之后的人，好像追求自由过了度。自由究竟是什么，每个人的心里都还不清楚。李某某成了众人的偶像,韩某成了一杆旗帜,郭某某成了作家协会的一个成员,快男成了人们心中的明星。我不知道他们到底代表着什么文化,代表着什么思想,代表着什么精神。然而,还是有那么多人在如痴如醉地跟随着他们。如果他们代表了大众心理的话,那么我们的未来是可怕的。因为那只会导致越来越多的人短视,急功近利,为了自己的目的,不择手段。

虽然,所谓的更高一级的政府明令禁止再举办类似的节目,但是没有了这些快餐式的东西,又能拿出什么给年轻人?无论我们怎么歌颂现在的盛世,都无法做到这一点。我不反对人们对个性的追求,只是觉得现在对个性的追求已经成了一种虚无主义。

谈起信仰,我的心里很是沉重。因为,你所说的心态,应该是很多人的心态。一些人向来没有什么信仰,但是却不缺少表面维持统治的一种精神控制。汉代之前,最多也就是敬拜上天,因此人活得比较无拘无束,因此才有了春秋战国时代的人物和思想的璀璨。自汉武帝之后,人们就多了一种儒家思想的控制。三国两晋南北朝时候,玄学思想占据上风,虽然不如春秋战国时夺目,但还是出现了竹林七贤之类的思想自由的人。到了唐代,又成了儒家和道家的天下。因为李唐的外族性,使得唐朝成为了人们理想的国度。到了宋代,程朱理学彻底地局限在人伦中,开始更多地关注人世间的各种秩序,虽然这些秩序并不是孔子所认可的。元朝,没有儒家思想控制的朝代,成就了我们历史上最让人羡慕的时代。明清两代五百多年是儒家思想对人的精神控制最紧密的时代。其实,儒家思想真的控制住人了吗?没有,即使控制,也只是从表面上,而不是让人心悦诚服。它只是维持人与人之间表面关系的一个纽带。在私下里,人还是按照自己的本性去做。否则,也不会在皇帝和臣子之间出现那么多的荒唐事。清朝覆亡,乱了几十年,思想上没有统一的时代,又是名人大师辈出。到了一统后,一种新的从西方借来的思想,又禁锢在了人们头上,让人们的所思所想都要事事围绕着它转,检讨自己。其实,这些东西都不能称之为信仰。如果不能身体力行,只是为了应付,又从何谈得上信仰。如果说,古代的儒家思想还可以说是中国的一枝独秀和奇葩的话,现如今的思想下,产生的"某某思想和理论大师",我相信世界上没有几个人愿意去学习,也不可能向别人输出。就如你所说的,人人都是一个自由体,为何非要加上那么多的证书,为何非要让人们去面对与生活严重脱离的思想。很多人都明白,但是没有人愿意站出来。毕竟,那么多人,我们是需要一个东西来统治人们头脑的。

因此,我们出不了所谓的大师、名师,得不了所谓的什么奖是再正常不过的事情。在国外,很少看到一个人有了什么成就,哪个党派拉他去入党;而在我们这里,却成了一个荣誉。在加入之后,再想说点或者写点相左的内容,那已经是不可能的事情。因此,所谓的郭沫若,所谓的巴金,几十年没有力作,是很容易理解的事情。

我不是一个爱批判的人,只是发发牢骚罢了。很多人混日子,自己又如何不能混? 很多人不思考,自己又何尝不能停止思考?

从小受的教育,让我觉得,教育与社会脱离,与人性脱离,与内心真实的世界脱离。

但是,当真正要问内心应该追求什么的时候? 没有人回答我们!

静萱,这应该是我们九封信里,我发牢骚最激烈的一封。这只是我们二人之间的对话罢了。当太阳升起的时候,我们面对的还是每天的琐碎和无聊的生活。

不想再去思考,因为我们已经丧失了思考的习惯。

吻你!

文轩

第十章

静萱的信

亲爱的文轩:

你好! 这是我们约定的最后一封信。我心里的激动,无法用文字来表达。

我今天专门去了"新天地"商城,买了一套 Zara 套装。我在镜子前照了很久,希望自己第一面给你的形象永远刻在你心里。我知道,你心里一定有了想象中我的模样。我不希望现实中的我和你想象中的我差距很大,可是我自己也没有信心。

我查了一下日历,有一个提议,我希望在农历的七夕那晚和你见面,不知道你是否接受。西方的情人节,我送了玫瑰给你。我希望在农历的情人节,收到爱我之人的玫瑰。曾经听农村的同学说,她们小时候在七月初六晚上会找七个女孩一起包饺子,把一根针放在一个饺子里。谁吃到那个饺子,谁就是最幸福的人。然后,她们会在葡萄架下聆听牛郎和织女的对话。听起来,很浪漫,只是我没有那样的经历,也不知道现在的农村女孩还庆祝不庆祝这样的节日。在城市里,放眼望去,尽是水泥森林,找一个葡萄架应该都很困难。

与你的初次相见会是我们幸福爱情的真正开始。如果说信件只是串起我们缘分的那根线,这根线在七夕应该可以打一个结了。我虽然是一个无神论者,但头脑里还是有那么一点相信缘分。

我信缘,我们俩也靠着信成就了我们的缘分。这难道没有天意在里面吗?

在这个现实的社会里,很多人在渴望着一份浪漫的爱情,可是又有多少人在维护着一份浪漫的爱情? 我们如果在一起,真的是创造了一个奇迹。我的母亲给我讲她伙伴相亲的场景:媒人先给双方的父母说好,然后让男孩拎着礼物到女孩家见面。媒人坐在房子里和观看男孩的左邻右舍拉家常。之后,男孩和女孩会被关到一个偏房里说话。结束之后,如果女孩同意,就会收下男孩带来的见面钱;如果不同意,就会分文不取。我觉得,母亲所处那个时代的相亲蛮有意思的。我很好奇,男孩和女孩第一次见面会说什么呢? 名字还是爱好? 天气还是农活? 男孩会不会脸红? 女孩会不会害羞?

后来,我问来自农村的朋友。她们说,现在有的地方还延续着类似的做法。但是,见面的地方已经不是女孩的家里,而是改在村口或者大路边了。见面礼也不是几百,而是八千八或者六千六了。这对于一个农村家庭来说应该是不少的钱。但是作为孩子一辈子的大事,父母应该不会犹豫什么。

双方同意之后,男孩和女孩一起到市里或者县城转转,买点衣服,沟通感情。然后,逢年过节,男孩给女孩家送礼物。结婚的那年,男孩的父亲会先去算命先生那里根据双方的时辰八字选一个良辰吉日,带着礼物到女孩家"要年命"。敲定日期之后,双方家庭就会张罗着结婚。

新娘子到家的那一天,婚姻大事也算是完成了。

听听他们的结婚过程,就像一个故事一样。开始,发展,高潮和结尾。没有所谓的爱得深不深,没有所谓的懂不懂责任,没有所谓的是否明白彼此的心,没有所谓的浪漫。

最后,双方还是过了一辈子。

文轩,想想他们的婚姻,你是觉得我们的感情是简单还是复杂呢?

我们的见面只是一个开始。我渴望着和你走进婚姻的殿堂,渴望着挽着你的胳膊,渴望着戴上你给我的戒指,穿上你给我挑选的婚纱,在教堂说"我爱你"。我也期望着回到你的老家,穿上红色的新娘衣服,让你背着我走进新房,在红红的喜字下,挑开我头上的蒙头。

文轩,看到这些的时候,你是否开心,抑或在笑我傻?

我爱你,不仅是说说而已。我想让你因为有了我而祛除掉一切的阴霾,让你的生活中多一些色彩。

我期待着与你的初次之约。

静萱

文轩的信

静萱：

展信好！狗儿趴在床上望着我，好像知道我又在给你写信了。它那可爱的样子，我想你见了它后肯定会喜欢上它。

这是我们之间约定的最后一封信。我的心情和你的一样，应该是比你更激动。因为，你的面纱终于可以褪去，我也可以一睹你的芳容。是的，在我的心里已经有了一个你的画像，这也是情理之中的事情。我们近在咫尺，却又像远在天涯。对于一个我日夜牵挂、但是又见不到的心上人，我只能一遍遍地在心里刻画她的形象。我相信，你一定是我心里最美的那个公主。

我当然乐意我们在七夕的那个晚上见面，为此我已经订好了一大束玫瑰。我说过，我一定要看着你在玫瑰里笑，幸福地笑。我会把以前因为不曾谋面而亏欠你的——弥补，我希望你和我在一起是开心的。

听着你说起的那些相亲的风俗，我也觉得风趣。为此我还专门问了我的母亲。母亲说她和父亲的婚姻大事就如你所说，只是那个时候我的姥姥一家不在农村下乡，所以，在结婚的事情上还是有一点区别。母亲说，尽管她和父亲有吵架，心里还是很爱父亲的。虽然是在乡下，父亲还是给过母亲不少的感动：照顾她、关心她、安慰她、陪伴她。母亲说，一个男人有了家，才会有责任心，之前所谓的责任只能说是单纯的对父母的责任。她并没有对父亲责怪多少，因为一个没有结婚的男人，没有经历过家庭的组合，怎么知道所谓的家庭责任。她说，看着父亲对父母，对邻居和生产队的那股热心劲儿，就知道他是一个有责任心的男人。

现在，经常有人说，女孩要找有责任心的男人，要等到一个男人有了责任心才可以结婚。我觉得这样的观点有点幼稚。何谓责任心？对妻子吗？没有妻子，怎么看得出责任心？没有孩子，又如何看得出责任心？那么多二十岁不到就结婚的人，婚后还不是照样有责任心，一家子过得舒舒服服。

静萱，我会好好地爱你，就像我父亲对我母亲一样，一辈子对你不舍不弃，关心你，爱护你，陪伴你。

我渴望着婚姻，但有时候也对婚姻有所畏惧，总是觉得那好像是一个迷宫，走进去就很难再走出来。否则，怎么又会有那么多不幸福的婚姻？不管我们现在如何的浪漫,一切的一切都会归于平淡,归于日常的琐事。但是,生活又何尝不是如此?多少人因为婚姻而磨平了早年的意气风发,忘却了伟大的志向,多少人又被婚姻折腾得灰头土脸。我不是一个单身主义者,只是一个对自由有点向往的人罢了。王小波和李银河是我向往的婚姻状态,因此他们才各自保留了自己的兴趣和爱好;余杰和他百万富翁的妻子也是我想象中的婚姻状态,因此才有了婚后余杰的桀骜不驯,不拘一格。

静萱,我希望你能陪我走完人生的旅程,尽管我们仅仅是开始。在这个过程中,我不想委屈你。我说过,我想让你做你自己,是我的静萱,也是你的静萱。我会负起我该有的责任,和你一起走过将来的岁月。

七夕的那个晚上七点,我会穿着一身黑色的衣服,捧着一束玫瑰在王府井地铁站 C 出口等你。

我爱你!

文轩

结局 & 后记

七夕晚上。

身着一身白色的静萱站在 C 出口王府井大街的左边。

身着一身黑色西装的文轩站在王府井大街的右边。

静萱看到了手捧玫瑰的文轩。

文轩看到了亭亭玉立、一头秀发的静萱。

文轩抱着花,向静萱跑去。

一辆从胡同里冲出的轿车撞向了文轩的身体。文轩飞得很高很高,重重地掉在地上,玫瑰散了一地。

静萱疯似的跑了过去,抱住了文轩。

文轩望着静萱,挤出一丝微笑,把手里的一朵玫瑰放在了她的头上,渐渐闭上了眼睛。

救护车呼啸而来……

后记:

《信缘》是 1 月 19 号晚上开始写,2 月 14 号情人节的晚上结束,也算是给自己的一个礼物。

写十章,是我刚开始就计划好的。

"信"是名词,也用作动词。

也许以前写的东西有太多自己的影子,因此才想着尝试去掉自己。

有人怀疑这个小说是不是自己的经历。其实不是,纯属虚构。我没有经历过如此浪漫的感情。年少的时候渴望过,但是没敢奢望。尽管在感情上经历过让人会记住一辈子的事情,有过失望,但没有忘记对美好事物的憧憬。

至于结尾,在春节前,我就想好了。我一直认为,残缺也是一种美。

假期里由于忙着出差,忙着复习那让我头疼的博士考试课程,还要走亲访友,再加上天寒地冻,零下几度,坐在床上敲打电脑,实在是对自己耐心的一个考验。

只是,决定了,我就不会放弃。

我不是作家,就如背 GRE 单词一样,只是给自己一个任务罢了。所以,构思、安排等肯定有太多的毛病,也希望朋友不要期望太高。很多东西,说说容易,做起来是很难的。特别是写小说,我一直觉得能写完,能绞尽脑汁写二十封信已经是对自己的一个挑战了。

因此,不管文笔如何,这一项寒假里自己给自己布置的作业也算完成了。

情人节快乐!

猎物

（纯属虚构）

1

一打青酒,摆在桌子上。

蜡烛在杯子里摇晃。

骰子声充斥着整个吧台。

音乐四处响起,歇斯底里的声音。

"可以喝杯酒吗?"一脸风尘的女子笑了笑。

"可以。"他绅士一样,嘴角露出一丝微笑。

"为何一个人坐在这里喝闷酒,不孤独吗?"她笑了。

"你这不是来陪我了吗?"他给她斟上一杯酒。

她望着他眉宇间的凝重和俊朗,笑了。

"你难道不是一个孤独的女人?"他问她。

"不孤独干嘛? 难道让我去和男人轧马路? 可是和男人打交道有意思吗? 要么是色,要么是钱。"她抽出一支香烟,骆驼牌的。

"怎么说?"

"我不是来找男人的,是来搜寻'猎物'的,现在就是'寻色'时代。"她给他抛来一个媚眼。

"看中了我?"他诡异地笑了一下。

"不行吗？"她过来抓住他的手，"帅气的外表加上男人的味道！"

他是她的"猎物"。

她是她的"猎物"。

"慢着！"他也抽了一支烟，"你认为感情和性那个重要？"

"幼稚！动感情只是少男少女的事情。这个年代，有几个男人会和你谈感情，彼此还不是利用来利用去的。感情给人带来的是束缚！你还这么清纯？参加'快乐男生'选秀得了，我投票！"

"那岂不是吃软饭！"

"软饭也好，硬饭也罢，还不都是饭！男人利用男人，男人利用女人，女人利用男人，谁吃谁的都一样！男人我见多了，什么玩意儿！"

"你就那么的洒脱！"他仰起脖子把一瓶酒喝光。

"够男人！"她吐了烟圈，"当一个人被伤害了一次，还有幻想，两次还有奢望，三次还有盼望，很多次之后怕就只有欲望了，不是吗？作为一个男人，你还不如我，要向我学习！"

她旁若无人地笑了起来！

"走吧！尽情地疯狂一把，在这没有感情的夜晚和每双眼睛里都露出欲望的夜晚！释放自己的压抑和欲望，释放心中的仇恨和幻想，不去想象！忘掉过去一切的恐惧和忧伤！"

"怎么像是一个文人！"他笑了。

"文人也会疯狂！"她做了个鄙视的动作。

她站起身，挽起他的手。

出了门，他钻进她的车，绝尘而去。

2

他搂她在怀里，用手穿过她的秀发，闻着女人独有的芳香。

她又做了一回幸福的女人。

他又俘虏了一个女人。

他默默地抽了一根烟，回忆着幸福和激情的时刻。突然之间，他想把这个女人从身边推走，觉得恶心。

"你相信人的纯真吗？"他问她，推了她一下。

246

"我？那都是多少年之前的事情了！哪个女孩子不怀春？哪个女孩子不渴求甜蜜的爱情，不幻想自己的白马王子？"她一口气说了这么多。

"结果呢？"他弹了烟灰，男人味道十足。

"结果，一次次地受伤，受伤的总是我！我犹如一只小鸟，孤独地在一个窗口舔着伤口。可是，后来我就学会了利用男人的那点东西玩弄他们！"

"不会吧，姐姐！我岂不是又一个牺牲品？！"他油嘴滑舌地奸笑一声。

"没有经历感情之前，人的感情就如一张白纸。有了一次之后，就如刻下了印记一样，再也涂抹不掉。很多时候，我宁愿自己没有经历第一次，那我就还是一个天真烂漫的少女。可是，如今我只是一个满身珠宝气，内心却孤独无比的女人。靠着俘虏'色'来打发日子！"她仰望着天花板。

他冷笑了一下。

"感情都是心里的，说它有就有，说它没有就没有！你以为你跳出了世俗，其实你没有。你以为你靠着放纵就可以忘掉过去，不会的！就如我一样！"他哈哈笑了起来，窗外都可以听到。

"很多时候我以为对方会忘不掉，其实到最后是我忘不掉！人很可悲，明知道感情就像是一团火，自己就是一个飞蛾，飞上去是死路一条，可还是奋不顾身地飞过去。疼一次，再去撞一次，第二次，第三次……直到自己的生命消耗在里面！"

她抓了抓他的胸脯，吻他。

"你还真是个不简单的女人！"他压住了她，嘴对着嘴，"可是，狗是改不了吃屎的，知道吗？只要有，它还会上去闻闻。就像你又和我在一起一样，不是吗？"

她不敢看他的眼睛。

静得可以听见彼此的喘气声！

"穿上衣服，你还会认识我吗？"他问她。

"不想认识，不想回忆，只想快点把你从我的记忆里抹去！"她抠着被子上的花儿。

"你能做到吗？"

"为何不能？木子美不是都做到了吗？"她哼了一声。

"可是她写了回忆录，把男人吓怕了！你不会也写吧？"他诧异地问了一句。

"不会的，我没有她那么高尚！我的感情已经死了，激情已经不是我的灵魂，而是我的肉体，没有感觉的肉体。"

"那要是我写呢？"

"好啊，男人版的木子美！不过，凭借你的帅气和才华，应该没有问题！"

他和她开着车兜风,尽情地笑着,彼此遗忘着!

3

他站在路边,雨水从头上流下,穿过头发。

她打着一把雨伞,对视着他的脸。

"我以为自己不会再动感情,可是我控制不住自己。"她无奈地诉说着。

"哈哈,你还是死了这份心。"他很冷酷,"我不会再在一个人身上浪费感情,我需要的只是感观刺激。"

"你的追求呢? 你不要再这样伤害自己好吗? 我知道自己一路走来,戏弄人生是何种感觉,我不想再让你这样下去。可以吗?"

"我的追求已经死了,几年前都死了。对不起,我的路我会走。"

他头也不回地走了。

酒吧里。

他一个人坐在那里,一杯又一杯地喝着啤酒,观看着表演台上的走秀。他知道那些走秀的人想要干什么,只是希望每个晚上或者长期地找一个依靠。

每个人都在寻找自己的猎物,不管是暂时的还是长久的。

很多都是暂时的。

她在楼下等他,满头大汗。

他在楼上歌舞升平,观看人生百态。

一个人为了感情而守候,一个人为了守候而感情。

为了感情而守候的人注定是痛苦和没有结果的,为了守候而感情的人注定是没有激情和浪漫的。

"靓仔,舒服吗?"按摩女郎问他。

他像一个死猪一样,躺在那里,嘴里不停地说着话。

"人挣钱是为了什么,不就是吃喝玩乐吗? 那么看重钱干什么,不就是钱吗?"他一嘴酒气。

"对于你们有钱人,当然不在乎,可是我们就不一样了。"说着时手摸向他的腿。

"不要碰我,我会给你小费,一分都不少。说真的,我今天来是因为郁闷,知道吗？我郁闷！说真的，我觉得你很真实，很淳朴，很厚道。不像那些人，骗子，一群骗子！"他把按摩女推下床。

"靓仔，你是不是受伤害了？"按摩女坐在床沿上。

"我只是想找个人聊天，知道吗？"

"嗯。"

她一次次的拨打他的手机，每次都是"Power Off."。

他走时给按摩女一把小费，按摩女开心地一直说"谢谢"，递给他一张自己的名片，欢迎下次再来。

他清醒了一些。

有的人注定一辈子在生命里只出现一次，就如昙花一现，让人哀怜，让人悲喜。

只是，一个人纵使像一颗流星划过，也曾留下一丝光亮。

"靓仔，到哪里？"出租车司机问他。

"随便，围着这个城市转一圈。"他躺在座位上。

司机有点茫然，发动了车。

车从她的身边经过，她却一直站在那里。

4

"我可以在你面前抽烟吗？"她从口袋里掏出一盒万宝路香烟。

他望着眼前这个打扮时尚的她，诧异的眼神。

雨水从他撑的雨伞上滴下来。

她站在伞的外面。

"介意吗？"她又甩了一句。

"介意！我很介意女孩子在我面前抽烟！"他合上雨伞。

她把烟盒放进了口袋。

"我觉得这个城市不适合我,没有人情味。"她露出红红的嘴唇。

"那你为何会来这个城市?"他给她倒了一杯酒,"我不介意喝酒。"

"逃避。有的生活我无法去面对。觉得既然改变不了,我就选择逃避。"她呷了一口酒,苦苦的味道,"当初为了见他,我几个月不休息,积攒假期。然后,我坐车三个小时到他所在的城市去看他,等候他给我命运的安排。他有时间就见我,没有时间的话就打发我一个人在城市里度过。作为一女孩子,我觉得每次都是我在等待。"她一脸的幸福加无奈,"有时候我就觉得我是婊子。"

他静静地听着她说话,画一样的江南女子。"我很佩服你的毅力和对感情的执着。"

"执着有用吗?当后来我被他的元配夫人骂的时候,你明白我的感受吧?但是我不恨那个女人,毕竟人家是原配,我只是一个'情人'或者'二奶'。"她猛喝了一大口,哭了起来。

"那个男人就那么软弱吗?"他问她。

"有的朋友也鼓动我让他离婚,可是我做不到,我不忍心让他一无所有,也许是因为我太爱他。"

他无奈地摇摇头。"所以你就选择逃避?"

她无语。

"可是你逃避得了吗?一个人说分开很简单,可是你能从心里忘记得了吗?"他怀疑似地问。

"我离开那个城市的时候给他妻子写了一封信,说我一辈子都不会再回那个城市,祝他们幸福。我把他的号码都删除了,QQ也拉黑了。可是在找寻旧号码的时候,我还是又存了他的号码。"她叹了一口气,"有时候想想,自己真的很没有骨气。"

"感情是不能用骨气来考虑的吧。"他好像城府很深,"感情这个东西还是不要去碰它,否则就会伤痕累累,如现在的你一样。"

"可是他也没有忘记我,尽管我拉黑了他QQ。"

"也许他觉得对不起你吧!"

她微笑了一下,露出俩酒窝。"那又能怎样?所以我恨结婚后的男人。有时候回想起来,他都不会照顾人,还要我一个女子去照顾他。"

她举杯和他碰了一下。

"那你还是不错的女子,贤惠!"他笑了。

"对人好不好不是自己说了算吧。当一个人用自己的热心去烘烤他的时候，如果他用一种冰冷去对待，他依然会觉得别人的热不够温暖，依然说还没有完全地燃烧他。当别人真正燃烧自己去温暖他的时候，他已经厌倦了那种炙热，而去寻找别的温暖。"她擦了一下眼睛。

"你那么悲观？"他问她。

"我不悲观。只是，我知道自己在这个城市只是一个过客，会很快地离开。因为我的心已死，不会再走回头路。"

他不知道她在想什么。

"这是我送给你的礼物。"她魔术一样的变出了一个盒子。

他打开了，是一块有点香味的蛋糕。

"我希望你能在这里甜甜美美地生活，走的时候带走一片云彩。"她又笑了，露出俩小虎牙，"这个城市没有什么值得我留恋的。"

他愣在了那里，眼睛湿润了。

梦里的梦还是梦
情中的情还是情
待醒来
一切转成空
恨中的恨还是恨
爱中的爱还是爱
待回头
一切皆飘风雨中

5

电话一声又一声地响着,他熟视无睹,裹着浴巾,手里拿着一杯香槟。

他好像患了电话恐惧症,身在远处就知道是谁的来电。他不知道自己在逃避什么,又害怕什么。

他会百无聊赖地发几个信息,但是很快就会没有回音。在这个城市里,他好像不是一个人,可又确确实实是一个人。

"你觉得在这个热闹非凡的城市里,你寂寞吗?"她趴在他的身上问他。

他没有说话,闭着眼睛。

"说啊?"她抬起头看看他。

"你觉得呢?"他还是闭着眼。

"我看不透你,也不想看透。你很疯狂,我知道你是在发泄,感觉和平时生活里的你一点都不一样。"她有点甜蜜地在回忆。

"难道不好吗? 你难道不喜欢吗?"他反问,从床头上抽出一支香烟。

"喜欢,可是你不爱我。你的疯狂只是在应付我、打发我,或者是可怜我而满足我。"

他没有说话,长长地叹了一口气。

"端午节,我带你去海边兜风愿意吗?"

"愿意,只要你陪着我,不管时间有多长,我都很开心。有时候想,要是在哪天能真得到你的爱就好了,可是我知道那是不可能的。"她露出女人的温柔。

他吐着烟圈。"你中毒太深!"

他笑了。

她哭了。

海边。

他光着脚丫在沙滩上走,她跟着他。

海鸥在远处飞翔。

在这不是黄金周的日子里,很少有人来到这里。

她穿着泳衣下水,他在岸边站着,看着她开心的样子。

"你下来吧,好舒服。"她叫他。

他摇摇头,有点孩子的天真。"我怕海水的味道,看起来很漂亮,可是只要嘴唇碰上它就会咸得发苦,和泪水的味道一样。我在海里游泳过很多次,但是从来不会让嘴唇接触到海水,我很怕那种味道。"

"可是海水能够消毒,让自己的伤口很快好起来。"她把水泼在他身上,很调皮。

他们就这样在海边追逐着。

海里一个影子,沙滩上一个影子。

你的忧郁

让我不舍放弃

你的微笑

让我不忍忘记

你的影子

让我无法抹去

在无声无息的夜里

我一遍遍地默数着你

似水流年的岁月里

我纵容时间飞去

他品着香槟,坐在阳台,欣赏着窗外的车来车往。

是你征服了我,

还是我征服了你,

这是一个问题。

6

流灯溢彩的街道上,她和他肩并肩,穿过熙熙攘攘的地下通道,又爬上人行天桥。

炎热的风好像要把人烤焦了一样,只是人还是那样来来回回匆忙地走着。拉着箱子,背着背包。有的脸上写满了开心,有的写满了绝望。

"你最近还好吗?"她问他,"感觉你比去年老了很多,也丑了很多。"

"还好吧。行尸走肉般地生活着,已经没有了以往的那种活力。"他淡淡地回答着,抿抿嘴。

"你戒烟了?"她有点吃惊。

他没有回答。

他和她肩并肩地坐在电影院里,不知道放映的什么。

他慢慢地握紧她的手,她则向他笑了笑。

幸福地笑。

他看她。

她赶紧绷紧了嘴,不想他看得出来。

她以为他没有了感情,心真的死了。可是她知道,他没有。

"你喜欢今晚的电影吗?"他问她。

"喜欢,很喜欢。只要和你在一起,我就喜欢。"她挽着他的胳膊。

"我有那么大的魔力吗?"他仰头笑了一下,看着棺材似的建筑。

"你有,你有!你有的!我就是喜欢和你这种有点忧郁,有点放荡不羁的男人在一起。我不怕你远离我,因为我知道,你的心还是属于我的。"她笑着说。

"忘了我吧!开始你的新生活!我已经不是原来的自己,就如《秋日童话》里的 Tristan 一样,我的心始终有点野蛮,任何人都驾驭不了。"他叹了一口气。

"可是你也不想那样,是吗?"

他无语。

"你说,人有时候是不是很下贱?"他突然问她。

她愣了一下。

"你看看过往的人,别看都是人模狗样的,其实都很下贱。那种下贱有时候让人觉得恶心。"他狠狠地说了一句。

"也许吧。有时候我觉得也是,下贱的人很多。可是,为了感情而努力的人,不属于下贱的行列。"

她望着天上的星星。

"是的,那些为了感情保持纯洁心情的人很难得。可是,到最后又能如何?"

大街上的行人越来越少,出租车都是空空如也,不时地会走来一个喝醉酒的男人或者女人。

"不管你经历了什么,我知道你不会忘记我就够了。我也会一直的对你好!我知道你是一个需要关心和照顾的人,只是你把自己包裹得太多了,表现得太要强了。"她抚摸着他的脸。

"好了,不说这个了,只要你开心就可以。"

他叹了一口气。

<h1 style="text-align:center">7</h1>

他静静地一个人坐在床边。黑暗的夜里,只看见烟火的明明暗暗。

他一边诉说,一边哽咽。

她坐在床头,安静地听着他的诉说。

"你说是不是每个人的心灵在黑夜里都是寂寞的,每个人的背后都有一串心酸和悲苦的故事?"她轻轻地叹了一口气。

"其实说出来,也蛮好的,至少没有多少压力了。很多时候,我们都是活在影子里,就如我一样。"他站起身,直接到了卫生间。

"这么说,你就是典型? Typical?"她反问了一句,"我一直觉得你是一个城市里的佼佼者,是一个成功人士,有品位的男人。只是,你今天确实吓到了我。"

"那是我的错。"他又点燃了一根烟。

"你就少抽一点吧!在一个屋檐下住了那么久,别的没有发现,就发现你是一个烟鬼。"

他沉默。

"只有香烟,能够给我片刻的镇定和宁静。一出去,看到人群,我都有心慌的感觉。手上有一根烟卷,至少给我一个心里的慰藉。"

"你不想再疯狂地爱一次吗?"她问。

"不是不想,只是已经失去了爱的勇气。我曾经抱着幻想和希望走进了围城,又伤痕累累地从围城里出来,用一双伤痕的眼睛看着周围。"他回答。

"还记得那次和你一起看电影吗? 我觉得你很可爱,特别是笑起来的时候,可以迷倒不少的女孩子。"

"是吗?"他把台灯打开。

突然,他走向了她,俯下身,轻轻地吻了她一下。

她一脸的幸福和茫然。

"每一次都是一次旧游戏的结束,新游戏的开始。你觉得有意思吗?"他问她。

"可自己也是导演,可以让它延续。"她说。

"也许吧,刚开始的时候,自己可以牵着游戏的线,只是最后游戏的线已经不听自己使唤了。当游戏到高潮的时候,之前手中的线已经飘远了。当突然回味过来的时候,线已经不在自己手上了。游戏就像一个断了线的风筝,开始摇摇晃晃,从天空掉了下来,把自己砸醒了。"他望着她。

"你说得很深奥,可是,我已经喜欢上了你,怎么办?"她笑着问了一句,"我知道你永远不会喜欢我,但是你有你拒绝的权利,我有我喜欢的自由。"

他无语。

"我想给你一种浪漫,一种你没有体会过的浪漫。我并不在乎身体上可以和你接触多少。我有一个朋友,高中时候喜欢一个男生,不敢表达。男生后来去参军,她还是一直喜欢他,一直给他写信。军队里很严格,他没有机会回信,只在一个节日给她邮寄了一张贺卡。很久很久,她又没有了他的音讯。她做了好几个一样的梦,梦见有个飞机从空中掉了下来。几个月后,她得知,由于他优秀,被选中去到空军服务。在一起事故中,他坐的飞机失事,死了。我的朋友很伤心,但是也很满足,特别是看到那张贺卡的时候。有时候我觉得她好傻,可是她又不傻。何谓聪明、何谓傻,是没有标准的。我只是希望你不要对我失去爱的勇气,因为有一种幸福错过就真的错过了。"

他还是一句话不说。

天已经亮了,太阳从东方升起。

8

"谁?"

"我!"

他隔着猫眼,只有一个模糊的女人影子。

他开门,一脸的疲倦,邋遢得很。"怎么是你?为何不打招呼就来?你怎么就确信我会在家?"

一连几个问号,她没有生气,走了进来,穿着红裙子。

"我知道你生气了,不接我电话,不回我信息。"她一脸道歉的样子。

"我没有,我为何要生气。难道你不愿意用我的钱,我就生气吗?我只是不想见人,任何人。心里有阴影,和人交流很烦。"他坐在电脑面前,她坐在客厅。

"不是,你骗人,我知道你生气了。当你把手机关上时候,我就知道你生气了!我太了解你了。"

"你真挺牛的,数年不来,还能找到我住的地方,很不简单。换成我,我是做不到。你怎么就那么确信我在家,不知道我会出去玩?"他笑着说,玩着电脑游戏。

"是我到爸爸那里转车来的,我记得有个什么车站,然后就来了。"她一脸幸福的样子,"我在门前犹豫了好久,不确信,就想着试试看,结果你就开门了,当时还好紧张哦!"

他没有说话,抽着一根烟。

"你怎么不听我说呢?我那么远跑来,你都不听。"她有点撒娇。

"我在听,你的话一点都没有漏掉,我的大小姐。"

"你的房子还是那么乱。"她环视四周。

"是啊,我没有心思收拾。"他还在敲击键盘。

"这样也好,说明没有女孩子来天天给你收拾,我也就放心了。"她嘻嘻哈哈地笑着。

"你啊,还是老样子……难道不能是女孩子搞乱的吗?哈哈!"

"你欺负人!"她捶了捶他的肩膀。

"我帮你收拾房间吧。"她征求他的意见。

"好啊,给你报酬。"他微笑了,吐了一个烟圈。

"你笑起来好有魅力啊!说真的啊,我现在是穷人,不仅要给我报酬,还要请我吃饭。"

"没问题。"他打了一个 OK 的手势。

她拖地,收拾厨房、洗手间……

他内心酸酸的,猛地吸了一口……

"今天没有时间给你收拾完整,以后有机会吧,不过我想是没有机会的,因为你是不欢迎我来的。但是,我知道,你生活得蛮痛苦的。你就是这样的一个人!"

"我这样穿可以吗?"他站在镜子前问她。

"可以啊,很不错,有型!我喜欢!"她又笑了。

"谁让你喜欢了!"他撇了一下嘴。

她挎着他的手,走在街上,旁若无人。

他知道她不是自己的爱人。

她知道他没有爱上自己。

"知道吗?你总是这么大胆,敢在街上拉着我的手。每次我都觉得很幸福,我以为我会紧张,可是我却很平静,而且很快乐,不知道为什么。"他冲着她笑了一下。

"那是因为我人好,没有给你压力!"

他无语。

酒吧里的人很少,轻音乐围绕着整个舞厅。服务生忙着来来回回地跑着,只是没有多少的顾客。

"我想听你唱歌!"他含情脉脉地望着她。

"你陪我去唱好不好嘛?"她端着杯酒问他。

"好的,今天你说什么我都认了,我喜欢听你唱歌。"

他和她并排坐在舞台上，只是他没有发声。

她唱得很投入，酒吧的人为之震惊。

尖叫声、口哨声、鼓掌声，一次次地响起。

一个女孩子，在酒吧里能大胆的走到前台。在男人们的眼里，还是觉得有点不可思议。

"小姐，你的歌太好听了。"一个大眼睛的服务生走来，请她再唱一支。

"你很牛，现在有人点歌了。"他笑着，和她一起喝了一杯酒。

酒吧的领舞和她谈了起来。

他坐在旁边喝酒。

他是她师弟，她是他师姐，同一个老师的弟子。

"你会笑话我吗？在这个场合混日子！"师弟在昏暗的灯光下，嘈杂的声音里，大声地问她。

"不会的！"她喝了又一杯酒。

师弟又买了半打。

一杯又一杯，杯杯一个味道，苦苦的。

他没有再喝，不想打扰他俩的对话。

师弟在舞台上表演，俨如一个风尘戏子。

"我好难受，不想看他的眼睛。他肯定会觉得我看不起他。"她哭了，"人为何会这样？六年了，他肯定比我还要难受。在这里碰到他，我很开心，可是我也很难受，我想他肯定不愿意在这里见到我。我们是看客，他不想让熟悉的人看到的，我明白他刚才说那句话的心理。"她又喝了一杯。

"不要再喝了，否则你就回不去了。"他把酒夺了过来。

她跑到卫生间吐了，所有的东西。

师弟过来送师姐走，嘱咐他照顾一下师姐。

他不想让师弟再尴尬。

他把她送上了出租车，望着车绝尘而去。

他走上天桥，桥上有一个七十多岁的老太太，坐在那里，闭着眼睛，前面摆着一些公仔。

已经无人的夜晚，老太太仍然在等候着顾客。

如同她的师弟一样!

9

那天,离开他所在的城市。

在夜色里走出车站,她心里突然空得要命,想抓却什么也抓不到。

"家?"她苦笑了一下,一个很多人向往的地方,自己却想拼命地去逃。

那天,望着她消失在人海中的身影,他挤进了逛街的人潮,漫无目的,打发时间。他已经习惯了她不存在的生活,或者,已经习惯了在影子下的生活。

办公桌前,她一遍遍地幻想着:

如果那天,她拿了一束玫瑰在他上班的楼下等他;

如果那天,她见他之时,给了他一个拥抱;

如果那天,她和他冲破各自心里的界限,有了久违的激情;

如果那天,她在临别时,在车站旁若无人地和他热吻一次;

她苦笑了一下。

三年的重逢,换来的只是"如果"。

"还记得吗? 我们一起读书的时候,你在桌子上给我写的那个纸条?"他诡笑了一下。

"当然记得。"她也笑了。

"你问我敢不敢和你一起出去私奔三天。"

"不要用'私奔'这两个字好吗?"她笑了一下。

"我想,如果当时我们俩真的去'私奔'三天,结果会是什么样子。或许,你和我之间又多了一些回忆。"他沉浸在幻想的愉悦里。

"回忆多了,有时候只会徒增一些不必要的人生苦恼。"

他好像没有听到。

"还记得吗? 散伙饭的时候,我和你一起坐在路边的台阶上,抚摸着你的头发,任由其他人在餐厅里歇斯底里。那个时候,整个世界里,好像只有你和我。"他望着她，认真的。

"当然记得，就像昨天一样。"她很想哭，"静静的夜色下，我望着天上的星星，头靠在你的肩头。"

"算算，十几年来，按照小时数来算，我和你见面的时间不超过三天 72 个小时。只是我好像已经习惯了满足，有时候哪怕是一个小时都满足得很。"他叹了一口气。

"你是一个笨蛋，明知道没有意义的事情还去做。"

"或许，对别人没有意义，对我却是意义非凡。"

"十几年来，我好像对你没有要求过什么。"他若有所思。

"正是你没有对我有任何的要求，我才会更加的心痛。"

"爱情究竟是什么？性？物质？还是想到一个人就有的那种幸福的感觉？"他问她。

"对有的人来讲或许是前两者，但你和我之间无法用性和物质来解释得清楚。"

她一次次地敲打着键盘，想告诉他自己所想的。

不记得上次写信是什么时候，或者已经习惯写公文的她，已经降落到世俗之中的她，忘却了自己还能用文字描述心情。

他没有在线；

她依然写着：

我已经很久没写东西了，我自己停止了写作，也停止了跟别人的通信，我好像生活在一个封闭的环境里。我经常这样，也许这也是抑郁的表现症状。我不善于倾诉，因此无助于发泄，我甚至经常不说话。把写作也断了，就真的断了与外界的联系。我觉得无用，也无助，并不能求助到什么实际性的，对我有用的解决方案。

你说得很对，你能大部分地体会到我们说的那些话背后的东西，我对生活极其失望，我觉得生活本不是这个样子，可是它向我无情地展示了黑暗的一面。因为我做人做事经常要求高，力求完美，我很少想"浪漫"这样的词，但是我总觉得生活是美好的。我的失望在于我无处寄托我脆弱的生命，我找不到人生的意义，在那段绝望的日子里，我已经花了很长一段时间完整想好了我要出家的地点和内容，以及以后日子的安排。想过之后又觉得人间无净土，佛界也是一样的黑暗和世俗，不足以容纳我的心，就越发地觉得悲哀，竟无处遁逃，要忍受这样的生活。

至于你的信仰，我就更加觉得无可置信，仿佛是离我特别遥远的事情，也完全不能帮助我解脱。我觉得你信上帝也是自我欺骗(请原谅我这样的无礼，真的，我不是故意要冲撞你，只是说出我的想法)。

其实这种心情我也能理解，因为经历过人生黑暗面的，看过人们在不同位置、不同层次、不同时间上的罪恶面目，我们就无法去相信世界还是宣扬的那样美好，没法相信感情依然纯真可待，没法相信当我们落难时会有人真心倾其所有来帮助我们，所以没办法成为一个真正的信仰忠实追求者。

我更是这样，我没办法变成一个有神论者。我其实是怕，我觉得那样会束缚住我的思想和自由。自由是我这一生最为看重的东西，起码要在精神领域有自由。我经常神游在各个层次，就好像你是我的鸦片，你是我的毒药，我会经常想你，在来的路上，在夜里，我经常想你，这是一种幻想。我幻想和你之间的性，幻想你的身体，幻想爱抚，幻想在某个地点一张洁白的大床，一个莲花的浴缸，点燃激情，幻想你的表情。当然，不止这些，我也经常想你的感情。这些是宝贵的东西，不像性可以一闪而过的。支撑这么多年来我们一直没有忘记彼此的，恰恰是这些情。

我看过你这么多年来的信仰，也是一路坎坷。其实你很明白这些的虚无，但是凭一个人的力量太微弱，难以支撑现实的痛苦，所以你又强迫自己去交付给上帝。内心并不是想象的那样圣洁，那样可以挽救你。但是仿佛不信他，就是一个罪人，是一种极大的背叛。我更加固执，我就坚持一个人扛着，我不习惯于向某个神交付我的痛苦，他们是帮不了我的。从这一点上来讲，我也许是一个更加可悲的人物，因为我不相信，不相信亲情，不相信爱情，不相信信仰。我是一个特别固执、难以调节心情的人，想问题有时太过执着，这就是佛家说的戒"痴"。大概就是说凡事不应太深刻，有点钻牛角尖的意思。

我的婚姻是像你说的那样，不存在什么浪漫和幻想，一切回归现实。其实大多数人都是这样，我从不对人说这些，只有对你说了，你是我感到绝望时可以想到的唯一的一个人(尽管我三年才见了你一次，但你无时无刻不在我心底)，因此我会对你说。但是我不想获取你的同情，或者让你认为我是因为这样才会去找你，想阻止你寻找你的幸福。从内心来讲，我真的希望你幸福，希望你有自己的儿子，希望你父母身体少受些苦；我真的希望有个女人对你特别好。如果你能因此不再想我，我也不觉得失落，你对我的意义已经远远超越平常人。我这样不相信爱情的人，对你的坚持和付出，对你对我这么多年来的爱也觉得可歌可泣。

我说的都是真的，现在我已经不在乎你躺在哪个女人的怀里，对她说些什么甜言蜜语,跟她发生着怎样的亲密关系,不在乎你和别的女人生多少孩子,不在乎你怎样爱那些女人和孩子,我觉得这一切都是你应该得到的,我也真心希望你得到,我觉得你对我已经付出太多了。当我想你的时候,我能想到的已经很多了,这是我一生中最弥足珍贵的财富,超越任何东西。你是我处于最低落时候的底线,好像一个救生圈,不至于让我沉到海底,让我觉得我还是美好的,竟有人这样爱我,或者曾经这样爱过我。我曾经说过,这只是我们两个人之间的事,和别人无关,不管你生命里还有什么其他人,我都无所谓。我想你时,是单纯地想你,想你和我之间的事,不是想你和其他人的事。在这个观点上,只有我对你时才适用,因为你是我生命里特殊的人,仅此一个,别无其他。

但我也觉得你很难获得幸福,除非我和你在一起,当然我特别希望我的推断是错误的。你对于我的想法,是一种近乎病态的爱恋。我其实并没有你说的那么好,很多时候我只是一个幻影,是你把所需要的女人的全部优点都堆加在我身上,我很怕很怕有一天我真的和你在一起时,这一切都被打破,让你发现原来我也是如此普通和平凡,尽管实际上我就是这样的。我怕生活的琐碎将一切美好彻底打碎。

我并不是不想你,我无时无刻不在想你,这段时间近似疯狂地想你,但是我表现出来的时候只能是平淡如水,只能是悄无声息,只能是举重若轻,只能是神情坦然。这种如野草般疯长的思念只能在一个热吻里面找到安慰,宣泄渴望,交付一切情感。这是一个最真挚的吻,世界上没有比这个更加真诚的东西了,没有添加任何杂质,透明得像喀纳斯的天空,清纯得像青海湖的湖水,绚烂得像满山的红杜鹃,甜蜜得像儿时的棒棒糖,长久得像一个世纪,炫目得像旋转的木马,没有翅膀,却能带着我们去翱翔,忘了天地,忘了忧伤,忘了一切。

当我睁开眼睛时,一切又恢复平静,脱下华丽的外衣,穿上灰姑娘的裙子,仿佛风从未吹过,湖面依然平静,没有人看到过深刻的快乐和痛苦,没有人听过花开的声音,这时我已沉入海底。

我在为你哭,你再也看不见。

10

夜深人静的时候,我点燃了一支烟;黑夜里,我对着你,不,应该是对着屏幕说话。文字在很多时候都是自己的独白,犹如写着一封没有收件人的信件,就这样潦草而又杂乱无章地诉说着。

有朋友说,你的那些文字是我的独白,我不禁哑然失笑。连文字,你与我都是如此的相近,给人一种我在用你的文字说话的错觉。

出家之事,我也早已想过,在我还是学生之时就想过找一个僻静的地方,了却终生。只是,那样的我是否又过于自私,抛却了父母和亲人,此种痛苦我万万不敢尝试。或许,正是因为我尘缘之事太多,因此我也渐渐断绝了出家的想法。何况,如今,到哪里又能找到一块真正属于自己的净土?

现在的尘世,活生生的一个名利场!

对于上帝,我一直是心存敬畏,尽管我正如你说的那样,好像不信就如一个罪人一般。

曾经的我,也是如此的"信自"。

对于信仰,我一直以为只是治病救人的良方,或者精神支柱。因此,我曾一直固执地反对相信任何东西。当母亲给我说起信仰之时,我轻蔑地说:"我不需要,没有上帝,我照样可以。"

那时的我,幼稚大于理智,只是缘于自己受某种思想洗刷多年,从而形成了一种固有而又没有反思过的"无神论"。我以为我受过高等教育,知识上优于只有小学二年级文化的母亲。只是,我错了。

信仰不是知识,不是聪明,信仰靠的是信心。没有了信心,一切的知识、智慧,只是给众人看的摆设罢了。

我是一个过于要强和自立的人。所以,在求学之时,我"两耳不闻窗外事,一心只读圣贤书。"那个时候,我不需要信仰,也从来没有想过信仰之事。

进入大学,才知道自己是如此的脆弱,不堪一击。因此,和你认识之时,我犹如抓到了一根救命稻草,倾心和你交谈,没有掺杂任何杂质,犹如一朵莲花。在我最卑微的时候,遇到了你;在我内心最挣扎的时候,遇到了你;在我最受打击的时候,你和我走在法国梧桐树下。

只是,你不是我的信仰。因为,你也背叛了你的誓言。

从小学到高中,我从没有和一个女孩子如此交流过,没有对一个人如此信任过,只是信任的结果是你背叛了在我面前重复一次又一次地话。

人,让我第一次知道是如此的不可靠。

而上帝,无论何时,都不会离开一个有信心的人,除非人主动离开他。

那几年,我的狂热你可以看见,你也不止一次地劝说过我,不要过于疯狂。而我,却像一团点燃的火焰,不能熄灭,去照亮周围之人。结果,我确实照亮过某些人,可也最终燃烧了自己。

从此,我变成了一个怀疑主义者。我怀疑人的惰性,怀疑人的奸诈,怀疑人的放纵,怀疑人的丑陋,怀疑人心中的"小"。我变成了一个盒子里的人,把自己的心关在盒子里,不再打开来透透气,释放一下。

因为,我害怕再次受到伤害。

劳碌只会让我身体疲惫,而不会让我精神上倦怠。

一个人的心受到了污染,又怎么能再去轻易地相信世界的纯洁;一个人一次次受到了欺骗,又怎么能再有勇气去相信人的诚实;一个人被一次次的戏耍之后,又怎么能再轻易尝试急人之所需。读你那段话的时候,我流泪了。因此,我用黑体着重标注出来。或许,很多人不理解其中的滋味,而我,生活丰富的一个男人,却尝遍了其中的酸甜苦辣。

此时的我,也渐渐变成了我所曾讨厌的人之一。

其实,对于和你的感情,我没有做过什么,更没有付出过什么,只是心里总是有那么一块位置留给你。不是我有意,而是好像已经形成了一种惯性和自然。

对于和人的交往,我始终认为我失败得一塌糊涂。我对人好像要求比较苛刻,纵使我没有说出来,比如外在的不要太胖、不要圆脸、不要太矮,内在的要文静,理解我孤独的性格……其实,每个人都有自己心目中的一个理想对象,而我也不例外。

曾经有一个女孩,我为她信上的文字所感动,只是交往半年之后,我发现自己是如此地害怕她。每次和她面对面,犹如坐在一个火山旁边,不知何时会爆发。当然,她是沉默的火山,不会在我的面前爆发,只会默默地爆发,这也是让我最为恐惧的缘由。

我觉得人生已经太累,不想再去猜测别人的心思去生活。结果,你可以想见。

"逃"!

11

悄悄推开厚重的大门,她从霓虹闪烁的世界踏进了黑乎乎的看不清彼此脸孔的世界。

她喜欢这样的感觉,因为过于真实,真实到看清楚彼此脸上的皱纹和雀斑,对人反而会是伤害。

一个人坐在高脚凳上，她随手点着了一支烟，舞台上歌手那足以震穿天花板的嗓音没有引起她内心任何的波澜。

她不喜欢抽烟，可是一到暗淡的世界里，她把烟看成了自己的兴奋剂。

她喜欢看一个个烟圈，喜欢透过烟圈看那有点扭曲和变形的脸。

服务生把　打啤酒，一支红酒，一瓶绿茶放在桌子上。

"请问打开几瓶?"服务生问。

"全部!"她弹了一下烟灰，宛然一笑。

服务生一脸吃惊的表情。

她把找回的钞票轻轻地往服务生那边一推。

"给你的!"

他端着酒杯在隔壁的座位上冲她笑了笑。

她看到了他白白的牙齿，吃肉的牙齿。

几个俗气的老女人，一排排地审视着眼前站着的猎物。

她不喜欢俗气的女人，尤其是有点小钱的老女人

没有了青春，只能用金钱来兑换一下，满足一下自己精神的和肉体的欲望。她想象不出来，那些年轻的猎物如何能和一个大自己几十岁的老女人有正常的肉体关系。

"怎么一个人来喝酒?"他端杯过来，依然露着两排白牙，笑着。

"你不也是吗?"她举杯。

"男人来很正常，一个女人来就有点……"他拉了一个高脚凳。

"那些买春的女人呢? 男人来的目的不就是寻找单身的女人吗? 我如果不单身坐在这里，你敢这么主动地过来和我喝酒吗?"

"厉害、厉害! 干杯!"他哈哈笑了起来。

"其实来这里的人，无非三种:寂寞的，体验生活的，寻找刺激的。"

"那你是属于哪一类?"

"我不知道。我可以很好地去总结别人，但是却很难把自己归类，所以我就是一个异类。"

266

"你还真幽默!"他又举杯。

她望着一次次举杯的他,看得出他潇洒的背后隐藏的是寂寞。因为,一个人表现得越从容淡定、自信,内心恰恰是慌乱和自卑。

"你又是为何来这里疯一把?"她问,抿了一口红酒。

"我是被伤害了,孤独寂寞才来的。"他没有了笑容。

"是吗? 没关系,多受伤几次就好了,人总是从伤害中学会长大的。"

"看来你很有经验。"

"没有经验,只是对伤害的总结。"

"我是觉得自己犯贱了。我喜欢她,后来她背叛了我,我又和她和好,今天她又告诉我她出去和一个男人搂抱了……这次真的是受伤了,彻底不想再联系了。"他大口地喝了一口酒。

"是吗? 现在的男人还有这么宽容,这么专情的? 少见!"她有点讽刺地笑了,"你这只算小儿科!"

他却放下了酒杯。

舞池里,她尽情地摇摆着。

他站在她的身后,配合着她的节奏。

她站在大门外,吐了,一塌糊涂,凉风吹起她的飘逸长发。

他捶着她的背。

"你又何苦这样,真是个异类。"

"是的,我就是个异类。你不用管我,而且我也不认识你,也不想认识你。"

"你醉了,我开车送你回家。"

"我醉了,和你有什么关系? 你啊,是受伤太轻,应该再狠狠地打击你一下!哈哈!"

他茫然地站在那里。

他叫了一辆出租,扶着她上了车。

她手扶着厕所的马桶,一直地吐着,慢慢地睡在地上,直到清晨五点。

12

午夜,盘旋的立交桥下。

他挪着脚步,八个小时已经过去了。

初始的期待,随着时间一分一秒地过去,慢慢地耗尽了。

寒意穿透过他的白色衬衣,他有点瑟瑟发抖。望着躺在桥下的流浪者,他有点进入到另一个世界的感觉。

城市还是那座城市,只是白天与黑夜好像是两个国度。

她的车终于到了,拎着包出了站。抬头望去,十年前来过的城市图像已经消失在记忆里。

他没有微笑,也没有沮丧,只是伸手接过行李。

车七拐八拐进了一栋破烂不堪的巷子,唯一没有停止营业的是挂着"性用品"招牌的商店。

他爱上了眼前的这个女人,甚至在没有见到她之前,就爱上了。

虚拟的世界里,每个人在发泄着自己的寂寞,但是也在寻找着快乐。

她为什么到这个城市来看他,打发寂寞抑或是被他的清纯所感动,抑或是纯粹为了游玩而游玩。

她和他就蜗居在一个小房间里,只有一台电视在没日没夜地响着。

白天出去游览城市的现代,高耸的楼房,夜幕之下又走入那个关上门就没有隐私的空间。

现代、繁华、环境,所有的一切在关上门的那一刻都与自己绝缘。关在门外的不只是熙熙攘攘的世界,还有一颗骚动的心。

短暂的浪漫之后是现实的残酷,她比谁都清楚。

他却依然生活在曾经编织了无数次的梦里。

当舌尖吻过他身上每寸肌肤的时候,他狠狠地抱着她。

她犹如一个尤物一样,吮吸着,享受而又残酷。

"回到你的城市,你还会喜欢我吗?"清晨,他躺在地板的草席上,风扇在呼呼吹着。

"会,为什么不?我喜欢你的肩膀,喜欢你兴奋的样子。"她望着他的眼睛。

"我也喜欢你,而且爱上了你,甚至在我不知道的时候。"

她走了,就如来的时候那样匆忙。

他想知道她的行踪。

他拨打电话,发送信息,收到的是忙音,或者几个冰冷的字。

公用电话亭里。

"你在哪里?"他问。

"你有必要知道我每一个行踪吗?"她在火车上,去另一个城市。

"你不知道我喜欢你吗?你还愿意和我一起走下去吗?"他有点歇斯底里。

"可以,但是前提是你要记住,爱和性可以分开。你如果接受,我们继续,否则就结束。你思考一下吧。"她挂断了电话。

他在外流浪了一夜。

爱一个人可以和他没有性,和一个人有性可以没有爱。

"什么狗屁逻辑!"他骂了无数次,抽了一根又一根烟。

最后,他屈服了。

"好的,我答应你,爱和性分开。"他发出了这个信息,仰天看了看已经露出的太阳,自己却进入了黑夜。

他试图忘记她,可是又无法忘记。

忘记一个人的良药是寻找一个新的人,不管爱他与否。

她就如一个冰清玉洁的少女一样,平静地过着生活,图书馆、城市、男人。

有他之后,多了一项任务,查看或者删掉他的信息。

激情在岁月里随着人物的更换而归于乌有。他有了新的她,尽管不爱,但至少没有了从楼上跳下的想法。

她出国了，去了英国继续读书。

在明白了一个道理之后，他在暗淡的日子里继续着暗淡的生活。

三年之后，立交桥下。

她又来到了这个城市，为了移民的事情。

他又来到了那个接她的地方，繁华依旧。

宾馆里，她拥抱着他，自己曾经伤害过的男人。

往日的激情，在长大之后，渐渐成了沉淀。沉淀之后，才清晰何为珍贵，何为荒唐，何为幼稚，何为年少。

他麻木地站在那里，伪装的兴奋不能渗透到骨子里面去。

别了，青春的岁月。

她知道一切不可再挽回。

别了，清纯的岁月。

他知道所有的一切可能都是虚假。

车水马龙的街道上，她目送着他消失在这个繁华的都市里，直到背影都远去。

13

"我要做你的情人，lover，明白吗？"他在她耳边轻声细语，"我要轻轻地，给你唱一首歌，让你明白，我不在乎。"

她一脸的苦涩，苦笑了一下，三条鱼尾纹。

"像我这样的一个女人，经历了那么多男人的女人，怎么还有资格让你这样一个优秀的男人做我所谓的情人。"

他盯着她的眼睛，穿过眸子看到的是一种善良，妩媚之下的善良。

人的妩媚，可以做作地给人看，只是眼睛背叛不了心。岁月的沧桑和风花雪月可以在脸上刻下印痕，但印痕不能淡化心上的皱纹。

"你看过《四个婚礼和一个葬礼》吗？里面的那个高贵的女主角给男主角罗列睡过自己的三十多个男人，不是照样和男主角结婚了吗？难道经历过男人的女人就不能再拥有自己的生活吗？"

"可是，她后悔过吗？痛苦过吗？电影里有说吗？每个人的经历，都像刀子一样在脑海里刻下了记号，也许时间可以让记号暂时隐藏在某个角落，但是在某个时候、某个地点，它还会浮现出来。你以为，人真的可以忘掉自己的经历吗？我也很想忘掉过去，在某个地方重来，可是人生就是一支射出去的箭，不会再有回头路。"她低着头，轻轻地抚摸着他的手，"我如同一只折断翅膀的海鸥，飞不到此岸，也飞不到彼岸，只能在低空中盘旋，一头扎进水里，慢慢地沉入海里，死去，静静地躺在海底。"

"你长着一张欺骗人的脸，知道吗？"

"是的，别人以为我是一个单纯的女人。只是，我却在害男人。别人骂我是婊子、是贱货，骂我肮脏。曾经，我只是想着报复，让人体会到那种刻骨铭心的痛苦。最后，最痛苦的是我自己。有一次，我到一个寺庙，问一个和尚，为何我觉得内心肮脏，有没有办法洗掉？和尚说，佛前皆脏，没有任何人可以说自己是干净的。人与人之间只是五十步与一百步的差距。我抽了一支签，签上说，我哪天会遁入空门。我给和尚说，我的经历已经很'多彩'了。和尚说，人生确实是一种经历，但是经历又何尝不是八苦中的一种'苦业'，压得人喘不过气。"

他倒吸了一口凉气。"你为何有此想法？"

"为何不能有这样的想法？一切皆空，不管经历如何，皆为空。有时候我也问自己单纯过吗？单纯过！看看以前写给心爱之人的可以被称为情书的书信，那时真的是一张白纸。只是，白纸后来被我描绘得一塌糊涂，成了我现在过着表面光鲜但内心却在挣扎的光景。"

"他人何尝不是如此？不要以为别人比自己高尚多少，或者好多少，每个人的内心里都有一个'恶'存在。和尚师傅说得对，我们连自己是谁都认不清楚，却想着去尝试走进别人。"

"我们去跳舞吧？"她拉着他的手，"不说了！！！"

他很害羞。

"你看到那一双双眼睛了吗？看到了我对面那个饥渴难耐的红衣女子了吗？看到了那个前面放着一瓶人头马的大肚子男人了吗？有时候我也想过那种生活，只是，早晨醒来的时候，又觉得那没意义。每个人都有老去的时候，人老珠黄的时候，难道只是让我回忆自己和多少男人睡过，或者在佛门让我去回忆我的肉体有多少男人吻过吗？我不想要那种回忆，因为我已经有了太多的回忆。"

他和她站在舞台上，没有扭动自己的身体，只是默默地看着舞池里骚动的人群。与其说是骚动的肉体，不如说是骚动的欲望。

她趴在他的耳边。

"我曾经不止一次地梦想着你是我的情人，可是我不能，也不允许。"

14

她在不同的酒吧里穿梭着，买着醉，打情骂俏，勾搭着一双双透出淫荡加轻浮的眼睛。

"你这样的生活很多彩，让我们都羡慕，让那么多男人围着你转。"姐妹们笑着说。

"其实，我很累。我累，一直累到精疲力竭，累到不去想那让人压抑地喘不过气的生活。"她回答。

"你这样报复不了别人，伤害的只是自己。"他说。

"我知道，我一切都清楚，不需要你来给我讲道理，我比你清醒。"她脸上写满了不屑。

多少个夜晚，她都会给他信息说自己在喝酒。

他就呆呆地守着手机，无能为力，很想劝她，最后只能说"少喝一点"。

那个晚上，她和他坐在公交车上。她的肩膀靠在他肩上。那时，她是如此的安静，让他有一种冲动，自然地拉起了她的手。

"为何我不能和你一起回家？"她轻声地问。

他默然。

"你欠我的九个拥抱什么时候还给我。"她问。

"那我就一次拥抱你九次。"他笑了。

"我不要，我要限定时间，一次不能少于三分钟。"

"你还真想得出来……"他搂紧了她。

她等了很久,本该属于她的拥抱,可是一直都没有等到,直到日子一天天过去,一月月过去。

她很想冲过去问个明白,扇他两个巴掌,可是又舍不得。

她一次次用文字记录着向往的生活,思念如同藤蔓一样在心里扎根。她望着电脑上他的照片,偷偷截取的,哭了。

她不知道这样做有什么意义。

她没有要求他给全部,可是哪怕一部分也是像祈求恩赐一样。

她没日没夜的工作,只要有工作就会去,不想有太多的时间去想他。

她拼命地赚钱,因为她觉得只有金钱好像可以短暂地让自己拥有,不会背叛自己,而其他的一切情爱都是一堆烂狗屎。

她可以用自己的钱去逛街,去喝卡布奇诺,去吃满记,去买 Hello Kitty。

她每天那样生活着,可是每天总有个影子在脑海里出现无数遍。每天翻看自己手机无数次,却没有一条来自他的消息。

她觉得他很不像个男人,该爱的不敢爱,该恨的不敢恨,就那样委屈着自己。可是,自己就像中了毒一样,喜欢上了这样的男人,哪怕是仅有的一点浪漫,都会让她欣喜好几天。

就如一个下雨的晚上被他吻了一次,自己害怕吻痕消失不想去洗脸一样。

15

她站在门口等他,久违的他,就如当初他等她一样。

见一面很难,尽管近在咫尺,却好像隔了两个国度。

时间过去了很多年,为何自己依然忘不了他? 就如他从没有忘记过自己一样。每天,依然会有他的影子闪过。每次坐在车里劳累回家的时候,想到还有一个他在惦记着自己,总觉得是一种安慰。

她记得和他见面的每个瞬间,如同他记得那么清楚一样。或许就是因为太少,才会记得那么深刻。

"这是我最喜欢的一家法国餐厅。"她望着他,点了一小支红酒,餐厅里只有他俩和一对外国人。

他有点不知所措,犹如一个乡下小孩子,害羞、兴奋或者是真的不知道该如何点那一道道法式菜。

"你经常来?"

"也不是,偶尔吧。我喜欢这里的环境,安安静静的,望着窗外的法国梧桐和来往的行人。"她静静地说着。

"我也喜欢这个城市,应该说是爱上了这个城市。"

她知道他为何会爱上这个城市。

她拉着他的手,走在马路上,站在公交站台。

"我们一起坐一次公交车吧,也蛮浪漫的。"

"好啊!"她笑了。

在这个城市里,他觉得与她坐一次公交车都成了一件奢侈的事。

因为,他知道,夜晚来临的时候,她要回自己的家,回那个谈不上多幸福、也谈不上多让人难受的家。

"我很想和你一起走过这个城市的大街小巷,一起品味这个城市的历史,望着来来往往的人群,喝着奶茶,牵着你的手。"他望着她,在熙熙攘攘的步行街上。

"可是我能给你什么呢?"她有点悲叹,"只能给你一个影子,或者影子都不是,只是一种印象。"

"即便那样,我也已经满足了。爱就是爱,不一定只有得到的才是爱。"

看着她穿的每一件衣服,总是那么靓,应该说是一种美。

"你的生活还幸福吗?"他本不想问这个问题。

"什么叫幸福呢? 无所谓了吧! 每天都是这样生活,过着看似两个人其实是一个人的生活。我不知道很多人是不是都和我一样,看似幸福,其实有时候满是痛苦。我自认为要求不多,可是现在连这一点要求都不想争取了。"她有点悲伤。

"那我好好的吻你一次吧!"他诡笑了一下。

"你不怕? 这么多人?"她有点惊讶。

"你怕吗? 忘了你可是名人! 哈!"他有点嘻哈。

"去去……"她还没有说完,他已经紧紧地搂住了她,闭上眼睛,吻着她的脸。

周围满是惊讶的面孔。

她和他不在乎。

"我很希望把最好的都给你,可是感觉那又不现实,所以我只是在尽力把最好的给你。"她望着他。

"已经很好了,人不能太贪婪吧。"他喝着啤酒。

"这是我最喜欢吃的川菜,好吃吗?"她问。

"很好,我相信你的眼光,就如你对生活的品味一样。"

"以后,我每次都带你去吃一个经典菜,直到走遍这个城市。"

"那岂不是要吃到我老去的那一天!"

"那就一起慢慢吃着变老!"她很想搂住他。

"回家晚没问题吗?"他问。

"没事,爸妈在,好很多。"

广场上,拉着手,用脚量着每一块砖,好像要数完。

她看着他远去,直到他消失在拐弯的角落。

"我很失落,因为你的背影让我又回到满是琐事的生活中。"她给他发了一条信息。

16

她打了一个手势。

服务生穿过嘈杂的人群走了过来。

"给我去拿包香烟,要你们这里最好的。"服务生望着面前放着一大瓶白兰地的女人,顿了一下,连声应诺。

"你每个月有任务吗?"

"有,2000开台费,可是我根本完成不了。"服务生为她点燃一支香烟。

"为何?"她弱小的声音提高了八度。

"因为我不认识客人,所以不会有人愿意找我来订台。"服务生一脸的无奈。

舞台上的表演一直在进行,下面是一双双如痴如醉的眼睛。闪耀的霓虹灯下,谁也看不清谁的脸,只是可以嗅到一种欲望在整个场地里穿梭,好像要冲破屋顶。

　　唱完歌的歌手，斜倚在门框上，一副弱不禁风又有所渴盼的样子。在这个社会里，但凡是有一点姿色的人，都在做着春一样的梦。

　　或许，他在搜索目标；或许，他在思考人生；或许，他什么也没想。

　　"来，小弟，你去把那个男歌手叫来，就说我请他喝杯酒。"她把一张纸币塞给服务生。

　　或许，他终于等到了自己的目标，或者打发寂寞时光的人。

　　他很含蓄地坐在那里，有点做作。

　　"你唱得很好。"她举起酒杯，向他祝贺。

　　"承蒙夸奖，我其实一点乐理都不通。"他也举起酒杯，抽了一支她递过来的香烟。

　　"可是，你最有潜力，如果你继续唱下去。"她笑着说。

　　他来自成都，一个爱唱歌的人。曾经在夜场做过，只是由于自己而非专业，被专业歌手给排挤了出来。一气之下，跑出了那个生他养他的地方，跑到了这个中国最大的都市。

　　"他们怎么支付你钱？一个场多少？"她有点好奇。

　　"我是这里的签约人，一晚上三首歌，一个月2000，不过要给老板赚到3000块的开台费。"他苦笑了一下。

　　"不能串场？那2000块怎么能在这个城市生活？"她很吃惊，很多事情不是表面看到的那样。

　　"刚来三个月，我就觉得很累了。我可能很快就不做了。"他一脸的无奈，唱歌时候的轻松和愉悦都没有了。

　　"所以，你来我这里来陪我喝酒，也不见得真是为了喝酒，或许也是为了多认识一个客人，多给你以后开张台吧。"

　　他没有否认。这个场子里的二十多个演员，大部分只不过都是在演戏，真正喜欢这种生活的人没有几个。

　　"累吗？"她又举起酒杯。

　　"不是很累，只是熬的时间太长。我一晚上三首歌，要等到凌晨两点半才结束，然后回家，看书看到中午十二点，然后睡觉到六点，洗漱后接着上班。"

　　"想着离开这个城市吗？"

　　他猛吸了一口烟。

"还没有，这儿还是比成都好，机会多。"

他喜欢唱舒缓的情歌，只是老板不给，一直让他唱快歌，理由是可以调动气氛。

他最喜欢唱游鸿明的歌，可是三个月以来一直没有机会，歌词都渐渐地忘记了。

四十分钟后，他站在舞台上，又恢复了青春活力。

她知道，他是在演戏。

既然是一个戏子，就需要有人捧。

她拿一把钞票让服务生送到台上他的手中，引起尖叫一片。

她转身而去，不是为了那撒去的一把红纸。

17

她轻轻地开了门，又轻轻地关上，就那样往复了十余次。

她想逃脱这个家，一个让她曾经幻想过很多幸福的家。

他的鼾声如雷，伴随着抑扬顿挫的喘气声。

曾经，她从一个偏远的山区辛辛苦苦跑到了大首都，爱上一个人，轻易地把自己嫁了。

如很多婚姻一样，她遇上了小三，而且还是她自己介绍给他的。

"穿上衣服，别恶心我。"她站在门外，大声地吼着，"你还是研究生，怎么会如此……"

当一个人真的想离开自己的时候，说多了也无用。她收拾了自己的衣物，离开了那个家，把他让给了小三。

歌声，或许可以让自己陶醉；酒精，或许可以让自己麻醉。

沉浸在歌声和酒精之中，她没有太多的哭泣。只是，她把房子都装扮成了粉色，如同童话里的王国。

只是，现实不是童话。

网络的世界里，她认识了他。一个在东城，一个在西城。

"你带我逃离这个庞然大物,好吗?我们去到你所在的西南小镇,跟你过日子,简简单单的那种。"她带着幻想地说着。

"好的,我带你离开这个让你伤心的是非之地,去过物质贫穷但是精神富足的生活。"

她满眼泪水,庆幸自己在人生里,经过了几年的摔打,又一次遇到了爱情鸟。

"我不想再让我的爸妈为我操心,你会好好对我吗?"她有点渴望。

"会的,我一定会的。"他很轻易地说出了这样的承诺。

他带着她踏上了远去的列车,载着各自的梦想与奢望。

生活总是没有想得那么美。对生活抱有太多幻想的人,总会受伤很深,直到把一切都看淡,此时人也基本上距离坟墓不是很遥远了。

他对她如同一只笼子里的鸟,她敬畏他如同神一般。

"我为何会那么追求完美?"她一遍遍地问自己。

欺骗、谎言、打骂如同家常便饭。在一个举目无亲的城市里,她几次的离家出走,站在嘉陵江边。

"回来吧,亲爱的,是我错了。"他给她发了一个信息,"我们言归于好,要知道,我爱你才会如此。"

爱,多少人借着这个字说话。可是,这个字对于她来说是如此的虚伪,滴着黑色的血迹。

她回去了,只是一切照旧。

再次见面的时候,是法庭开庭的时候。

他不想,可是她坚持。

她又成了一无所有。

"生活对我来说就是一场连续剧,只不过现在是续集罢了。"她苦笑着。

"你生活得会更精彩。"他回首一笑,觉得这个女人突然好可怜。

嘉陵江的水依然那样流着,她站在桥上,望着深深的漩涡。

纵身一跳。

飞翔的时候,她摆着各种姿势,直到落水的那一刻。

他,拿着望远镜扫描着桥上的景色,身边多了一个妩媚的女子。

"有人跳江了!!"他身边的女子大声惊呼。

18

"你累吗?"她弹了一下烟灰,皱着眉头看了他一眼。

"你觉得那两个在卖力玩花式调酒的男孩累吗?"他用酒杯指了指站在亢奋欢呼的人群中一边调酒、一边吞火焰的男孩。

"没觉得,他们舞得那么起劲。有人欣赏自己,总是一件好事。"她笑了一下,"总比我好,半老徐娘,依然是一个没人要的主儿。"

"谋生而已。很多时候,你无法从表面看到一个人的喜怒哀乐,不是隐藏得多么深,是迫不得已。"

每天一样的路线,每天一样的风景,每天相同的生活。生活总是需要一点色彩,可是色彩如同一款款调味剂。太多口味之下,不知道什么才是生活的本色。

多少次的邂逅,多少次的暧昧,就如快餐一样,抿抿嘴走人,没有谁会记得谁,理会谁。

没有最精彩的故事,只有更精彩的。

生活本该充满幻想,可是又不该抱有幻想。

"对了,你一个人时喜欢做什么? 对生活充满过幻想吗?"她很好奇。

"这样幼稚而又深刻的问题,很难回答。"

"说说嘛!"她发嗲了一下。

"我对生活的幻想是希望天天坐在房顶,在夕阳西下的时候,望着天际线。"

"一个人?"她疑惑。

"是的。曾经想过两个人,可是从来没有实现过。"

音乐响了起来,她伸出手邀请他。

他婉言拒绝。

她疯狂地站在 DJ 身后,扭动着身躯,夹杂在荷尔蒙分泌过多而又无处释放的人群中。

不知什么是节奏,不知什么是舞步,就那样尽情地挥洒着汗水。

"小弟,喝一杯?"

他的眼前站着一位富态、老练、珠光宝气而又有一点寂寞空虚冷的女人。

"Cheers!"他高高地举起酒杯。

艳遇成了这里的代名词,好像每个人都是为了艳遇而来。

他三言两语打发了那个女人,因为恶心那样臃肿而又俗气的身体。

"怎么不好好搭讪一下?多好的机会。"她大声地笑着,手搂在他的脖子上。

"你以为我有那么贱?"他大声地回了一句,"说不定是什么公交汽车呢!"

"其实,又何所谓呢?又不是爱情!"她倒满了红酒。

"别给我上教育课,拜托!收起你的伪装。我不是有钱人,但是也看不起那些无聊至极的人。"他说了几句脏话。

"此时有不无聊的人吗?你以为只有你会说脏话啊!"她回了一句。

一个男人过来搭讪,她把一杯酒直接泼在了那个男人的脸上,走开了。

他呆呆地望着她的背影,消失在人群之中。

门口,她抽着烟,倚在门框上。

他挽起了她的胳膊。

夜色正浓。

梦

1

他仰着头,靠在椅背上,眼睛盯着天花板。

下身短裤,上面只有一件背心,脖子上挂着项链。

开着空调,额头上的汗珠还是依稀可见。

胡子很久没有刮了,透出些成熟、沧桑与憔悴。

头发有些凌乱,一根根地立在那里,发腻的味道还没有散去。

烟卷夹在手指缝中间,一闪闪的,带有些许黄光。它一点点在燃烧,快到了尽头。

烟圈一个个螺旋似的上升到空中,不到天花板时就慢慢地淡薄了。

烟灰一点点落在洁白的桌布上,像夹着尘土的零星小雪,轻轻地飞舞着、飞舞着,无声无息。

音乐如同流水一样从音箱里缓缓而出,淡淡的,轻轻的,柔柔的。

四周的墙壁白得发亮,窗帘外层的白色纱布垂下来,随着微风在慢慢地飘荡。蓝色底帘上银色的星星如同天使的眼睛,晶莹透亮。

他站起身,穿白色袜子的脚踏在客厅地板上,没有一点声音。

房门开了,一个漂亮清纯的女孩站在门外,微笑着。

白色的连衣裙轻舞飞扬。

他把她迎进门。

女孩问他能否留宿在这个温馨的、有家的感觉的地方。

他的眸和她的眼睛相遇,如同前世注定的缘分。

她望着他深深的眼窝,成熟里透露出不安和天真。

他看着她明亮的眸子,如同清澈的溪水。

他点了点头,关上房门。

刹那间,女孩变得如此凶恶,狠狠地抓住他的头,掐住他的脖子。

她把窗帘扯下,音乐关掉。

他几乎不能呼吸,手中的烟卷也慢慢从手中滑下。

烟灰又落在地毯上,没有飞扬。

猛地一下,他醒了。

2

他坐在床头,搂着蓝色的海豚玩偶,汗水顺着额头流下。

他在慌乱之中打开台灯,顺手把床头柜上的烟卷拿了过来,胡乱地在抽屉里摸出了一个打火机,点着了烟,狠狠吸了几口。

窗外,一片沉寂。

下着小雨,他走出公交,在公园前面溜达了几圈。

风吹得他有点冷,不得不把伞撑开,以此来御寒。

一个小女孩和一个男人在欣赏着门口姹紫嫣红的花。

他向小女孩笑了笑,小女孩也笑了笑,赶紧躲在父亲的身后,天生的羞怯。

没有见面之前,他不知道她心里想的是什么。

他几乎忘记了她的模样,除了清纯的眸子,害羞的表情和一身白色的连衣裙。

她站在繁华的街头,望着栉次鳞比的高楼大厦,白色的连衣裙在风中飘了起来。亲戚的眼神让她看到了这个城市的冷漠与无情,商场里的化妆品,让她觉得囊中羞涩。

在这个城市里,她如同一只断了线的风筝,飞了一下又轻轻地掉了下来,落在了芸芸众生中。她好想再次飞起来,只是已经力不从心。

她觉得自己高贵而没人懂,清纯而没人赏。

"对不起,我迟到了。"她的声音清脆而甜美。

"没事,堵车几十分钟很正常。"他彬彬有礼。

他撑开伞,罩住了她。

餐馆里,他拿出一个发卡,盒子很精致。

她笑了,有两个酒窝,很纯,动情地看了他一眼,透露出妩媚与动人。

人群,熙熙攘攘。

他和她站在站台。

他高大,她瘦小。

"不用了,我可以自己回去,距离这里只有三分钟路程。"她诡笑了一下。

"那正好去参观一下你的家。"他坚持,眉毛中露出一份坚定。

"我家里有客人来住的,下次吧。"她露出了无奈。

他上了的士,她转身而去。

两个人奔向彼此的方向,消失在人群中。

商场前,他气喘吁吁地跑来。

她看到为了遗忘的发卡而又折回的他,心里动了一下,眸子里亮了一下。

他尾随她而去,走进了一栋楼。

突然没有了白色连衣裙的踪影。

他记起临别时她说过的房间号,敲了门。

房间里走出了一个八十多岁的老太太,用异样的眼光看着他,好像很久没有看到过这样帅的男人,好像自己又找到了几十年前的自己。

他飞也似的跑下来。

3

他揉着睡意蒙胧的眼睛,只穿内裤站在镜子前,冲凉之后的水珠还留在臂膀上。

皮肤光滑而细嫩,扁平的胸脯上没有一点肌肉。

刮胡刀在脸上游走,他一次次的增加泡沫。棱角分明的脸在镜子里显得有点憔悴,虽然看不到皱纹爬上。

他打上领带,往花衬衫上洒了一点 Boss,整个房间飘起了香水的味道。

她如同黄昏的仙子,夹在人群中。

站台上,如同雨后的奇遇。

他望着她,睁大了眼睛;她盯着他,屏住了呼吸。

"要不,你过来住吧。"他望着低头喝咖啡的她,"人在失意的环境下,会越来越游离于这个社会。"

她打颤了一下,犹如孤独的冬天里突然来了一束夏日的阳光。望着面前这个真诚的男人,她心里有点隐隐作痛。

"我喜欢你穿着白色连衣裙的样子。"他做了一个孩子般的鬼脸,觉得她就如同一个天使,可又如同一个邪恶精灵,看到现在,却看不到未来。

她笑了,很甜的笑容。

她知道,他已经爱上了她,如同秋天的童话一样。

羊城,绿茵阁。

她望着眼前三年没见的前任,想到了地铁里的奔跑,机场里的不舍,想到了一路哭到北京的泪水。

她等了三年,可是他还要她再多等几个三年。

她哭了,一遍遍读着发给他的信件,泪如雨下。

她往天上撒着他邮寄的信件,哈哈地笑着,关着房门,把泪眼婆娑的母亲杜绝在房门之外。

爱情就如同肥皂泡一样,突然都破裂了。

躺在床上,前任平静的呼吸让她无法入睡。

她默默地躺着,一个个镜头闪过。

曾经的浪漫,现在变成了呼吸;曾经的真实,现在变成了奢侈。

她需要,把嘴唇贴了过去,前任拒绝。

他问天使在羊城是否玩得开心,天使的翅膀是否在飞翔,天使的声音是否在聚会上回响。

她疯狂地把前任拽起,打了几个耳光,要把心里的思念和等待发泄出来。

前任呆呆地站着,没有说一句话。

站在车站前,她提着包。一夜的奔跑,已经让白裙子沾上了黑色的污点。

风吹着她乌黑的秀发。

她抬头望着从低空飞过的飞机,知道它已经带走了她的心和回忆。

4

他打开了门,穿着白色的衬衫,扣子还没有扣上,裸露着胸口,胸毛彰显着男人的性感。

嘴上的泡沫还没有擦干净。

她站在门口,提着行礼,满脸的憔悴。脸上的梨花雨留下的痕迹似乎还没有擦去。

他把她让进门,一句话也没有说,转身走进了卧室。

每天早晨起来,他把一杯牛奶放在桌子上,傻傻的坐在房间里看着她从另一个房间走出来,穿着睡衣。一切停当之后,他又目送着她离去,然后开开心心地去上班。

她知所来,不知所终,犹如命中注定的影子。

她站在公交车上,来回地晃荡着,包子的味道弥漫着整个车厢,各种各样的表情写在每个人的脸上。

来来回回,她犹如从天上突然坠落到了人世间。想到他倚靠在门框上傻傻的,可爱的样子,她望着窗外笑了。

过去的梨花雨,她希望以后是幸福的雨。

她好像有一个家的感觉,特别是在这个孤独的城市里。眼前的这个男人,让她觉得温暖得来的是那么简单。

只是她忘记不了前任,也许她永远不会提到前任。

打开房门,他已经把饭菜放到了桌子上,欢迎天使的归来。身上散发着厨房的味道,还有男人的味道。

她不敢恭维他的手艺。然而,看到那份诚心,她突然很感动,感动得想落泪。

他疯狂地在街上跑,借别人的手机电池用,害怕她在外面等而进不了房间。

只是路人不相信他，带着狐疑的眼光看着他，一边吃着面条，一边拒绝借给他电池。

他跑到那个曾经去过的理发店，找到帅帅的理发师帮忙，告诉她，自己手机没有电了，不要担心。

走时，他把一瓶可乐塞给了理发师，以示感谢。

她站在楼下，白色的裙子又飘了起来。心里的沉重，让她觉得无地自容。

一个人可以傻得可爱，但是没有如他那样的可爱。

她觉得有时候等他也是一种幸福。

每想到他洁白的牙齿，她也有过冲动的念头。

米黄色的光，昏暗而浪漫。

他望着她，好想搂住她。只是，她的眸子，是那么的纯，纯得让人不敢碰，害怕玷污了她的纯洁。

她闭着眼睛，脑子里一片空白。

"帮我擦地板吧。"他伸开了双手，如个小孩子一样，幼稚又可爱。

她跪在地上用白色的毛巾一寸寸地揉擦着，因为她知道他喜欢白色。

他拿着拖把，光着脚，来回地走动着，像一个开着拖拉机的儿童一样。

音乐里唱着"我要和你一起慢慢变老"。

他很惬意，她很忧郁。

半夜醒来，他看到阳台的门是开着的，天使站在那里眺望着远方。

他抽着烟卷站在玻璃门的后面，呆呆地望着她。

天使在他的烟雾里变得逐渐丑陋和狰狞，慢慢地飘了下去，长袖飞舞，犹如黑夜里的一道白光。

他熄灭了烟，倒在床上，酣然入睡。

5

她的精神非常不好，就像《红楼梦》里的黛玉，让人心疼地想抱在怀里，轻轻地安慰着"别怕"。

他没有问，一个人玩弄着遥控器，两个人静静地坐在沙发上看着电视节目。

"你为何会那么毫无防备地让我住到你这里？不害怕我吗？"她压抑了一下自己的语气。

"一个柔弱女子，还能坏到哪里？"他点了一支烟，看了她一眼，笑了，帅帅的，"人最需要的是真诚，我相信你，从我看你的第一眼开始。"

她也笑了，背后有一点心酸。"你这样会被人伤害的。"

"不会的吧，我相信人的良心。"他单纯的话语让她听了之后又为之心疼。

"你什么时候学会抽烟的？"她有点迟疑。

"这个……"他低下了头，像一个做错事的孩子，脸红了，"我知道，吸烟不好，可是……，我不想说了。"

她没有再问下去。

他坐在床头，拿着一本书，一个字也看不进去。被子的温暖，让他觉得很舒服。

她像来自另一个世界的魂灵，在卧室和客厅之间穿梭。

他和她一起逛街，走在霓虹灯照耀下的大街上。

他和她一起吃路边的烧烤，偶尔要上一瓶啤酒，在欢声笑语中醉去。

他买一串糖葫芦送给她，摘下一颗轻轻地放到她嘴里。甜甜的味道，一直甜到她心里。

他站在那里，傻傻地笑着，觉得整个世界好像停止了转动。

他买了一个气球，扯着线在人群里挥舞着，"呵呵"地傻笑着。

气球上面写着"每天爱你多一点"。

她再也控制不住自己的情绪,感动的泪水唰唰地流下来。发卡让她感受到了真诚,气球让她感受到了浪漫。

她恨前任,为他守候了几年,他却背叛了她。望着眼前的一切,她不知道该如何走出下一步。

"天使,我为你唱首歌曲吧,不要笑话我哦。"他又做了一个鬼脸,大大的衬衫套在身上。

她笑了笑,鼓掌欢迎。

看到你的孤独

我为你停住了脚步

看到你的笑容

我为你祝福

你在寂静的黑夜里哭

伤逝以往的幸福

你在我的心里

如同梦里的天使般清楚

白色翅膀轻轻飞舞

……

她睡着了,如同一个吸血鬼,在歌声中平静了下来。

他轻轻地关上门,穿着白色的袜子。

6

她站在阳台上,和前任在私语,旁若无人。衣服挂在房顶,风吹来,凉飕飕的。

他侧着耳朵听,什么也没有听到,紧紧地抓着被子,手掌心里都是汗水。

他起身倒了一杯水,一口喝了下去。

"好的,你等着! 我在这里红得很。"这是她与前任最后的一句话,声音要把邻居吵醒。

他倚靠在门框上,固定的男人性感姿势。

她没有打招呼,进了房,关了门,还在愤愤不平,一个个给别人拨打电话,寻找内心扭曲的平衡。

屋子里一片黑暗。

他喜欢她,可是不了解她。

他心里爱她,可是没有许诺她。

他以为她会在乎他,可是她没有理会他。

他以为会感动她,可是没有融化她。

他什么都知道,又什么都不知道。

房间花瓶里的植物,在慢慢褪去黄色的叶子,面露枯萎,尽管还有两片是青色的。

就如他,一个性格给人沉稳感觉的男子,心里的羞涩还保留着青春的颜色。

"天使,你今天准备吃什么?"电话里,他甜甜的问她。

"我?"她没有打算说什么,"买两个 pie 吧。"

"好的。"电话里传来他开心的笑声。

他和她坐在 KFC 前面的草地上,背靠着背。

他盯着来来往往的人,她数着星星。

她感觉到了他的体温,他好像摸到了她的心跳。

她诉说起自己的往事,母亲去世后的孤单。

她突然睁大了眼睛,说看到了母亲在天堂里冲她微笑。

他转过身拍了拍她的脸,轻声地叫着她、安慰她:"天使,别怕,有我,有我。"

他犹如一个胆小的孩子,惊惶失措。

她紧紧搂住了他,好想躺在他的怀里睡觉。

他拨弄着她的每一根头发,犹如夜色里的一幅画。

他站起身,在月光下给她扮鬼脸,为她跳舞,为她讲笑话。

她心里笑他幼稚,不是一般的幼稚。

他看着她的样子,舞出了汗。

她辞工了,没有告诉他,依然装作很开心的样子。

他不知道,依然觉得她很可爱,天使般的可爱。